二分之一的他

天水三千

著

上册

青岛出版社
QINGDAO PUBLISHING HOUSE

图书在版编目（CIP）数据

二分之一的他 / 天水三千著. — 青岛 : 青岛出版社, 2020.12

ISBN 978-7-5552-9263-0

Ⅰ. ①二… Ⅱ. ①天… Ⅲ. ①言情小说－中国－当代 Ⅳ. ①I247.5

中国版本图书馆CIP数据核字(2020)第126465号

书　　名　二分之一的他

著　　者　天水三千

出版发行　青岛出版社

社　　址　青岛市海尔路182号（266061）

本社网址　http://www.qdpub.com

邮购电话　18613853563　0532-68068091

责任编辑　李文峰

特约编辑　郑丽丽 孙昭月

校　　对　李玮然

装帧设计　李红艳

照　　排　李红艳

印　　刷　三河市良远印务有限公司

出版日期　2020年12月第1版　2020年12月第1次印刷

开　　本　32开（880mm×1230mm）

印　　张　14.5

字　　数　300千

书　　号　ISBN 978-7-5552-9263-0

定　　价　59.80元（全二册）

编校印装质量、盗版监督服务电话　4006532017　0532-68068638

建议陈列类别:畅销·青春文学

CONTENTS

目 录

上册

CONTENTS

目 录

下册

第一章

二分之一的新生活

嘀、嘀……稳定的心跳声，来自被激活的心电图机器。

各种叫喊声、跑动声、喧闹声隐隐传来，环绕在萧麒的耳边。他觉得身体异常沉重，仿佛压了千斤担。他强睁开眼，迷迷糊糊地望向邻床，似乎看到了谁的苍白的脸庞……黑暗袭来，一切声音逐渐减弱直至消失。

他这是怎么了？

“你是谁？”一个声音传来，回荡在他的脑海。

“我是萧麒。”萧麒回答道。

“不，你不是。”那个声音尖锐地反驳道。

“我是！我真的是萧麒。”

“你是萧琪？”那个声音突然凌厉了。

萧麒有些发怵：“你是哪儿来的神仙吗？我叫萧麒，萧瑟的萧，麒麟的麒，是个网约车司机，车牌号 ××·TX304，今年二十四岁，未婚，平时的爱好是看漫画……”

“够了！”那个声音打断了萧麒的话以后，彻底地消失了。

无论萧麒再怎么发问，都收不到任何的回复。在一片黑暗中，他的意识也渐渐沉睡了。

再次醒来的时候，萧麒被床头的灯闪到了眼睛，五色的光斑遍布视野。在蒙眬中，他看见床边坐着一个陌生男人，背后仿佛有细细的光环。

视线渐渐清晰，男人也越发清楚。

这人穿着一件白色衬衫，外面套着一件毛背心，微曲的短卷发，发色显露出淡淡的褐色，高高的鼻梁旁点缀着若隐若现的雀斑。他正聚精会神地看着一本时装杂志。

这确实是个陌生人，萧麒并不认识。

他张开口想询问，却发不出声音，只呼出微弱的气息，喉咙干燥黏着，很不舒服。

那男人见萧麒醒了，急忙丢下书，表情尴尬又无奈，带着歉意：“你先别说话，请先接受我最真挚的歉意。真是非常对不起！”

萧麒觉得奇怪，又张了张嘴，还是没能说出话，只发出了零星干涩的几个音节。

“现在请你再等一会儿，我们在等另一个人醒来，然后我会和你们解释所发生的事。这件事从发生到现在，都不是你们运用常识能够理解的。所以，千万做好心理准备。”男人说着莫名其妙的话，还很怪异地挤了下左眼，似乎是想抛个媚眼。

萧麒也没什么力气搭理这个陌生人，只能仰着头，转动眼珠，观察周围的环境。他正躺在医院的病床上，旁边拉着厚厚的帘子，左手上应该还打着点滴。

刚坐回凳子的男人，突然又站了起来，朝他说道：“你先别说话，请先接受我最真挚的歉意。真是非常对不起！”

这人怎么又说一遍？

“既然两位都醒了，现在就让我来介绍一下情况，你们一定要认真耐心地听我说，这件事按你们的认知来说，理解起来可能很困难。”男人深吸了一口气，然后下定决心般地说道，“我是一名‘天使’。”

这人有什么毛病吧？萧麒此时的表情，明确地传达了对这人的看法。

“不不不！我真没毛病。以你们现在世界的科技发展水平来讲，只有把我当‘天使’，你们才能更好地接受现在的状况。”男人干咳了几声，“由于我的误操作，在昨天的车祸中，你的意识被送错了地方。”

车祸……萧麒用手扶住额头，车祸前后的记忆片段非常杂乱且零碎，难以拼凑。

“本来按照规划，你还有六十二年的寿命，会在二〇七九年的十一月八日死于心脏衰竭，结束你碌碌无为又没什么意思的一生……这么说好像有点儿失礼，我看看。”“天使”突然掏出一个小小的笔记本，翻了起来，“好吧，确实是没什么意思的一生。”

“天使”收起本子，对萧麒难看的脸色无动于衷。

“先告诉我，我现在到底是死还是活？”

“这个问题其实有点儿难讲，”“天使”迟疑了一下，“你的意识被我放在了这位女士体内，你要和她共用这具身体。所以，这么理解的话，你还算是活着。”

女士？

这时传来一声冷哼。之前跟萧麒对话的那个声音，再次在他的脑海里响起。

“嘿嘿！还是有好消息的，听我说哦！那就是我会做你的专职‘守护天使’！”“天使”一脸自豪样，还配了一个“你就安心吧”的自以为是又天真的微笑。

“那有什么好处？”萧麒没理会“守护天使”这个让人哭笑不得的说法。

“天使”有些莫名，问道：“好处？”

“你应该有常人没有的能力吧？”萧麒想自己说不定真能从“天使”身上获得一些特殊的好处，然后迎来“开挂”一般的新生。

“天使”皱了皱眉：“比如？”

“比如实现我们的一个愿望？”

“天使”摇摇头。

“那赋予我们特殊的能力？比如瞬间移动？”

“天使”接着摇头。

“那你能变出钱吗？”

“天使”还是摇头。

“你能照顾我的生活起居？”

“天使”惊恐地瞪大了眼睛，头摇得像个拨浪鼓。

“什么都不会？那你到底是来干吗的？”

“天使”皱着眉头想了想，仿佛忘了接下来的工作内容是什么了……

“对了！”他从裤子口袋里掏出笔记本，翻了起来，“有了！有个核心任务就是监视你们，防止你们对别人说出真相，然后这是一个秘密，不能对你们说……”“天使”干咳了几声，真诚地说道，“当我刚才什么都没说过，我们重新来一遍好吗？”

“出去！”勉强算是要开始同居生活的两个人第一次感受到了心灵上的共鸣。

闹剧还在继续，二人的情绪稳定了一些以后，“天使”又凑了上来，继续喋喋不休。

“你要在她的体内继续生存。哎，我看看，这位女士叫萧琪。你们这里的人的名字都这么短啊！这样不是很容易重名？真是可怜，像我们的名字可都是十五个字以上的……”“天使”皱着眉头，碎碎念起来。

萧麒耐心地听他说完废话，然后轻松地回答：“那好吧。”

“那好吧？”萧琪完全无法理解这人怎么会这么“神经大条”，冷冰冰地向“天使”问道：“怎么才能把他从我的身体里弄出去？”

“达成了某种特定的目标，他的意识就会解脱。”“天使”又掏出了那个本子，“不过，目标具体是什么，我无法说明……也许需要一年的时间，也许要十年……”

“十年？”萧琪不悦，“没有其他的办法了？”

“天使”一页一页飞速地翻着笔记本：“应该没有了。”

“如果我自杀呢？”

“天使”笑了：“你不会自杀的，我相信你。你的人生轨迹都在本子上，我看看……”他突然皱起眉——本子的夹页中掉落出一张小小的卡片。他弯下腰，拾起卡片，看了看床上的“萧琪”，突然十分坚定地说了一句不着边际的话：“我们一定能找到其他解决办法的！”

萧琪哼了一声：“卡片上写的什么？”

“天使”撇撇嘴：“看来你的未来真的可能改变了。”

萧琪努力挣扎着支起了上身，从肌肉深处传来的阵痛提醒着她似乎对这具身体恢复了感知。

在刚醒来的那段时间里，她想动一根手指都不行，仿佛在一个巨大的机器人里，却无法控制任何部件：“喂！这是怎么回事？为什么刚才我没法动？”

“天使”无视萧琪的提问，直到他的头被一个飞过来的苹果砸到。

“痛啊！”他盯着那个咬牙切齿的女人。

萧琪生气了：“回答我的问题！”

“天使”迟疑了一下，服软了：“这是身体的主控权转移的现象，你们两个意识共用一个身体，没法同时获得身体的主控权。当一个意识获得身体的主控权的时候，另一个意识就没办法控制身体。”

“那怎么获得身体的主控权？”

“不知道。”“天使”不假思索地说，“我也是第一次处理你们这种情况，不知道身体的主控权是怎么转移的。从刚才的情况来看，可能一方失去意识的时候，另一方就会接管身体。”

“失去意识？”

“是啊，萧麒……就是那个男生几分钟前就失去意识了，这也是现在换你控制身体的原因。”

“等等。”萧琪皱了皱眉，抓到了他话里的漏洞，“既然之前没见过，你又是怎么知道身体的主控权这回事的，还有它的转移？”

“天使”闭上嘴撇过头，不看萧琪。

“是这里吗？”一个厚重的男声在门外响起，病房的门就被打开了。

进来的人，让萧琪本就皱着的眉头，变得更加扭曲。

这人有着挺拔的身姿，穿着休闲西服，踩着考究的棕色皮鞋，手上捧着一束康乃馨。

进来以后，他站立了片刻，看了看屋内的几个人，然后俯身捡起跌落在门边的苹果，将花束插进病床对面柜子上的花瓶里。

这人的身后站着一个身穿白大褂、戴着金边眼镜、身材高挑的中年女医生，她表情冷漠地望着病房里的人。

萧琪转过头，不去看那个不速之客，沉默地靠坐在床头。

“萧院长，三号楼那边有事需要你去一下。”一个护士跑到那个中年女医生身边。

那位萧院长，一转身，大踏步地跟着那个小护士走了，再也没有回头看一眼。

萧琪的双手不自觉地抓紧了床单。

“这位是？”来人问萧琪“天使”的身份，没有得到任何回应，便主动朝“天使”伸出手：“你好，我是程凉生，萧琪的朋友。”

“我……”“天使”有些慌张，换了好几次姿势，才握上程凉生的手，“你好。我……我是萧琪的哥哥。”

萧琪眉毛挑了挑，也不戳穿他。

“我叫游典方。”这名字，一听就知道他是在瞎掰了。

程凉生笑了笑：“是哥哥的话，不姓萧吗？”

游典方被问得真的“有点儿慌”了：“我们是……”

“表亲！”萧琪喊了句，与其说是帮游典方解了围，倒不如说她并不想让程凉生误会，“你来干什么？”

“看看你。”程凉生扶了扶鼻梁上的眼镜，语气淡淡的。

“看完了，你走吧。”萧琪也并没有给他面子，直接下了逐客令。

程凉生却似没听到一般，走到了萧琪床边的位置坐下，直视着萧琪满是愤恨的眼睛，伸过手想帮她撩开额前散乱的乱发。啪的一声，他的手被无情地打开了。

程凉生也不生气，笑容也淡淡的：“我帮你倒杯水。”

“不喝！”

程凉生有条不紊地放好杯子，将水倒满，搁在病床旁的置物柜上：“我只是刚好碰到她。谁让你住进了三院。”

“谁在乎萧晴芸了？我只是不想见到她。现在，我更不想见到你。”萧琪直接把水杯拂到了地上，“你走。”

程凉生俯身拾起水杯，摆回置物柜，又加满了水："你们母女的关系，我是一直不太理解。但我们相处那么久了，工作上的事我没办法管，私下我会尽力帮你。"

"帮我？"萧琪的气息变得急促，她狠狠地盯着程凉生，嘴唇微抖着，此时她的情绪就像煮了很久的高压锅，随时都要冲开阀门，"你当了我十年的经纪人，我把你当亲人，你把我当工作。我从十岁开始，就完完全全地信任你，和你一步一步走到了今天，然后你笑着和我挥挥手，说我们只是工作关系？在我人气下滑的时候，你二话不说，直接递交了转岗的申请！"

程凉生就这么坐着，听着萧琪的控诉，却仿佛是在欣赏一尊雕像，萧琪的话没有让他动摇分毫。

"程凉生！你走，我不想见到你！"萧琪的眼圈红了，却倔强得不想让软弱的情绪流露，直直地瞪着程凉生。

见这男人没有动静，萧琪又喊道："游典方！把这男人赶出去！还有，他送的花也丢出去！"

游典方在旁边不安地站着。事情的发展已经超出了他的预想，要不是萧琪下不了床，他觉得这个女人都有可能动起手来。

游典方慌慌张张地上前，去拉程凉生的胳膊。

还没等游典方碰到，程凉生就站了起来，整了整上衣，从口袋里掏出一张名片递给了游典方："等你妹妹出院了，让她联系这个人。"

接着，程凉生就走到了门口，转过身对萧琪说道："你发泄完了，那我走了。好好养身体。我了解你，萧琪，这点儿事打不倒你。再见。"

程凉生走了。

萧琪哭了。

游典方立在原地，手里捏着那张薄薄的名片，不知所措。

约莫过了半日，萧琪情绪缓和后支起身，使唤游典方弄来一面镜子，打理起自己的头发。

深黑而柔长的秀发、水晶般晶莹透彻的眼眸、俏丽成熟的面容、细长的眉毛有着不相称的锐利感。

萧麒透过镜子，看着这个名为萧琪的女生，心情非常好，这面容既陌生又让他感到熟悉。要是每天睁眼都能看到这个等级的美女，对他来说，是一桩美事。

就在这时，一名年轻的医生带着两个护士走了进来，手里捧着诊断本，顺手撩开了圈在床边的围帘。

“萧小姐，你醒了。我是你的主治医生，我姓陈，我们先做个日常检查。”

两个护士带着仪器，给萧琪测血压、量体温，记录一些检测数据。

“陈医生，我问一下，我这种情况会引起精神方面的疾病吗？”萧琪问道，“比如，精神分裂之类的，双重人格？”

“萧小姐多虑了，你所担心的心理疾病一般需要处于长期的精神压力下才有可能产生，一般的灾难性经历不会产生类似的病症。”陈医生低头看了看护士递过来的报告，“一切都很正常。这次事故中，你只是轻伤，再过两天就可以出院了。这两天多注意休息。”

陈医生转身看到旁边的游典方：“萧小姐，你还是挺幸福的，你男朋友这几天一直陪在你身边，不眠不休的。有事随时呼叫我。”

陈医生说着，带着两个护士离开了病房。

萧琪朝游典方招了招手，示意他走近。

两分钟后，游典方蹲在角落拿着镜子轻轻地揉着脸上被抓出来的三条血印。

“萧琪，你是做什么的？学生吗？”萧麒觉得突然有点儿安静，不甘寂寞地问道。

“你想问什么？”萧琪回道。

“我在想，之后如果要生活在一起，我们还是对彼此多了解一些比较好。而且咱们同名，有时候叫着挺拗口的，要不要互相取个别名？”萧麒建议道。

“不必了。”萧琪的态度依然冰冷，“我没什么要和一个陌生人分享的。”

萧麒慢慢地摸清萧琪的性格：“你不改也没事，那从今以后，叫我南（男）萧吧。我啊，其实确实如他所说的，一直过着没什么意思的生活。上的大学也不是什么好大学，工作也找不到好的。有个学长在网约车公司上班，就介绍我去开网约车了。那天是我第一天上班呢，也是我的第一单生意。”

“那还真是可惜了。”

“别看我这样，我也是有梦想的！我从小就喜欢看漫画，一直偷偷临摹各种画，读书的时候，本来想专攻画画，可家长不同意，我最后学了理科，成绩一直很难看。我还想着有一天，要是能当个漫画家也挺好的。对了对了，我还因为喜欢的漫画报了剑道班，练了四年的剑道呢。”

“哦。”萧琪回道。

“你喜欢吗？有没有喜欢的作品？”南萧打开了话匣子。

“不喜欢。”

“那你现在不是学生了吧？是做什么工作的？我是‘咸鱼’一条，你应该和我不一样吧？”

萧琪想起了十年前，程凉生对她问的那句：“萧琪小朋友吗？你想当明星吗？”可在后来的十年中，她迷失了。在演艺圈中“闪展腾挪”，努力经营着自己的形象，也算是小有名气了。

"还是要做回演员。"萧琪下意识地说道。

"演员？原来你是演员啊，你演过什么电视剧或电影吗？说不定我看过。"南萧突然兴奋起来，"那是不是以后我也可以和你一起拍电影了？啊啊啊，我有点儿紧张怎么办？"

"你闭嘴！我们之间要解决很多问题。首先，你我之间要约法三章，你别给我造成不必要的麻烦。这身体是我的，所以我说了算。"

两人开始讨论协议的内容。由于两个人在气势上完全不是一个等级的，南萧始终被死死地压制。

片刻之后，南萧开始签订这份不平等条约。

一、南萧不得脱衣，不得偷看、触摸身体，更不准洗澡。

"内急怎么办？"南萧问。

"不准看！"

"那然后呢……"

"下一条！"

二、萧琪在进行洗澡、更衣、如厕等暴露隐私的行为时，南萧不准偷窥。

"提问，怎么做到不看？"南萧问。

"闭眼！"

"那是你的眼啊！"

"睡觉！"

"我尽量试试……"

三、工作要按照萧琪的想法进行，如果中途身体的主控权转移，南萧要完全服从萧琪的指挥，努力完成萧琪的工作，保证不添乱、不拖后腿。

"万一碰上了喜欢的明星，我可以去要签名吗？"南萧又问。

"你想死吗？"

四、日常生活中，南萧不准乱吃高热量的食物；

五……六……三十……

南萧拿着笔在手账上记下这些条款——在两人争执的过程中，身体的主控权发生了转移，而南萧接着萧琪写的内容，继续往下写，本子上呈现出了两种截然不同的笔迹：一种精致纤细，另一种潦草狂放。

“看样子即使用同一个身体，也并不能写出和你一样的字。”南萧吐吐舌头，抬起双手仔细地观察，“你的手真好看，又白又细，还修长，和漫画里的一样。你知道吗，特别像我喜欢的那个漫画家的画风！”

萧琪觉得一阵“恶寒”。这种自己无法控制身体还被别人审视的感觉，让她有点儿反胃。

她通过她的眼睛——南萧的视线，看着那个瘫坐在旁边，百无聊赖地翻着那本已经看了许多遍的娱乐杂志的糟糕“天使”。

这种体验就好像你和另一个人只能通过同一个镜头看这个世界，而掌握着那个镜头的人，不是你。

“喂！”萧琪通过意念喊着游典方，到目前为止，只有游典方能接收到他们两个通过意念发出的信息，“游典方！你翻来覆去看了多少遍了，想到快速解决的方法了吗？”

游典方放下杂志，转过来看着萧琪：“方法还没找到，不过，我看到你的新闻了。”

说着，他把杂志翻到其中一页，递了过来。只见萧琪穿着黑色的曳尾长裙，戴着黑色的蕾丝面纱，这是她去年给这份杂志拍的硬照，旁边配的标题是“过气女星遇车祸，是意外还是自杀”，整篇新闻的篇幅并不长，大概占据了小半页。

南萧接过杂志，看了标题，就合上丢到了一边。

“怎么不看？”萧琪问道。

南萧能感受到来自萧琪的十分消极的情绪，于是说道：“我一直对娱乐杂志没什么兴趣。”

“你没兴趣吗？”游典方又把杂志拿了过来，翻到了萧琪这页，“你看你看，这是萧琪。你刚才是不是没注意到？啊，她化了妆，拍得那么美，确实比较难认。但你看，这里有说到萧琪的名字！”

南萧觉得自己的白眼快翻过天灵盖了：“游典方，你这种情商生活在现代社会的话，不出三天就被人打死了。”

南萧还想说什么，但心底涌上一阵哀伤，让他的眼眶都有点儿湿润了。这哀伤并非来自他自己的感情。

“萧琪……”

南萧沉默了，这种时候，还不如什么都不说。

他摆弄着手中萧琪的手账，突然发现里面有倒数第二页被撕掉的痕迹，在最后一页上有来自上一页的笔迹印痕。他用食指抚触着痕迹，一个一个字地摩挲。

南萧感觉像是陷入了深深的泥沼，难受到窒息。

他意识到自己的存在对萧琪来说，只能是一种折磨——她的人生已经跌入谷底，而他的出现可能就像一下一下不断地甩在她身上的钝刀子，看起来伤害不大，却是无法摆脱的精神煎熬。

他深深地叹了口气，拿笔在手账上随意画着。

游典方看着沉默不语的二人，有点儿纳闷，再次翻开那本娱乐杂志，他对上面的内容倒是充满好奇。看着看着，他忽然想起口袋里的那张名片，眼睛仍不离开杂志，将名片掏出来，丢给了南萧。

名片上写着：“SC——张悠游。”

“这是？”南萧问。

“之前来的大个子留给萧琪的，萧琪当时不肯收，就放我这儿了。”游典方说的大个子就是程凉生，但那会儿南萧的意识休

息了，她并不知道这事。

“大个子？”南萧问萧琪，却没有得到任何回应。

“她睡了。”游典方解释道。

“睡了？”南萧反应片刻，明白萧琪和自己之前一样进入睡眠了，“好吧，我回头给她。就夹在这手账里吧。”

游典方突然靠近，饶有兴致地凝视着南萧的眼睛，看了一会儿，似乎又觉得颇为无趣地摇摇头，“想不明白，真想不明白。”

南萧一脸疑惑：“想不明白什么？”

游典方突然从口袋里掏出一本灰色的笔记本，和他之前翻弄的那本很像，只是颜色不同。他将笔记本塞到了南萧手里。

“这是什么？”

“嘘，收好，别让萧琪发现了。”

“啊？为什么不能让萧琪发现？”

“里面是你的未来。”

“我的？可之前，你不是当着萧琪的面看过了吗？”

游典方扶了下额头：“我那本是我的，我是‘天使’，当然可以看到所有人的未来啊。这本是属于你的。”

南萧兴奋地接过了笔记本，用手抚上硬质的封面，银质的勾边落在指尖，有些酥麻的刺痛感。

南萧正准备打开它，看看自己的未来。游典方却用手压在了封面上：“先别打开。”

“为什么？既然给了我，那也就是要我看的意思吧？难道你又在骗我？”

游典方无辜地摆了摆手，说了句还算有点儿符合他的神秘身份的话：“预知自己的一生将会怎样度过，并不是那么有趣的事。”

南萧抓了抓头：“那我想想。”

在医院待了一周之后，终于到了出院的日子。萧琪将所有的物品整理好，翻开自己的手账，想看看之前的日程安排，却发现每一页的右下角都画了一个咧嘴笑的小人，有点儿像她，旁边还配了文字。

“翻起来试试。”南萧说道。

萧琪捏着本子的右下角，快速翻动，右下角的小人变成了动态的，两个小拳头不停地摆动，跳着喊“加油加油”。

“这是干什么？”萧琪问道。

“算是拍房东的马屁吧。”南萧想了想，回道。

“画得还不错。”萧琪嘴角不经意地扬起，又立刻回落，默不作声地收好手账，看了看身上的病号服。

之前的衣服已经不能穿了，所以她联系了朋友送衣服和新的手机过来。

来的是个短发少女，不算美女，但长得特别可爱，深色薄毛衣里面加了一件花瓣领的白衬衫，下面配着学生制服裙和黑色小皮鞋。

出乎她的意料的是，女孩儿一出现，南萧就不由自主地叫道：“小苹果！”

由于这时并不是他控制身体，所以这话只传到了萧琪的耳朵里。

“你认识？”萧琪问他。

这个女孩儿叫楚瑰，是萧琪所在的公司的活动企划部职员，之前和萧琪参加过几次活动，混熟了，但要说萧琪有多了解她，倒也谈不上。

“是楚瑰没错吧？我高中同学。”南萧说道。

“你高中同学？你不是二十四岁了吗？”萧琪疑惑，虽然没问过楚瑰的年龄，但怎么看都不到二十岁。

“二十四岁怎么了？人家楚瑰显年轻不行啊！我记得她读书早，应该比我小一岁。”南萧答道。

楚瑰在萧琪眼前挥了挥手，有点儿奇怪：“萧琪姐，你怎么了？快去换衣服啊，这不是要出院了吗？”

“楚瑰，你今年多大了？”萧琪问道，要是南萧说得没错，那楚瑰比她还大一岁。

“啊？怎么突然问起年龄了？萧琪姐，我们认识那么久，你第一次问啊！我终于引起你的注意了吗……”楚瑰一开口便像连珠炮似的说个不停。

“这个你别管，快告诉我。”萧琪赶紧打断楚瑰，说道。

“我永远十八岁！”楚瑰举着双手，笑嘻嘻地说道。

南萧忍不住笑了：“这家伙真是一点儿都没变啊。”

萧琪无奈地说：“我问你，你今年是不是二十三岁了？真实年龄！”

最后四个字，她加重了语气。

楚瑰听了眨眨眼，开始装模作样地掰着手指数：“真的耶！我自己都没注意，萧琪姐你怎么知道的？你在哪里看到我的资料了吗？还是你问了谁啊？可是公司里……”

“以后别叫姐了，你比我还大。”

“不要，我知道你比我小，但我还是要叫姐。”楚瑰却不同意。

“为什么？”

“叫姐，显得我小。”楚瑰又笑嘻嘻地咧开嘴，显露出两个小小的酒窝。

南萧哈哈大笑：“原来萧琪你也有搞不定的人，哈哈哈。小苹果真是太可爱了……”

萧琪吸了口气：“随便你吧，小苹果。”

她一不小心把南萧对楚瑰的称呼顺嘴说了出来。

楚瑰一愣："萧琪姐，你刚才叫我什么？小苹果？"

萧琪接过衣服，甩了甩手："哦，我想吃苹果，一不小心就说出来了。"

楚瑰吐吐舌头："我一会儿去买。吓我一跳，我还以为萧琪姐叫我呢！小苹果是我以前的绰号。"

"以前的绰号？"

"是啊，之前高中有一个同学，一直叫我小苹果，可讨厌了。"楚瑰笑着说出的话，让南萧心中激动不已。

"你还记得他？"萧琪惊讶地问。

"记得啊，"楚瑰想了想，又赶紧摆了摆手，"别误会、别误会，只是个关系普通的男性朋友而已，我们已经很久没联系了。我连他叫什么都快忘了，好像跟萧琪姐一个姓吧……"

"游典方！游典方！"南萧拼命地叫着，这冒牌"天使"今天不知道跑去了哪里，从早上就不在，"他怎么关键时刻就不见了啊！他不是说与我有关的人的那些关于我的记忆都被消除了吗？楚瑰是怎么回事？她还记得我，还记得我啊！知道我存在过啊！"

他喊着喊着，竟喊出了些许暖意。

萧琪摇摇头，换掉了身上的病号服，带着楚瑰去办了出院手续离开医院。她抖开那张缴费单，在心里对南萧说道："你欠我的，回头要还。一万三千二百五十块五角，记清楚了。"

"哦！"南萧飞快地答应，"等等！为什么是我欠你？说清楚啊。"

萧琪不再理会南萧，抬手叫了一辆出租车。

楚瑰要赶回公司工作，和萧琪挥手告别，临走前，她偷偷劝萧琪："最近还是别回公司比较好。"

萧琪点点头，她知道大概是公司关于她的处理结果已经出

来了。

“我们现在去哪儿？”上了车以后，南萧问道。

萧琪摆弄着之前程凉生留下的名片：“去看看凉生留给我的最后的去处吧。”

南萧已经在游典方那儿大致听说了程凉生的事情：“那个放弃了你的经纪人？这种人推荐的地方，能信吗？你看，哪儿有人探视病人带康乃馨的？又不是母亲节。”

“呵呵。”萧琪的内心深处还是偏向程凉生的，虽然她痛恨这一点，但她很清楚。

她知道程凉生是个理智大于情感的人，而和自己断了经纪人与艺人的关系，是这个时候最理智的决定。

名片上的地址很偏远，远离市中心，出租车开了一个多小时。窗外的景色也从高楼林立的城市大街，变成有着矮小店面和崎岖道路的市郊小路。车子最后停在一条深深的小巷子前。司机嚷嚷：“就是里面了，你们走进去吧。”然后不高兴地掉头，绝尘而去。

“这地方……一会儿回去怕是打不到车。”南萧顺着萧琪的目光，左看右看，“破破烂烂的。”

萧琪皱了皱眉，这环境显然也超出了她的想象，但已经来了，只能硬着头皮走。她看着手中的名片，辨认着路边小店上的门牌号：“200、202、204……268，是这儿了。”

他们眼前是一栋三层小楼，刷的白漆已经掉得斑斑驳驳，露出里面褐色的石墙。大门上有个硕大的招牌“SC 星策传媒”，其中“C”外圈的霓虹灯装饰已经翻了下来，看来是很久没有修整了。

门前还站了一个人，左手端着一碗泡面，右手举着叉子咚咚地敲着门。这人很高，目测大约一米九，头发很长，过了肩膀，穿一件灰白色的无袖 T 恤，左胳膊还文着“天上天下，唯我独尊”

字样，右手腕上挂着一串珠子和银牌，每敲一下门，这些银牌就闪一下光。

“老板！你再不开门，老子拆了你的屋子！上个月的保护费，你拖欠到这个月，还想不想活了？信不信老子一刀砍了你！”

萧琪和南萧脊背发凉。

“这……这是流氓？”南萧跟萧琪嘀咕。

萧琪慢慢地往后退：“我也不知道。”

“我……我们回去吧……”南萧觉得自己的声音有些哆嗦。

那个汉子似乎注意到了背后的动静，转过身来。这人长得棱角分明，两道剑眉，深凹的眼眶，眼睛狭长，眼角微翘，身上的肌肉线条鲜明却不臃肿，流露出一种活力。看到萧琪的时候，他眼睛一亮，咧嘴笑了：“哟，美女啊。”说着，他低头吸了几口碗里的泡面，却还是盯着萧琪，“来这儿做什么啊？你微信号多少啊，要不要加个好友？”

萧琪一下子不知道如何是好。南萧念叨着不知道哪里看到的“野外生存小技巧”：“在遇到猛兽的时候，千万不要转身立刻跑，会被当作食物吃掉的。”

那人一边吃泡面，一边三两步跨到了萧琪面前，顺手抢走了萧琪手中的名片：“哈哈，你是来找这家伙的？”他大笑着，然后转头朝着门喊道：“老板！你有客人来了！你再不开门，美女就跑了哦！”

嘎吱一声，那被捶得坑坑洼洼的门慢慢地挪开了一条缝，从里面探出一个脑袋，想必这人就是星策传媒的老板，名片上写的张悠游。

张悠游顶着一头凌乱的小卷发，还留着两撇小小的八字胡，两只眼睛灵活地四处打量，最后把目光定在了萧琪身上，接着笑了，急急忙忙地从门缝里挤了出来。他挤得太用力，下盘不稳，

差点儿跌坐在地上，即便如此，还是小跑两步到了萧琪面前，开始上上下下、前前后后地打量萧琪。

那汉子吃完泡面，将碗一扔，一把拽过张悠游：“喂，美女迟点儿看不急，先把保护费交了！”张悠游大概一米七出头，被汉子这么一拉，像只被猫拎起来的老鼠，两腿直晃荡。

张悠游仰头看看汉子，用手揉了揉眼睛，然后凑近把汉子的脸端详了一番：“兄弟第一次来啊。”

汉子啐了一口：“我几个手下都拿你没辙，今天我亲自过来，你给我老实点儿。”

张悠游眯着眼睛又瞧了一会儿：“兄弟怎么称呼？”

汉子丢下张悠游，哼了一声，拍拍胸口：“行不更名，坐不改姓，天上天下，唯我独尊，这条街的扛把子沈恩飞沈大爷！”

“沈恩飞，好名字、好名字。”张悠游笑得像朵花，拉过沈恩飞的手，“兄弟，考不考虑往演艺圈发展啊？”

沈恩飞蒙了，在旁边看热闹的萧琪也是一愣，这张悠游怎么想的？

张悠游在两边的口袋里一阵摸索，掏出一张名片递了过去。于是，沈恩飞手里有了两张张悠游的名片。

“兄弟别不信，按照兄弟这颜值、这气质，我敢保证，不出三年，我必定让你大红大紫。别说这条街的扛把子，让你做演艺圈的扛把子怎么样？”张悠游说得眉飞色舞，给沈恩飞画了一个巨大的饼，“兄弟，你整天收保护费，让街坊邻居都怕你、厌恶你，收入才多少啊。”

“这……”沈恩飞拿着两张名片，这会儿貌似才看清楚张悠游名字后面的“职业经纪人”的字样，“收入不少。”

“一个月有这个数吗？”张悠游张开手掌，在沈恩飞面前晃了一下。

“五千？当然有啊。”沈恩飞不屑地答道。

张悠游摇摇头：“不是。”

“五万？”沈恩飞皱了皱眉，“这一个月有点儿吃力啊。我们只收保护费，不做抢劫杀人的违法买卖。”

张悠游笑笑：“兄弟，你跟着我，我让你一天这个数！”

沈恩飞张大了嘴：“一天？”

张悠游看着沈恩飞已经要上钩了，继续甩鱼饵：“其实等你大红大紫了，整条街都买下来，都是你的。那时候，你就可以名正言顺地收租金了！不用像现在一样提心吊胆又操心费神，多惬意啊。”

沈恩飞摸着下巴上稀疏的胡子，想了想，一拍大腿：“好！我跟你干！我给你三年时间，要是做不到，我就砍死你！”

张悠游抓过沈恩飞的手握在了手里：“成交！”

“这是个江湖骗子吧！”南萧看傻了。

“嗯……我们还是走吧。”萧琪转身打算离开。

“慢着！”沈恩飞一口叫住萧琪，“你不是有事找老板吗？赶紧的！”

萧琪又尴尬地转回来，摆摆手：“其实，我也没什么特别的事。”

“是凉生让你来的吧。”张悠游站在沈恩飞后面摸着自己的两撇小胡子，做了一个邀请的手势，“我们到屋里详谈吧。”

“这……”萧琪听到张悠游提到程凉生，犹豫要不要进去。

“喂喂喂，这样很危险啊。”南萧紧张地提醒道，“就这么和一个陌生男人进屋，后面还跟了一个流氓。”

萧琪顿了顿，继续跟着，说道：“别烦。”

萧琪还是进了屋。

张悠游所在的这栋楼还真是表里如一，房子里面也是斑斑驳驳，一点儿都不像公司，走廊里贴着各种老旧的国内外的电影海报。楼并不深，张悠游直接将两人带到了二楼的接待室，里面放了几把椅子和一张坑坑洼洼的条桌。

“喂，老板，你这里的样子看上去明显快把人饿死了，之前说的该不会是骗我的胡话吧？”沈恩飞皱着眉，一屁股坐到放在墙边的，这屋里唯一的单人沙发上。

张悠游的“等”字还没出口，沈恩飞的屁股就陷进了沙发。

“这沙发要丢了的……”张悠游赶紧说。

沈恩飞卡在沙发里动弹不得，脏话接二连三地从嘴里蹦出来：“快把老子拉出来！”

在张悠游使劲儿拉沈恩飞的时候，萧琪环顾四周，目光被一张海报吸引，海报上正是她所在公司的明星总裁苏语仑，他的造型应该来自以前热映的一部古装剧。让萧琪觉得奇怪的是，苏语仑的头上插了三支飞镖，敢情这海报是用来当飞镖盘了？

“多大的仇啊，拿人家的海报射飞镖啊。这人谁啊，好眼熟，应该是明星吧。”南萧说道。

“美女，过来坐。坐，别客气，把这儿当自己家。”张悠游好不容易把沈恩飞拉了出来，擦着满头的汗。

三人围着条桌坐下，张悠游拿出一沓资料，在两人的面前一放：“二位，我们明人不说暗话，今儿个啊，就敞开了说。我这儿呢，别看办公场地略显寒酸，却是实打实的有资质的艺人经纪事务所。最近哪，公司也正在对外海选，挑好苗子培养，准备进军娱乐圈！这厚厚的一沓就是我们公司的资料，我绝不是骗子。”

“老板，这公司资料只有一张介绍啊，下面全是重复印刷的废纸。”萧琪抖着那张薄薄的“公司资料”。

沈恩飞听了，也唰唰地翻了几页：“你不说我还没注意到，老板，这咋回事啊？”

张悠游又擦了擦汗，立刻把资料收了回来：“美女眼神真好啊，这一定是印刷错误。我要投诉他们。”

“别打哈哈，我咋怎么看你都不靠谱呢！”沈恩飞拍着桌子就站起来，“你可别以为我很好骗啊。”

“恩飞兄弟，”张悠游安抚道，“你先别急，我和这位美女聊完，你就知道我这儿正不正规了。你知道她是谁吗？她可是萧琪，这名字听过吗？看过《落尘诀》吗？就是前些年很火的那部电影，演员穿着古装嗖嗖地飞，电影里面有一套武功，可以吸收各种火元素的，记得吗？”

“哦，那部电影啊，可带劲儿了。”沈恩飞连声应道。

“人家可是女主角。”张悠游捻着胡子，“你看这么大牌的明星都和你一起坐着，你怕啥。”

“难怪了！我说怎么看着那么眼熟。哎，美女，回头给我签个名啊。”沈恩飞刺溜坐下，两眼放光地看着萧琪。

不光是沈恩飞，南萧听得都一阵兴奋：“喂，萧琪、萧琪，这家伙说的是真的还是假的？这要是真的，你可是个大牌了啊。”

不过南萧始终想不通，为什么在他的记忆里完全没有萧琪这个人，按理说她是明星，演了脍炙人口的电影……他应该多少听说过她才对。

“都闭嘴！”萧琪听得直翻白眼，对张悠游冷言道，“你快说，程凉生为什么把我介绍到这儿来，他这是和我开玩笑吗？”

眼前的一切让萧琪心烦，她出了医院直奔这里，是因为对程凉生的信任，跟着这个奇奇怪怪的张悠游进屋，同样也是因为这份信任，但再这样下去，她只会觉得这是在浪费她宝贵的时间和精力。

“程凉生是我的徒弟。”张悠游淡定地说道，“你现在的处境，我大概从他那边了解了。他认为只有我能帮你，就把你介绍

过来了。”

“你说凉生是你的什么？”萧琪诧异道。

“徒儿啊，他刚入这个圈子的时候，是我手把手教的。别看我这样，我在这个圈子里也算是个老江湖了。”张悠游有些得意地抚了抚自己嘴上的两撇小胡子，然后抬了抬手，示意萧琪不要说话，“你先别急，我们先来看看你现在的情况。若你想要继续待在苏氏影业，已经不太可能了。想必你的处理结果也出来了，你应该只有解约这一个选择。而他们公司家大业大，在圈子里有足够的话语权，你很难再有在主流媒体的曝光机会，所以其他的艺人公司，也不敢轻易签你。”

萧琪叹了口气，这一点她早就想到了。程凉生也是因为如此，在处理结果出来之前，就直接向公司提交了不再担任她经纪人的申请，这是很符合他的一贯作风的选择。

“不过，也不是山穷水尽。”张悠游端起面前的一次性水杯，像品茶一般地抿了一口里面的矿泉水，“至于办法嘛……”他把一份合同向前一推，“和我签约就成。”

萧琪有点儿佩服眼前这位老板的无赖程度了，毕竟她已经不再是那个未经世事的小姑娘了：“你凭什么保证？”

“这个……”张悠游刚开了个头，接待室旁边的一扇小门后发出了咕咚的声响，好像有什么重物摔在地上，接着门上响起了轻微的敲门声。

“哎哟，老板，你藏了人啊？”沈恩飞刚才昏昏欲睡，这下来了精神，自告奋勇地站起，直奔那扇小门。

张悠游也是一脸诧异，对萧琪摇摇头道：“这……没有。那是储藏室啊。”

沈恩飞打开储藏室的门，一个身影从门后跌到地上，挣扎了一会儿，总算支起了上身。

“游典方？”萧琪和南萧惊讶地喊道。

这正是今天不知所踪的“天使”游典方，只不过此时的他完全没了之前在医院的风光，全身上下脏兮兮的，脸上有两条黑黑的泥道子，本来微卷的头发，凌乱无比。

游典方晃晃悠悠地站起来，双手在身上擦了擦，眯着眼，隔了好一会儿，才认出眼前的人：“萧琪……”

“你朋友？”张悠游皱着眉问道，“你什么时候躲在我家的储藏室里的？”

晃了几下以后，游典方总算缓过来了，朝着张悠游摆摆手：“这些都不重要。”然后他把萧琪拉到墙角，在萧琪耳边轻声说：“南萧，你今天要在这里签下这份合同。”

游典方从破损的裤子口袋里掏出那本笔记本。笔记本倒是没受损，棕色的表皮发着亮光。

“可要签的话，也是我签啊。关他什么事？”萧琪觉得这里边的逻辑似乎有点儿问题。

“你们是一体，他完成就是你完成，你完成就是他完成。”游典方解释道。

“我不签。”萧琪断然拒绝，“整件事都稀奇古怪的，我才不会这么随便就签了。”

游典方又道：“你考虑清楚啊，这事说不定就是目标中的一部分。你不是急着想把南萧请出去吗？我也着急想赶紧完成任务，我们利益是一致的。不然，南萧可能会一直跟你在一起，和你共存亡了。”

“你们当着我的面说这些，真的好吗？”南萧说。

“你闭嘴！”游典方和萧琪异口同声地说。

南萧突然发现自己是三人里最底层的。

萧琪刚才也只是顺口一说，她不喜欢被诸多因素逼着去做一

件事，然而她同样不喜欢游典方所说的那种可怕的情况。所以在签与不签这件事上，萧琪的关注点已经不在这个行为的对与错上了，而在于哪种情况让她更不舒服。思考片刻，她无奈地点点头："好吧，但要怎么签？"

游典方松了一口气，翻了翻笔记本："这上面都写了，交给我吧。"

"交给你？"萧琪深表怀疑。

游典方走到张悠游面前坐下："我来代替萧琪和你谈合同，萧琪愿意和你商量这方面的事。"

张悠游狐疑地看了看萧琪，见她面有难色，但仍点了点头，于是说："好吧，这位小兄弟，怎么称呼？"

"游典方，你的这份合同有几点要修改。"游典方一副精英做派，说话时还自信地捋了捋自己的头发，但配上不怎么整洁的外表，让人忍俊不禁。

"好说，合约本就是要经过商量的。"张悠游不知从哪里掏出一副眼镜，也认真起来。

"关于收益分成，现在的比例是六比四，萧琪拿六成，公司拿四成。"游典方指着条款一处说道。

"兄弟想改成多少？"张悠游回道。

"二比八。"游典方淡定地说道。

"这有点儿狮子大开口了，兄弟。公司拿走的四成里面，还要拿出一部分来支付萧琪的包装、推广之类的费用，只给两成，这就太说不过去了。"张悠游紧皱眉头。

游典方听了急忙摆手："不不不，萧琪拿两成，公司拿八成。"

"什么？！"萧琪和张悠游异口同声地惊呼。

"你开什么玩笑？！"萧琪想阻止，却没有发出任何声音，她急着想往前走，把游典方拖走，却发现自己寸步难移。

“别激动，你吼得我都有点儿精神恍惚了。”南萧的声音传来，刚才那一瞬间，换成他控制身体了，“难怪游典方会收到消息说是我来签这个合同。”

“这就是他设的局！凭什么这个节骨眼儿换成你？你给我上去！阻止他！”

南萧晃了晃身子，留在原地没动。他好奇游典方有什么打算，或者说命运接下来的安排。

张悠游再次把目光转向萧琪，游典方的要求完全出乎他的意料，要是萧琪自己不同意，他和这个怪人纠缠再久也没什么意义。而这种分成比例，萧琪绝不可能同意。然而萧琪并没有表现出除了惊讶以外的抵触和反对。

萧琪对这个怪人竟然如此信任？还是说她做出这么大的让步，是因为有其他要求，张悠游如此盘算着。他也是见过世面的人，自然不会被冲昏了脑袋：“这么大的让步不会白来的，你还有什么要求？”

“稍等，我看看啊。”游典方又掏出了笔记本，突然没头没脑地问，“沈恩飞是谁？”

张悠游指了指正坐在一边打哈欠的长发男人。

沈恩飞本来对这种谈合同的事情就没什么兴趣，好不容易揪出游典方，让他有点儿乐子，但闹腾半天也没闹出什么有意思的事。这会儿，看到大家突然把目光转过来，沈恩飞抖擞精神：“沈恩飞沈大爷就是我，小子，你想干吗？要不我们打一架？我都困死了。”

游典方点点头，又对张悠游说道：“第一个要求是你也要同时签下这个人。”

“这个好说，我本来就要签的。”张悠游爽快地点头，却是满心疑虑，这沈恩飞和萧琪是什么关系？明明彼此不认识，为什

么要绑定签约?

沈恩飞也是一头雾水："小子，你说什么呢，大爷我自己签不签还没决定呢。"

"这我不管，这上面这么写着的。"游典方指了指手上的笔记本，继续对张悠游说："然后，沈恩飞要拜我们萧琪为师，由萧琪教他。"

"啊？"沈恩飞蹦了起来，目光落到萧琪的身上，上上下下打量一遍，又笑逐颜开，"哈哈，这个我没问题啊。被美人还是电影女主角教，这操作，我不亏。"

"瞎说什么？！"萧琪气急，"快让这家伙闭嘴，让我来谈！"

南萧撇过脸，不看沈恩飞，但还是留在原地没打算掺和，"就听游典方说下去，他一直在看笔记本，说明这可能是命运的安排。"

"我相信科学，我不信命！我管你哪里的安排，我不接受！"萧琪一直在挣扎，但很明显，她怎么挣扎都无济于事，南萧又不插手，这让她很无助。

比起萧琪，另一个人则更是大惑不解。张悠游摘下眼镜擦了又擦，仔细地思索着游典方提出来的条件。这两个要求，一是把沈恩飞和萧琪绑定了，让他省下了再单独去跟沈恩飞谈的麻烦，二是连沈恩飞的培训费用都能解决掉一大半。无论怎么想，这都是对公司有益，对萧琪无益的事。这"馅饼"放在张悠游面前，他却不敢轻易去碰了："兄弟……还有什么要求吗？"

"萧琪的私生活，公司不得过问，一切行踪都必须对外保密，且私生活不可出现在所有公共媒体上，多出来的费用就是处理这些问题的封口费和公关费。"游典方说完吐了吐舌头，"这段话真拗口。"

"我懂了。"萧琪怒气冲冲地对南萧说道，"这人拐弯抹角的，就是怕咱们暴露，到最后我还得用自己的收入来弥补！"

“兄弟，先喝口茶。”张悠游递过一杯矿泉水，推了推眼镜，笑着说，“你说的这个是公司的本分，不算要求，还有什么要求，不妨直说。”

“嗯，第三个要求是公司的八成里，要再拿出两成，打到这个账户。”游典方翻了翻笔记本，在合同旁的白纸上，写下一个账户。

“这是？”张悠游有些犹豫地看着这个账户，“没有户名？”

“哎？你等等。”游典方又瞄了眼笔记本，写下“陈康”这个名字。

“这位又是谁？”张悠游问道。

游典方合上了笔记本，抓了抓蓬松杂乱的头发：“一位慈善家，无关紧要，详细的情况我也不知道，就这样吧。我们抓紧时间完成这事。”

张悠游愁容满面地来回打量着南萧和游典方，又拿起合同看了一遍，想了片刻，眉开眼笑地握上了游典方的手：“可以啊，兄弟是明白人啊。”

那亲切劲儿，仿佛游典方是他的亲戚。

萧琪内心却是一万个不乐意，感觉受了天大的委屈，还没有办法发泄，干脆消失了。任凭南萧怎么呼唤，她都不再理会。

南萧顾及萧琪，心里有点儿不是滋味，按游典方的说法，签这个合同是南萧必须要做的事之一，不签的话，对萧琪也是有害无益，他总不能永远占着萧琪的身体吧？但是签的话，合同内容对萧琪非常不公平，自己有点儿过意不去。

张悠游也是上道的人，看着南萧的脸色，倒是猜到了七八分他的想法。让张悠游好奇的是游典方到底是萧琪的什么人。萧琪的态度，甚至是气场，在游典方出现以后，都发生了变化——萧琪对游典方提出的明显不合理的合同内容都没有反驳，但从两人的眼神交流来看，又不像有特殊的情愫。既然合同基本谈完，那两人的关系对张悠游来说是非常重要的，这关乎萧琪接下来的工作怎样展开。而至于游典方为什么会出现在储藏室，反倒显得不是很重要了。

不过，张悠游也不点破，他不打算直接问，而是决定先不动声色地观察——现阶段还是把合同签了。

合同放在南萧面前，他迟迟不下笔，在一边的游典方则有些急地催着："快签了。"

张悠游想了想，换了一份新的合同，在分成比例上，把"2:6:2"修改成了"4:4:2"。

张悠游安抚着南萧："其实我也觉得让你只拿两成有点儿不人道，你毕竟是个咖，是吧？我怎么也不能亏待了你啊。我加两成。"

合同又放到南萧的面前，他依然迟迟不下笔。

张悠游皱着眉头，转向游典方："搞了半天，兄弟，你和我聊的都不算啊？"

游典方急忙把南萧拉到一边，在他耳边说道："想什么呢？现在是你控制身体啊，赶紧签了了事。我也好完成任务，继续去玩儿啊。"

南萧委屈地盯着游典方："我不会啊。"

"不会啥？"

"我不会萧琪的签名啊！"南萧摊摊手，"我能怎么办，我也很无奈啊。"

"这……"游典方拍了拍自己的脑门，他又遗漏了一个关键问题……

南萧突然想到了解决方法，他向着张悠游伸着手问道："按手印可以吗？"

“本来就要按的啊，或者你有个人印章吗？”张悠游不解地问道。

游典方打开印泥，抓着南萧的手直接按了上去，然后在合同上一拍，直接在上面印了半个手掌：“萧琪手伤了，写字不太方便，就这样吧。”

张悠游突然觉得虽然自己混了那么多年，但还真从没遇到过今天这样的状况。

啪的一声，沈恩飞也在另一份合同上按了半个掌印，他的手大，合同下方红彤彤的一片：“好了，大爷我也签了。老板，赚不到钱，我砍了你！”

张悠游一看那份合同，欲哭无泪：“哎哟，沈大爷啊，这合同不是给你的啊，这分成……你拿得比你师父还多。”

“我没全拿，当收你的保护费，你就知足吧！”沈恩飞拉过张悠游，“来来来，老板，把我们的两份合同盖上公司的章！”

胡闹的签合同过程很快就结束了。

游典方完成了任务，又跑没影了。

南萧签完艺人合同，充满了期待，他一个“死宅”、网约车司机，有机会演电影、电视剧了。萧琪因为被代言，非常不满，但想到自己的处境，也不强求，现阶段她也不是追求收入的时候，死马当活马医，看张悠游是否有手段让自己重回一线。

沈恩飞抽着廉价烟，跷着脚，兴奋地问张悠游圈内女明星的八卦新闻。

“萧琪，你现在住哪儿？”张悠游摸着胡子，狡黠地问道。

南萧自然不知道，好在萧琪见大局已定，终于又肯理他了。

“城北，风华别苑。”南萧转述。

“哇，果然是别墅区啊。这两年你虽然过得比较苦闷，但之前还是有所积累的呀！”张悠游点点头：“沈恩飞，我们收拾东

西，去萧琪家里。”

“啊？”

“什么？”

张悠游面不改色地说：“你看，我这边环境那么差。你家环境好、条件好，借地办公嘛。大家住一起，也方便互相熟悉、好好工作，不是吗？”

“好好工作个鬼！走开！”萧琪觉得自己从没见过如此厚颜无耻的人。

“老板，你这脸皮是怎么练出来的……”这回连南萧都觉得有些说不过去了。

张悠游抬了抬眼，贱兮兮地问：“萧琪啊，你现在不是没工作吗？没工作就没有收入吧？”

“好像是这么回事。”南萧点点头。

张悠游点点头，又严肃地说：“那么大的别墅，单是物业开支就不少吧？”

“是这样吗？”南萧问萧琪，萧琪用沉默回应。

张悠游继续点头：“所以，你看，我们公司搬过去，还能帮你解决这些杂七杂八的费用。解决了后顾之忧，你不是就能好好工作了吗？”

这是什么歪理邪说。可南萧一时间竟然找不到话来反驳，甚至觉得张悠游说得挺有道理。

张悠游并没有等南萧回答，已经拉着沈恩飞整理行李：“我屋后面有车，一会儿我开车！”

“天哪……”萧琪难以想象自己之后的生活会是什么样子。

萧琪这栋风华别苑的别墅并不是她自己赚来的。虽然她是童星出道，主演过卖座的电影，但也负担不起这种宅子。近几年她的事业陷入低谷，她被归到了昙花一现的影星范畴。在生活开始拮据的时候，她都有过卖了这栋别墅的念头。

这栋别墅是在萧琪人气最旺——《落尘诀》热映的时候，她收到的一份礼物。送礼物的人，通过律师把房产证和钥匙送到了她手里。那人说自己是她的狂热粉丝，却既不要求见面，又没要签名，自始至终从未出现。

记得当时她和程凉生还就别墅的处理问题争论过。程凉生始终觉得她接受如此贵重的礼物后总要付出相应的代价，并且他完全不信这送礼的人只是萧琪的粉丝而已。

而萧琪则在见到这别墅的第一眼，就喜欢上了这里。进大门以后，首先映入她的眼帘的便是一个小花园，花园的边上，种了一棵桃树，绽放的桃花，让她想到了老家弄堂口的那棵树，她为此还请了人专门照料。

他们这次回来，正是桃树结果的时节，一个个青涩的果实缀满枝头，然后它们就被人用“棍子”一一打落了——沈恩飞正倒提着一把扫帚，捅着枝头上的青桃：“给本大爷下来！”

萧琪气得差点儿说不出话来：“他在干什么？！”

南萧会意，走上前：“别捅了，这桃树本来就是种在家里看的，果子又酸又涩，回头出去买点儿大桃子，不行吗？”

沈恩飞这人江湖气重，看重师徒、兄弟之间的义气。之前在利诱之下，他思考再三，还是拜了萧琪为师，这会儿也听得进师父的话，撇撇嘴，转头往屋子里去。

一进屋，沈恩飞就听到张悠游的招呼声。

张悠游已经自顾自地把书房当作了自己的办公室。书房很大，这种鸠占鹊巢的行为，让萧琪暗骂不止。回想过去的一周，萧琪佩服自己，所发生的一切，她竟然就这么接受了。

要不是在他们到家的那天，程凉生来了一趟，萧琪很确定自己会报警把这两个不速之客赶出去。而在程凉生的调解下，这栋两层别墅，上层给萧琪做生活区域，张悠游和沈恩飞不得进入；下层有两个卧室，这两人就住在楼下。

想到程凉生，萧琪很失望。

程凉生即便来她家，也不是为她而来，而是带着公司的解约合同来走个过场。对这个陪伴在她身边将近十年的经纪人，萧琪很想抓着他的领子，好好地问问她在他的心里到底算什么。

然而这个问题，程凉生其实已经回答过很多次："工作而已。"

萧琪能想象出他回答这句话时的嘴脸，但萧琪并不相信，也许在程凉生理智的表层之下，有那么一点儿不一样的情感？

"他不是帮你安排了张悠游吗？"南萧安慰道。

"你觉得靠谱吗？只不过随便给我个去处，他良心上好过得去吧。"而说到张悠游，老是神龙见首不见尾，也不知道在做些什么，这让她烦躁得很。

现在每天她除了练习基本功，也就只能盯着沈恩飞了。根据合同，沈恩飞需要萧琪亲自辅导演艺培训。其实正规的公司，应该由公司出面，找学校合作，直接给艺人开班教学才对。但他们这家破得不能再破的"星策传媒"，显然没有这个经济实力。

不过也正因这样，南萧第一次发现，做一个演员并没有想象中那么轻松。他曾经以为演员们平时只要保持体形，控制饮食，然后等着通告一个个地来就好。但现在看来，演员的日常安排并不简单：发声练习是为了打好台词的功底，健身是为了获得充沛的体能，大量阅读、看片才能了解各种表演手法和塑造各类人物形象的技巧。按萧琪的说法，演员并不知道下一个接到的是什么类型的角色，很有可能是从来没在生活中见过的。

"出东门，过大桥，大桥前面一树草，拿着竿子去打草，青的多，红的少，一个草，两个草……又错了！"沈恩飞不耐烦地把教材丢到一边，抬手就想点烟，看到萧琪站在面前，犹豫了，

“能不能不练这个啊，我感觉自己像在读幼儿园。”

萧琪冷冷地说道：“我见过很多因为方言而说不清话的人，有‘n’‘l’不分的，有平翘舌不分的，有前后鼻音不分的。而你这种‘枣’念成‘草’的，我倒是第一次看见。”

“大爷我……”沈恩飞拍着桌子站起来，但立刻被甩了一教鞭，胳膊上立刻红了一条。

“大爷大爷的，你是七十，还是八十了？毛都没长齐呢，还大爷。说了多少次了，这种习惯用语必须改掉！”萧琪疾言厉色，这段时间她心情不好，正好拿沈恩飞当出气筒。

“你！”沈恩飞气得直咬牙，他作威作福惯了，什么时候被这么教育过？手举到半空，他又强忍着放下来：“我……我好男不跟女斗！”

“继续念！练气，练口语。念不好，不准喝水！”

萧琪宛如恶魔，让沈恩飞回想起在学校里被教导主任支配的恐惧。

“出东门，过大桥，大桥前面一树草……找枣草枣，枣……”

这个一米九的大个子，蜷缩在一张板凳上，头发胡乱地披着，捧着书摇头晃脑地念绕口令，让南萧想到了蹲在地上的大金毛。南萧很喜欢大型犬。

萧琪坐在一边，靠着沙发，揉着太阳穴，疲惫让她睡了过去，南萧立刻掌握了身体的主控权。他们最近发现，只要一方的意识进入睡眠状态，身体的主控权就会自动进行转移，这也算是一种可控的切换方式了。

南萧看着沈恩飞，不免多了些亲近感，即便如此，他对沈恩飞还是有些忌惮，便起身到厨房，切了柠檬，做了一杯柠檬水，递给沈恩飞。

沈恩飞先是一愣，接过杯子喝了一大口：“唉，是可乐就

好了！”

南萧无奈地摊手：“家里没饮料，萧琪……不，我说了，要做演员的话，首先要对自己的身体负责，可乐什么的少喝。”

“我身体好着呢，读书的时候，我可是包揽运动会项目冠军的人，都被学校选去当运动特长生了！”沈恩飞自豪地说。

“那后来怎么又去收保护费了？”

沈恩飞合上书，抓了抓脑袋：“我说了，你不准笑我。”

“是很好笑的事吗？”

“我不爱读书，高中的时候和班主任吵架，那家伙说我这种人以后就是没用的垃圾，就是出去当个混混儿也顶多给别人做小弟。我不服，就跑了。”

“跑了？”

“你想啊，当混混儿有什么难的？凭什么说我做混混儿都不行？我赌气，就跑到这边，想着靠当混混儿出人头地，再回家去。”沈恩飞越说声音越小。

南萧突然明白沈恩飞为什么会在张悠游的忽悠下，同意签合同，加入这么不靠谱的公司了。这人原来一点儿都不傻，他这是在沉沦中，抓到了一根细细的救命稻草。

沈恩飞似笑非笑，直直地盯着南萧的眼睛：“他们说强大的男人示弱，女生就会因为同情而心生好感——‘把妹’绝技之一。看来，还是有点儿用的，那我今天是不是可以不训练了？”

南萧恼火。他想如果换成萧琪应该已经一巴掌把这人扇到门外去了。南萧握了握拳，终究没下得去手，把沈恩飞推到一边。

南萧本以为沈恩飞还会借题发挥再嘲讽他几句。没想到沈恩飞摇摇头，又坐了回去，开始念绕口令。

“台词功底扎实是演员合格的标准，打好基础。”南萧照着萧琪之前的说法说完，赶紧走开。

沈恩飞凝视着萧琪的背影，通过这些天的相处，他发现这个师父，有两种行为模式，有时像天使，有时像魔鬼——有时候她对自己极为严厉，凶得不像话，但不一会儿又变得和颜悦色，甚至温柔可人，还会拉着他打游戏。这两种模式的切换又毫无逻辑可言，他实在抓不准她的想法。

转天，天气有些闷热，萧琪穿着一件宽松的 T 恤，拿着书坐在沙发上，手捧一杯柠檬水，教训站在她面前的沈恩飞。

“身为演员，你一定要对自己的身材有较高的要求，平时吃的东西都得严格控制，高热量、高脂肪的都不能碰，比如泡面、可乐！”

沈恩飞一脸委屈：“泡面例外行不行啊？”

萧琪眼神一凛，看得沈恩飞心里发毛。萧琪就这么直直地盯着沈恩飞，抬手喝了一口柠檬水。随即萧琪的表情一变，立刻放下水杯，瘪着嘴吐了吐舌头，说：“又喝这么酸的东西！喝得都有点儿反酸了，我还是想喝可乐。”

“啊？”沈恩飞觉得莫名其妙。

“今天真的好热啊，要不要开空调透透气啊？”南萧出现后，忍不住拉着 T 恤领口抖了抖，想带动空气流动散散热。

领口抖动，沈恩飞的眼神急忙挪开。

“说起来，我觉得萧琪你……是不是人格分裂？”沈恩飞红着脸问道。

“你还知道人格分裂哪？”南萧觉得好玩儿，没想到沈恩飞的心思还挺敏锐，他又问，“怎么个人格分裂法？”

“我想想，感觉你有两种人格，一种像男人，一种像女人。”沈恩飞想了想。

“怎么呢，你觉得我现在像个男人？”南萧心想自己果然不善于伪装，即便被困在一个女生的身体里，还是这么快就被发现了。

沈恩飞却摇摇头："现在像女人，更温柔。"

"哈哈哈。"正处于清醒状态的萧琪笑得肆无忌惮。

南萧的脸色尴尬得不行："你走开！信不信我扇你！"

撇开这段小插曲不说，萧琪对沈恩飞的认可度在不断上升，对张悠游的眼光有了新的认知。

萧琪回想之前的一次情景练习，她挑了话剧《雷雨》，这几乎是所有学习表演的人一定会练习的剧目。她选取了第四幕中周萍和繁漪的对手戏。这段人物的情绪起伏大，表演的层次感强，能比较全面地考察演员的演技。

萧琪饰演的繁漪先开口："这么说，你是一定要走了。"

沈恩飞饰演周萍，他有些局促，嗯了一声作为回应，毕竟这是他第一次正儿八经地进行情景练习，萧琪对他的期望也不高，他能做到不出错便及格了。

萧琪接着演，情绪尽量都给到位。

对戏的过程，其实是两个演员精神交流的过程，要是两人步调一致，棋逢对手，双方都能自然而然地沉浸其中，获得极大的乐趣；反之，如果遇到步调完全不一致的对手，演员便难受得紧，极耗心力。

萧琪高声斥道："我不要你送，走开！"压制情绪后，她又低声道，"我还用不着你父亲偷偷地，背着我，叫你小心送一个疯子上楼。"

"那么，你把信给我，让我自己走吧。"慢慢地，沈恩飞表现出的人物情感变化越来越流畅……

不知不觉中，这个片段已经演过三分之一，萧琪察觉到，沈恩飞竟然入戏了。虽然台词说得依然蹩脚，但他的表情和眼神已经透露出应有的情绪。

这家伙……

萧琪将自己的声音压低，带着威胁，狠狠地说："到底你还是到她那儿去了。"

沈恩飞一甩手，断然道："嗯，我去了、我去了！你要怎么样？"

"不……不怎么样。"台词一出口，萧琪愕然发现自己被沈恩飞带动，接受了角色所传达的完整的情感，自然而然地反击了回去。

沈恩飞瞪着眼，等着萧琪之后的台词，却等来一个台本。

萧琪用台本敲沈恩飞的脑袋："到此为止！"

她掐断了这场情景练习。

"啊？"沈恩飞感觉胸口闷了一口气，意犹未尽，"可还有很多戏没试，要不我们试完？情绪好不容易上来了，就这么泄了，怪烦人的。"

萧琪冷眼瞥他："你的台词完全不过关，这样下去也没意思，你自己练台词去！"

"唉，练台词很无聊啊！我们再来一遍？"沈恩飞突然耍起无赖，对萧琪猛眨眼睛。

"去！"萧琪皱眉沉声说。

沈恩飞像泄了气的皮球，直嘟囔："你看，你又像恶魔了。"

萧琪不理会沈恩飞，刚才他真的让她吓了一跳。

沈恩飞确实是可塑之材。大家都说表演的流派分为体验派、方法派和表现派。演员的种类也很多，努力型的、天赋型的、角色型的等。沈恩飞显然属于天赋型的，他入戏特别快，而且性格和过往的经历让他在解放天性上，水到渠成。他的外貌也没什么好挑剔的，身材挺拔匀称，五官俊朗，带着中西混血的味道。

他现在最大的问题便是说不好台词。关于台词，演员需要注意的点有很多：普通话说得好不好，能不能将情感通过台词释放，以及在语调、语气甚至发声方式上的个人风格问题等。这一切，沈恩飞都不过关，只能慢慢训练。

萧琪按了按太阳穴，她知道自己可能有些心胸狭隘，对沈恩飞的天赋，她有了些许羡慕和防备。留下沈恩飞，萧琪回房间做完一组塑身运动之后，准备休息片刻。

约莫睡了两三个小时，醒来以后，萧琪发现自己正面对全身镜，想来应该是南萧做的。

在她休息期间，南萧起身在她原本穿的单薄的衣服外又套了一套酒红色、有着细致蕾丝卷边，以及金丝坠线的高腰长裙，裙摆上印着华美炫丽的印花……

“我有这样的一条裙子吗？”萧琪问。

“我买的。”南萧对着镜子自拍了一张。

“你买的？”

“是啊，今天刚到货。”

“用谁的钱？”

“你的啊，我又没钱。”南萧摊手，戴上一顶与衣服相衬的造型夸张的圆礼帽，“怎么样？这是LO装（洛丽塔风格的衣饰），我以前曾经幻想有一个能换各种可爱衣服的老婆，现在既然老婆不可能有了，不过还好有你。你看，可不可爱？”

萧琪要崩溃了：“可爱？正常男人怎么可能穿着裙子，疯狂自拍？”

“反正是你穿，又不是我，我只当自己在玩儿换装游戏。对了，我还买了一块数位板。”他继续对镜头摆各种姿势。

萧琪看着镜子里的自己——完全不受自己的控制，摆出各种让人觉得羞耻的奇怪表情，气得牙痒痒：“我一定在做梦，一定是的。我再睡会儿、再睡会儿……”

咔嚓、咔嚓……

“你烦不烦啊，用手机拍照，能不能静音啊？”萧琪的手一挥，手机摔了出去，砸在墙上，屏幕直接裂成了蜘蛛网。

南萧说：“我们换过来了……我去休息了，晚安……”

萧琪一把扯下帽子，捡起手机，气得全身发抖，删了手机里的所有照片。

又过了两天，夕阳西沉，暮霭漫天，南萧站在一处公园广场旁。

不远处的广场上整整齐齐地分了几个方阵，大妈大爷们跳着广场舞。各个方阵的音响此起彼伏，俨然一股争鸣之势。

“来这儿做什么？”萧琪问南萧。

南萧透过黑黑的墨镜，望着广场舞的方阵。

“你看得到东西吗？这种光线戴墨镜？”萧琪见南萧没有回应，忍不住吐槽。

“我妈每天这个时候会来这儿跳舞。”南萧探头张望。

“多多？”萧琪远远地看到一个中年妇人朝着南萧挥了挥手，然后就兴冲冲地走了过来。

南萧立刻左右看了看，把自己藏到旁边的一块广告牌后面，露出半个头。广告牌上写着：“黑头别躲，我看见你了。”

“你怎么躲起来了？”萧琪问道，“她喊的是多多吧？”

南萧的脸一红：“多多是我的小名。我爸那时候一直想要女儿，结果生了儿子，就取名叫多多，意思是多出来的。”

萧琪听得出南萧言语中的调侃，却没有笑出来：“多少能理解一点儿你的感受。”

“你是不是有什么误解。这老头子从小抢我的零食、抢我的玩具，玩儿游戏都从来不让我，把把虐我！不过，我们还算相处

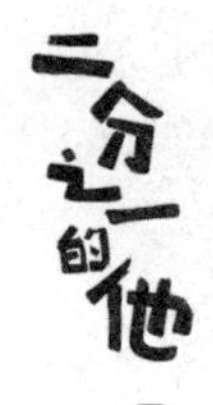

愉快。”南萧想着就有些气愤。

“当我没说。”萧琪觉得自己很傻，从小没见过父亲的自己在心疼一个被父爱包裹的人。

自以为完美躲避的南萧惊讶地发现那妇人竟直直地朝他奔来，几步就到了他的眼前。

南萧有些尴尬地抓了抓脑袋，取下墨镜。

萧母本想伸着手去拽儿子的耳朵，走到跟前却疑惑地停下脚步。

“你妈？”萧琪问道。

“嗯，我妈。”南萧回道。

“她认出你了？”

“不可能吧，我们长得完全不一样，怎么可能认出来？”虽说如此，但南萧多多少少还是有些失落。

萧母上上下下打量了南萧好半天，突然笑了起来：“哎哟！你说妈这记性，妈果然老了！你那么久没回家，我竟然以为生的是个儿子了！”

“你妈是个人才。”萧琪忍不住说。

“妈，你也太随便了吧！”

“随便？怎么随便了，先不管这些，跟我回家看看你爹。”萧母不由分说地拉起南萧的手，朝家的方向走，“闺女回来了，老头子应该会开心。”

南萧有些惊慌地拉住萧母：“妈，你真的以为自己之前生了个儿子？”

“你这孩子今天怎么了？还生气了？妈都和你说了，我刚才犯糊涂了，我当然生的是你啊。”

“真的假的？老妈。那你说说，为什么我的小名叫多多？”南萧想了半天，怎么都不能接受现在发生的事，除非……

“除非是游典方搞鬼。”萧琪的内心倒是一阵雀跃。

萧母又一次仔仔细细地端详南萧一番，似乎很奇怪女儿今天的反常：“这有什么好说的？你爸他一直想要个女儿，你出生了，他别提多开心了。就想着不管什么好东西都要给你多一点儿，你就叫多多了啊。我不是跟你说过好多遍了，你听着不腻啊？”

这是闹的哪一出？南萧只好满心疑惑地跟着母亲回了家。

不管是上大学还是工作，南萧都没有离开过家乡的城市，但他却很少回家，只是偶尔打电话回家报平安，或是回来一趟。

他们七拐八拐地进了小区，上楼，开门，家里传来轰隆轰隆的枪击声。

“啊啊啊！你偷袭我，看我不毙了你！”粗犷的男音吼道。

“老公！”萧母提气吼道，音量足够穿透两层混凝土墙。

萧琪被震得有些恍惚。

屋子里的声音立刻就灭了，房门被嗖地打开，出来一个穿着背心，笑容满面的中年男人，有些脱发，刘海儿勉强盖住头顶。

“来了来了，媳妇大人不是跳舞去了吗？怎么回来了？”说着瞥见萧母旁站着的南萧，“宝贝女儿回来了！快给老爸抱一个！”

萧父狠狠地抱住南萧。南萧感觉自己随时都可能窒息，从父亲身上传来的微微的汗臭味，倒是带着一点儿熟悉和亲近。

“你爸？”萧琪继续点评道，“厉害。”

南萧脸红：“他以前真不是这个样子的。”

南萧挣扎着从父爱的怀抱中出来：“爸，你就不觉得奇怪吗？”

萧父问：“哪儿奇怪？”

“就……就没有一点儿异样吗？”儿子变成了女儿，你们就完全没发现问题吗？南萧忍不住在内心咆哮。

“哦哦！”萧父突然像开了窍一样叫了起来。

上册

“发现了？”南萧竟有些激动。

“胸部发育了？我记得之前是平的啊。”萧父煞有介事地说道，“我还一直担心你没女人味……”

南萧：“……”

啪！

萧母一掌打在萧父的头顶：“这么说女儿，你羞不羞啊！”

萧父并不在意，笑嘻嘻地拉起南萧的手：“快，进屋。老爸买了新游戏，以前你都抢着和我玩儿，每次……哎？我怎么会有一种养了一个淘气儿子的错觉？算了，快来！”

南萧觉得这压根就不是记忆里的父母……萧琪却饶有兴趣地观察着这个闹哄哄的家。

折腾到晚上，南萧睡在他以前的卧室里，十几平方米的房间，靠墙有一张一米八的床，两边是书架，四周挂着漫画和游戏的海报，书架上还有不少手办，整间屋子堆得像一间储藏室。

“这都是你的？”晚上萧琪出来后，从南萧的老妈那儿顺了一张面膜，正敷着脸。

“当然不是，大部分是老爸的。小时候我喜欢但他觉得没兴趣的，就绝对不给我买。他看到喜欢的，就和我妈说是我要的，买回来堆在我这儿！这还不算……”南萧愤愤不平地说。

“我没有见过我的爸爸。”萧琪突然说。

南萧瞬间说不出话，想了半天，嘟囔出一句：“其实没有老爸也挺清静的。”

萧琪哭笑不得，想来是南萧以为她的父亲死了：“我爸在我妈怀孕的时候就跑了，现在在哪儿我不知道。我妈也从来不和我说他的事。”

“那你妈应该很疼你，毕竟两个人生活，相依为命。”

萧琪想了想那个始终冷漠的背影，在眼前关上的房门和落在地上的满分试卷："那个女人……这些和你无关。"

"怎么会无关？难道以后不会遇见吗？对了，你妈是做什么的？平时你们会聊什么？"南萧努力把她的注意力从父亲的话题上移开。

但他并没有等到萧琪的回答，反而心里传来一阵不悦。南萧可以想象萧琪现在的表情，一定紧皱眉头，眼神凶狠。

萧琪坐起身，从一旁拿过平板电脑。

南萧想缓解尴尬："密码是……"

然而话音未落，萧琪已经麻利地输入密码，进了主页。

"你怎么知道我家 iPad（苹果平板电脑）的密码？"

被南萧一问，萧琪也愣住了，一时间竟然想不起来自己刚才输了什么数字："我刚输入了什么密码？"

"五一八六零零啊。"

"这是什么鬼密码？！"

"八千流啊！"

这是漫画《BLEACH》（《死神》）中的一个角色，南萧的心头爱。

"啥？"

"没什么。关键是你怎么知道的……"南萧有些在意，万一这是两人的记忆和思维开始融合的预兆呢？他开始胡思乱想。

而事实证明，他可能是想多了。

"我也不知道，就很自然地打开了。"萧琪也觉得奇怪。

两人又讨论了一会儿，却也没得出什么结论。过了一会儿南萧睡了过去。

清静下来的萧琪坐在床上，回想今天发生的事。原本陌生的萧父萧母，竟能让她感受到久违的暖意，接着她又想到那只向自己伸出、发出邀请的手。

“萧琪小朋友，你想当明星吗？”

悠闲的日子转眼已经过了两个月，萧琪的精神状态一直不太好，却也终于习惯了萧麒的存在。虽然他穿不惯女装，穿不好高跟鞋，经常素颜出门……这类问题层出不穷，不过萧琪能忍则忍了。

两人互通信息，加深对彼此的了解，在不让别人怀疑他们的身份这件事上，下了不少功夫。南萧始终在意游典方说的泄密后的惩罚，萧琪虽然对此不以为意，但也不希望在她有机会复出的时候,又被冠上人格分裂的帽子。在这点上,他们的利益是一致的。

而两人的“守护天使”——游典方却很久没有出现了。

这天，南萧睁开眼，打量这个自己住了许久的房间。宽敞舒适的开间，连着向阳的小露台，中间是通透的落地推拉门，屋里是干爽的实木地板，下面铺设了地暖，即使在冬天，赤足踩在上面也能感受到足够的温暖。屋子的中央放着一张大床，右手边则是一个小隔间，那是萧琪的衣帽间。

左手边则是两张单人沙发和一张桌子。

整个房间的布局很符合萧琪的性格，南萧一开始以为是萧琪自己装修的，后来才知道她在收房时，这里就已经是这种布局。

今天他醒得很早，萧琪的意识似乎仍在沉睡。晨光透过薄薄的帘子抚上萧琪长长的睫毛。

手指顺着光洁的肌肤滑至后颈，美妙的触感竟然有着些许让他怀念的意味，仿佛沉睡在记忆深处的触动正在被唤醒……南萧坐起身，扶着脖子，仰头伸了一个懒腰，低头看看有些歪斜的领口，思绪被拉回现实。

他始终克制自己没有去触碰萧琪划定的禁区，对于毫无恋爱经验的“宅男”来说，这并不是一件容易的事。

目光移开，他拉好衣领。透过窗帘，南萧很快被露台上的白色圆桌吸引，桌子上多了一本有点儿眼熟的本子。他跃下床，轻轻地拉开薄帘，开门走出去。

灰色的表皮，泛着青光，这是那个不负责任的“守护天使”给南萧的笔记本。

收下之后，南萧慢慢地把这个本子忘了，现在它怎么会突然出现在这里？南萧走到露台边，四处张望，确定周围没有人，便拿起本子。刺骨的寒意从指尖顺着血液传遍全身，南萧不禁打了一个冷战。

在该不该打开它的问题上，南萧犹豫了。“预知自己的一生将会怎样度过，并不是那么有趣的事。”游典方的声音又回响在他的耳侧，像是一记警钟。然而，手中的笔记本在这句警告的衬托下，更彰显出难以抗拒的神秘魅力。笔记本就像伊甸园中的苹果，南萧难以移开视线，手指滑动，将封面翻了起来。

第一页是空白的，没有任何文字，继续翻了几页，他也没有看到一个字，不免有些失望。正要合上，书页上突然散发出淡淡的金光，一个字一个字地出现了一小段话。

今天，我依然是晚班车，在市里转了一圈又一圈，没有接到一单生意。在接近深夜的时候，我找了一个夜宵摊，准备来一份美味的炒粉。没想到炒粉刚下锅，就有人叫计程车。我只能心疼那份炒粉了。

不过后来，我就一点儿都不心疼了。上车的是一个女孩儿，很清爽，也很漂亮。

我载着这个女孩儿，又在市里转了很久。因为她没有说目的地，只让我顺着路灯的光一直开。

从后视镜中看去，她似乎在哭？

很快，这些小字又四散成了细碎的流光，开始不停地组合成一段又一段不同的文字。内容像是日记，也像是随笔，变换的速度越来越快，渐渐地，南萧的眼睛已经跟不上它们变化的速度。一片片的光幕直接飞了出来，跃入他的眼睛。

刹那间，如痴如狂的欣喜、冲上云端的欢愉、撕心裂肺的悲伤、难以承受的痛楚、无法抑制的愤怒、如坠深海的空虚……无数种情绪像拍打山壁的乱流，冲进南萧的内心。

他的眼泪悄无声息地滑落。大量的记忆片段涌入他的脑海，走马灯似的闪过，一个个春夏秋冬，一天天日升日落，世间的一切都在发生变化，唯有一份爱意被深深地镌刻在生命的尽头，从始至终都是那样完满、鲜活。

等南萧回过神来的时候，脸上的泪已经干透，心中空落落的，手中的笔记本已经没了之前的“神迹”，只是一本普通笔记本。

他长长地叹了一口气，将本子好好地收了起来，放进一个抽屉。

“你怎么了？”萧琪醒了过来，虽然没有受到刚才的冲击，但从南萧的心里传来的伤感，她却感受到了。

“没什么，挺好的，我被自己感动死了。”南萧回答。

“你又背着我做了什么好事？可别给我添麻烦。”

南萧刚想回答，就被楼下传来的叫喊声打断了。

“萧琪、沈恩飞来书房，快！”失踪许久的张悠游突然出现，兴奋地叫他们去书房。

“楼下……”南萧说到一半没了声音，“这次我才醒来没多久啊，怎么又轮到你了……”

萧琪揉了揉眼，漫不经心地打了一个哈欠：“最好一分钟都别给你。”

她说着，便下了楼。

张悠游等两人在他面前坐好，丢到桌上两本剧本。

“我托了很多关系，拿到了一部剧，可以让你们去试镜，导演在圈内挺有名的，这剧有前途。”张悠游指着桌上的剧本说。

萧琪翻开剧本，看了看预定导演那一栏，写着一个陌生的名字——萧祈安。

“这是谁？”

张悠游很惊讶：“你连萧祈安都不知道？”

萧琪努力想了想，确实没听过这导演的名字：“他导过什么剧？”

张悠游夸张地哼了一声：“导过的剧多着呢，让我想想……战……不是不是，大清……不是不是。你们别急，别一副怀疑我的样子。真的很有名……反正挺有名的！”

南萧看了看作品的名字——《乐克乐克的花季少女有烦恼》，没忍住笑了出来。

萧琪皱着眉头，这剧名一看就是劣质剧，换成以前，她一分钟都不会考虑，直接就把剧本丢进垃圾桶了。但想想现在所处的窘境，她也只能为五斗米折腰了。

“还不知道沈恩飞行不行。”萧琪对沈恩飞有些担忧，毕竟这是他第一次去试镜。

沈恩飞抛了抛剧本，把脚往桌子上一架：“别担心本大爷，我才不会怕什么导演！我的演技已经非常不错了，其他人都是渣渣。谁挡我的道，我就给他一拳！”

萧琪扶额，就因为这样她才担心的，好不好？

第二章

演戏的初体验

程凉生在以前是苏氏影业炙手可热的经纪人，但随着手上的几个艺人的没落，如今已经风光不再。他陷在办公椅中，摘下眼镜，按着穴位，按摩眼睛。

“程哥，苏总叫你。”路过的艺人部的同事带话过来。

程凉生听后，在椅子上赖了几分钟，才起身往总裁办公室走去。六年前，他带着萧琪加入了刚刚起步的苏氏影业，弥补了公司在艺人经纪方面的不足——而如今萧琪已经离开公司。

程凉生敲了两下，推开总裁办公室的门，走了进去。

苏语仑从桌前抬头看向程凉生，他有着一双细长的柳叶眼，眼神锐利，像是能看穿一切伪装。

程凉生迟疑地在苏语仑的面前坐下：“苏总，你找我？”

苏语仑点点头，又把目光移到他面前的电脑屏幕上，手指不停地敲击键盘："萧琪的事确定了？"

程凉生感觉嗓子有些干涩："嗯，虽然很艰难，但还是按照公司的规定，与她解除了合约。"

"她去哪儿了？"

程凉生一愣，显然没想到苏语仑会直接问他这个，琢磨着怎么回答。

"她去了星策传媒吧？"苏语仑并不打算给程凉生拐弯抹角的机会。

"你知道了。"

苏语仑抬起头，合上电脑，凝视程凉生的双眼："凉生啊，你来公司几年了？"

"六年。"

"好，六年下来，你对我的印象是什么？"

"工作狂、偏执狂，眼光独到，敢做。"程凉生用万分真挚的语气说道，他似乎不光想让苏语仑相信，也想说服自己。

苏语仑挑了下眉，神色没什么变化，语气加重了几分："你说谎，或者说，你漏掉了最重要的一点。你应该觉得我心胸狭窄，而且记仇。"

"苏总的结论是怎么来的，我怎么可能……"程凉生想解释，说到一半，就被苏语仑抬手打断了。

"程凉生，你非常理智，这是所有人对你的评价吧？所以在这次事件中，你要求按公司的规矩处理萧琪。大家除了对你的不近人情有些不满之外，并不觉得你做这个决定有多奇怪。"

程凉生看着眼前的老板，有点儿陌生。

"但萧琪这件事，如果只是她的死对头秦洛芷搞小动作，至于闹得这么不可收拾？你以为我不知道吗？你把她弄出公司，又把她送到张悠游那儿，是想干什么？原本我并不关注艺人部的事

情，由你们自由发展。你弄这么一出，是希望引起我的关注吗？”

“萧琪需要更多的资源和投入，才有可能再红起来。”程凉生答道。

“好好做好手头的工作，认认真真地努力，就会有资源和投入。”

“这一行，什么时候靠认真就够了？”程凉生反问。

“那张悠游就有？”苏语仑笑了。

“不，张悠游没有。”程凉生摇摇头，然后看着苏语仑，“你有。”

苏语仑靠向椅背，饶有兴致地看着程凉生：“我有？你竟然天真地以为我会为了往日的过节，搭上自己陪着你和张悠游玩儿？你做那么多是要把我拖下水？”

“被不公正对待的优秀演员，因老总的私人恩怨而被封杀的女星，苏氏影业总裁苏语仑的真面目揭秘……”

“说完了吗？”苏语仑并不生气，反而觉得好笑，摆摆手让程凉生停下来，“张悠游的如意算盘打得不行，还是只有这点儿套路，我没什么兴致陪你们玩儿。你让张悠游自个儿玩儿吧，我不会给他使绊子。桌上有一份练习生的资料，既然萧琪已经走了，你也该好好做经纪人了。”

“好好做？我……”程凉生敏锐地感觉到苏语仑话里的指责，赶紧解释，却说不下去。

“自己都说不出口吧。该接的通告不接，该参加的节目不参加，还营造出因为人气下降，热度不再的假象。你对她保护过度了，这才是你迫切希望她离开你身边的原因。你确实耽误她了。”

程凉生的心思被一语道破，他的脸上顿时青一阵，白一阵。他的这点儿小九九，在他的老板面前不过是小孩儿的把戏。说什么利用张悠游和苏语仑的矛盾，不过是他自己骗自己。进公司六年，他第一次真正明白了为什么苏氏影业能够崛起得如此迅速。

他羞愧地打开资料，上面写着“陈瑞安，歌手方向”。

试镜安排在三天后，张悠游开着他那辆破旧的商务车，将两人载到当地的一所艺校，剧组和学校合作，此时正在校内进行角色试镜，导演答应给他们二十分钟的试镜时间。

萧琪走在学校的林间道上，离约定的试镜时间还有一个小时，她决定出来转转。每次来学校拍戏的时候，她都喜欢四处走走，看看热热闹闹、活力四射的学生。学校里的空气和其他地方的都不一样，清新得仿佛是雨后的山林，人总是会羡慕那些没有的东西。

“怎么？在回想自己的大学时光吗？”南萧问道，想想自己也刚毕业不久，却也是对学校充满了回忆。

萧琪没有马上回答，神情上有些落寞：“我没上过大学。”

“嗯？”

“高中毕业那会儿，演戏上开始有点儿力不从心，我就放弃了学业，想专心当演员。”

“哦，可惜了。”南萧说，也不知道他是在可惜萧琪，还是在可惜大学的时光。

“其实，即便是现在那么困难，我也没觉得我当时的决定有什么问题。在任何一个时间点，人总要面临各种各样的选择，我自己做出的选择，我不会后悔。只不过……”

“只不过？”

“我依然喜欢学校的气氛，有着纯情的气息。”

南萧想了想自己的大学时代，习惯性地逃课，没日没夜地玩儿游戏，远远观望着却从不采取行动的恋情：“不堪回首……”

“不堪回首？你大学里交过女朋友吗？”萧琪今天似乎心情

不错，竟主动关心起了南萧。

“女朋友？我老婆可多了。”

“你不是个胖子吗？”萧琪倒不是对胖子、瘦子有什么偏见，就是突然想到之前楚瑰形容他是个胖胖的男孩子。

“胖子？谁说我是胖子！而且胖子怎么了，胖子不能有女朋友吗？”

“我可没那个意思。楚瑰说的，你因为胖才不谈恋爱。”

“别听她瞎说，那是上高中的时候，上大学之后我就瘦了！”

“这么说起来，你还是个喜欢拈花惹草的人。”

“那还算不上，平时也就买买老婆的海报、手办之类的，不过我穷，不能全收，还是很遗憾的。”

“海报？手办？”

“是啊，我老婆可是人气角色，每年要出好几款的，有时候还特别贵。”

萧琪意识到南萧所说的“老婆”是什么了，这家伙，果真是个“死宅”：“开什么玩笑，我问你在真实生活中的女朋友。”

南萧闷闷地哼了几声：“不堪回首、不堪回首……”

“哟！这不是萧琪吗！”一个讨厌的声音突然响起，男人带着两个工作人员，出现在不远处，“怎么？不会是来试镜的吧？”

这男人白皙的锥子脸，附上一对桃花眼，唇红齿白，留着金色短发，戴着一颗闪闪发亮的耳钉。此人是苏氏影业的男艺人李晟，之前在公司里，就和萧琪的竞争对手秦洛芷走得很近。这会儿萧琪被他撞见了，他怕是少不了要落井下石。

“李晟？你在这儿干吗？”萧琪冷冷地说。

“我在这儿干吗不重要，你怎么在这儿？好久没在公司看到你了，我还怪想你的。”李晟凑上来，“其实你的事，大家都心知肚明。要不要跟了我，我帮你去公司疏通疏通关系？”

“不必了。”萧琪转身想走，并不想和这人过多纠缠。

这李晟可不答应，他之前一直被萧琪打压，难得有机会显摆显摆，又怎么会放她走，挥挥手，他身边两个跟班就立刻围了上去堵住萧琪的去路。

“别急啊，这么久不见，抽点儿时间和我叙叙旧嘛。你可能还不明白自己现在的处境，我可是真的能帮你哦。”李晟笑吟吟地说道，还上下扫了扫萧琪，意图明显。

萧琪忍不住嘲讽道：“看样子，我现在混得确实还挺惨的，你这种娘娘腔都开始打起我的主意了？我觉得啊，比起我，你更需要找个人好好依靠呢。”

李晟因为形象，被冠上了“花美男”的名头，而“娘娘腔”一直是他的痛点，这一戳，整个人立刻火冒三丈：“你这烂嘴说什么呢！今儿个秦姐也来了，我一定要抓你过去让她看看你！”

他说着便立刻靠过去，想去拉萧琪的手。萧琪却被背后的那两个跟班推着，后退不得。

“这白萝卜是谁？”沈恩飞突然出现在萧琪身边，抓住了李晟伸过来的手腕，往旁边一拧。

李晟吃痛，整个身子随着沈恩飞拧的方向扭了过去，双脚差点儿站不住。他身边的工作人员紧张地冲上来，一边想办法掰开沈恩飞的手，一边一个劲儿地骂。

“闭嘴！”沈恩飞一声吼，周围安静了，连李晟都强忍着痛，急喘气。

萧琪挑了挑眉，第一次见到这样的沈恩飞，她终于想起来，他原来是干什么的了。

“这白萝卜怎么处理？”沈恩飞问萧琪，要她拿主意。

“萧琪，快让这流氓松手！我要是受了伤，公司不会放过你的！”李晟咬着牙道：“是男人就放开我，我们……”

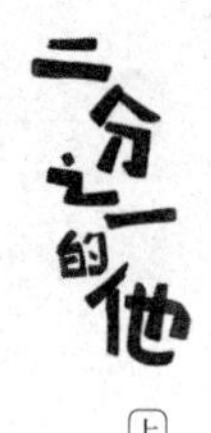

他本想说单挑，看看高出他一个头的沈恩飞，又硬生生地把话咽了回去。

萧琪抬眼看了看李晟已经涨红了的脸，感觉出了口气，刚想开口让沈恩飞放人。

“萧琪。”沈恩飞指了指在他手里挣扎的李晟，突然表情夸张地瞪眼，“这家伙是男人吗？”

萧琪捂着嘴忍不住笑了。沈恩飞是故意这么说的吧？看样子是为了让自己消气。

李晟听了嘴都气歪了，好不容易站稳的他一脚踢到了沈恩飞的膝盖上面，却像是踢到了柱子一般。

沈恩飞笑了笑，一个过肩摔把李晟摔到了路边的灌木丛里，噼里啪啦地压断了一片植物，“白萝卜摔成饼咯！”

萧琪拍了拍沈恩飞：“快走吧，试镜快开始了。”

留下了满脸震惊不知道怎么办的工作人员和倒在地上半天没起来的李晟，两人玩儿似的跑离了现场。

试镜安排在学校的活动教室。两人到的时候，里面还在进行试镜之前的演员招募活动，由于和校方合作，这次试镜来了不少表演系的学生。两人就和同样等在外面的张悠游打了招呼，隔着窗子等着。

萧琪往里面看，那张评审的长桌后面，坐着五个人。看这阵势，不光是导演来了，制片、编剧和助理导演，应该也都在场了。看不出来，这部听着就像烂片的试镜，制片方会这么重视。

自己上一次这么去试戏是什么时候了？萧琪快不记得了，出了名以后，她就很少和大家一起试镜了——有时，剧的投资方一开始就指定她了；有时，导演看了她以前的剧决定选她；有时，公司通过运作让她直接进组……再次经历这般情景，她真有点儿从头再来的真实感。想到刚开始参加试镜的时候，自己不仅紧张，还很害怕。当时因为她年纪小，在她的印象里，导演一直是又高又壮的魔鬼模样，现在想来觉得好笑。

想到导演，萧琪多看了几眼正在评审的导演——那个张悠游口中的萧祈安。这位导演戴着大大的墨镜，头顶鸭舌帽，双手支在桌子上，十指交叉挡在嘴前，一副不苟言笑的样子。不管试镜的学生演得好不好，他都专注地盯着。

萧琪不由得为这个萧祈安加了几分，在选角的环节上如此认真、亲力亲为，他应该会是个负责的导演。

最后一个试镜的学生鞠躬下了台，萧祈安依然没有任何动静。旁边的编剧轻轻拍了拍，萧祈安竟像没有骨头一般倒在了桌上，发出了均匀细微的呼噜声。

这人竟然睡着了？他在萧琪的心中的分数瞬间成了负数……萧琪对这部剧越发地没有兴致，但教室的门已经打开，轮到他们了。

张悠游最先进了教室，远远地伸出右手，朝着迷迷糊糊的萧祈安送去："萧导，你好。"

萧祈安一见是张悠游，急忙摘了墨镜起身迎上来，手紧紧地握了上去，眼睛却不时地瞄着张悠游的身后。

张悠游见状也是一笑，挥手让沈恩飞和萧琪走近，介绍道："萧导，这就是我现在旗下的艺人，萧琪和沈恩飞。萧琪你应该认识，也比较熟悉吧？"

萧祈安一个劲儿点头："熟。《落尘诀》的女主角，萧琪，对吧？"

萧琪微笑着点点头，伸手应道："还请萧导多多指点。"

萧祈安握了握萧琪的手，稍一用力就放开了："一会儿看你试镜的表现，这次的角色很有意思，我觉得对你可能是个挑战。"

萧琪点了点头，在来这儿之前，她好好地备了课，如萧祈安所言，这次的角色是她之前没有接触过的，是女主角大学同班里的一个混混儿女孩儿。这是萧琪第一次饰演一个带点儿反面形象的角色。至于沈恩飞，要试的角色则是萧琪的跟班兼打手，对于他来说，倒算是本色演出。

萧祈安上下打量着沈恩飞，瞅了瞅他左臂上“天上天下，唯我独尊”的文身，满意地对张悠游说：“张总，你还真给我找了个流氓头子来啊？不错、不错！”

沈恩飞听着有点儿不舒服，刚想开口说上几句，被萧琪踹了一脚，吃痛地一弯腰，就被萧琪顺势按了下去。

周围人看起来，沈恩飞正对着萧祈安一个劲儿地鞠躬，萧琪在旁边帮衬道：“恩飞还是新人，还要靠萧导提点。”

“客气、客气。小伙子还挺懂事啊。”萧祈安笑了笑，“那我们抓紧时间开始试戏吧。”

说着他朝旁边招了招手，场务就送上了两本台词本。

首先是沈恩飞，他的试戏很顺利，除了讲台词还差点儿感情。

“呵，这小子平时看起来吊儿郎当的，这种关头倒是一点儿都不掉链子。”南萧突然从脑子里冒了出来，称赞道，“妥妥的鬼冢英吉啊。”

鬼冢英吉是日本漫画《GTO》（《麻辣教师》）的主角，身为流氓的鬼冢英吉最后成长为被学生爱戴的老师。

“闺中……啥？”萧琪疑惑地问道。

“没啥，我突然想到你应该好好地祈祷，一会儿试戏的时候身体的主控权不要转移，我可不会演戏！”

南萧的话让萧琪出了一身冷汗，萧琪恶狠狠地回道：“别给我乌鸦嘴！”

萧琪试的是一段对手戏，由她饰演的任乔在课间坐在学校花园的圆凳上抽烟，撞见了哭着跑过来的女主角文晴，两人之间所发生的一段对话。

“女主角的部分，就让刚试戏的女学生代替下吧。”萧祈安安排道，“萧琪准备好了，我们就开始。”

这时，刚关上的教室门被一把拉开了。

“萧导，直接让我来不就行了？”

进来两个人，一个是刚刚被沈恩飞摔得够呛的李晟，另一个是一个女人，黑发白肤，身材高挑，眉眼之间流光溢彩。

萧琪见到来人，脸色一白：“真是冤家路窄。”

这女人正是萧琪在前公司的死对头，秦洛芷。

“哇，这女的眼睛会放电的，快成皮卡丘了啊。”南萧看着秦洛芷，说道。

萧琪皱了皱眉，将秦洛芷的脸替换成那只电老鼠，忍不住笑了：“你真是够了，她哪儿有那么可爱。”

秦洛芷正眼都没瞧萧琪，径直往萧祈安的方向走去，笑靥如花：“萧导，我知道你在这边试戏。我正好在隔壁有通告，就顺道过来慰问慰问你。来得早不如来得巧，既然要和主角搭戏，那就直接让我这个女主角来，不是更好？”

秦洛芷言语间透着对萧琪的挑衅和轻蔑，南萧听得一阵恶心：“她这走路扭得和蛇一样，演得好女主角吗？女主角不是学生吗？”

“她可不是省油的灯。这次试戏，有麻烦了。”萧琪了解秦洛芷，她们都没少给对方使绊子，两人之间的这种状态已经持续几年了，最初是因为什么开始的，她不记得了。

而对于这种行为，公司不但不会干涉，甚至还会鼓励大家在不损害公司利益的前提下，不择手段地竞争。在苏氏影业，部门之间、艺人之间、经纪人之间的竞争相当激烈。

也不知道萧祈安是不是清楚两人之间的关系，只见他接过秦芷若的手，既像是握又像是摸：“哎呀，洛芷方便的话，那自然是再好不过。”

秦洛芷一推一送地把自己的手抽了出来：“萧导，那我们这就开始吧。”

她转身走到场地中央，直视萧琪，趾高气扬地一笑，又走到旁边。这一幕是先有萧琪，她再入场的。

萧琪望向萧祈安，见导演点点头，便坐在场中的凳子上，点了一根刚从沈恩飞那儿要来的烟抽。她并不会抽，甚至讨厌烟味，但此时的神情、动作却让人丝毫感觉不出异样。

南萧看不见萧琪此时的情况，但从周围人的表情来看，她应该是很厉害的。

这时，秦洛芷也两步跨进场地，泪眼婆娑。没走几步，她抬眼望见抽着烟的萧琪，身体随之一滞，转身，把不想让外人看出自己软弱的好强性格表现得淋漓尽致。

南萧看在眼里，不免赞叹。

萧琪叹出一声让人心烦的冷笑。

“你冷笑什么？”秦洛芷也收起了眼泪，眼神带着无辜，又带着点儿倔强，“你有什么资格笑我？”

萧琪指尖轻点，点落些许烟灰，头瞥向一边，悠悠地又抽上一口。

秦洛芷几步靠近，又是一顿，然后失力般地坐在萧琪对面的位置上，眼神顺着萧琪烟头的烟纹飘走。

萧祈安一拍脑袋，拿出剧本看了几眼，这里本应是女主角上前挑衅，和萧琪发生冲突，最后以萧琪离开收尾。这秦洛芷一坐，却是把本来的设定改了，但从女主角文晴的性格来说，这样似乎更符合人物的性格。

“丧家犬一样，指望有人同情你吗？可笑。”萧琪不耐烦地戗道，说了一句不在剧本里的话。

南萧突然意识到萧琪之前说的麻烦是什么了。以前练习的时候，他听萧琪讲过，和真正会演戏的人演对手戏，演员很容易入戏，彼此相互带动。而萧琪和秦洛芷两人之间并没有情感上的共鸣，双方都在按照自己的节奏演，希望以此打乱对方的步调，她们真的是在演“对手”戏。

“任乔！你……你别以为我好欺负，你才是丧家犬。”秦洛芷回得并不激烈，甚至有些底气不足，“我哭，我怎么了？”

“没男人就得哭的女人，不就是被主人抛弃了的狗吗？”

编剧在旁边一个劲儿地看剧本，简直要把眼珠给瞪出来，凑到萧祈安身边，小声地说道：“导演，萧导……她们演的，剧本上没有啊。”

萧祈安抬手安抚道：“没事，我们再看看。”

秦洛芷的表情一僵，神色凝重，竟又软了下来：“是啊，我真是太没用了。任乔，你说得对，我是丧家犬。被实习公司开了，跟男朋友也分手了，孤家寡人。毕业了估计只能找个不入流的工作，垂死挣扎了。”

萧琪听着这话，眼角一抽，知道她自嘲是假，暗讽自己的境地是真。这出戏竟然让秦洛芷演得半真半假。

萧琪哼了一声，将烟尾弹走。

她一不小心，被秦洛芷这个女人占了先机。

萧琪眉梢微皱，颇为为难，按照任乔的人设，此时她肯定不会理会装模作样、自怨自艾的文晴。

这段剧情是萧琪饰演的任乔，要对沮丧的文晴当头棒喝，点醒她。在剧本原作上，两人互相对峙，宣泄完了以后，又互诉衷肠。可到目前为止，萧琪并没有找到情感宣泄点，要是直接转到

安慰的戏份，让这段戏变得生硬又不真实。

“啊……”站在一边的工作人员不小心弄掉了几页文档，捂着嘴立刻蹲下去捡了起来。

这只是一个小插曲，甚至都没引起导演的注意。对萧琪来说，却像是一声闷雷，她一下子出了戏。

周围的目光似乎在这一瞬间化作了微弱的电流，从四面八方刺激着萧琪的神经。她忍不住开始去在意，心跳陡然加速。视线变得模糊，那种熟悉且可怕的感觉又回来了。她难以进入角色，她在担心周围人的目光，各种纷杂的情绪充斥在脑海中。

“哎呀，我说你烦不烦？”这确实是剧本上的话，但“萧琪”的语气却值得玩味，还带着撒娇式的抱怨，并没有太强烈的情绪。

不止秦洛芷一愣，萧琪自己也是。

南萧在脑海中尴尬地说道：“不好意思……好像又换了，一不留神说出去了。”

萧琪缓过神来，心情却很沉重。就在刚刚那一瞬间，她又失败了。与之前几次在片场的失误一样，她丧失了对演员来说很重要的信念感，不相信自己演出来的角色，整个人游离在角色之外。现在换南萧控制身体，她反倒松了一口气，像是被盖上了遮羞布。

“你告诉我台词，我念吧。”南萧回道，“死马当活马医，指不定会来那么神来一笔。乐观点儿。”

南萧版的任乔表情和之前突然有了巨大的转变。

任乔笑嘻嘻地走上前，抓着秦洛芷的手腕，一把把她提了起来：“不管怎么样，言而总之……总而言之一切都会好的！”

秦洛芷面对南萧突然展现出来的“崩坏式”的演技，竟一下子无所适从，转头把目光飘到了导演脸上。这种情况就是常说的演戏大忌——在入戏之后的“扫台”。

“停！”萧祈安一挥手，喊停这场戏。

南萧依然非常雀跃，满脸洋溢着兴奋。

秦洛芷一脸不满地甩开南萧的手，快步走到萧祈安面前：“萧导，这人不行。”

明明和萧琪做了那么多年的同事，她却连名字都不愿提起。

“哦？我觉得挺好啊。”萧祈安摸了摸下巴。

“你没看到她最后演的什么啊？”秦洛芷不服。

张悠游在旁边听了不高兴：“你这人一开始就没按剧本演，最后怎么能怪我们萧琪呢？”

萧祈安笑了：“试镜嘛，演员有点儿个人发挥是正常的，我很支持演员跳脱剧本，对角色有发散性的思考的。不过，以后还是要提前和我这导演沟通。你们俩，我觉得都没问题。”

“可是……”秦洛芷突然收了声，对经纪人招了招手。

那苏式影业的经纪人便跟了上来，对萧祈安说道：“萧导，我们借一步说话。”

萧琪认出来那人就是秦芷若的经纪人唐淼。

唐淼拉着萧祈安走到门外，打开一份文件，上面是演员表：“萧导，我们苏总还是很重视这部剧的，想安排几个新人进来历练历练。当然，我们苏氏影业愿意成为这部剧的投资商，如果您愿意，我们还可以接管电影的发行工作。您意向如何？”

萧祈安瞧了瞧文件，主要角色的旁边都备注了投资方期望的演员，萧琪的角色旁写着一个新人的名字。

“你刚才说你们公司会投资？”

唐淼点点头：“前期投资六百万。”

“这样啊。”萧祈安摸摸下巴，“换几个人倒也不是不行……”

“恩飞兄弟，看不出来啊，这段时间果然有长进，不过这台词上还是要多下功夫，这样你的好日子就指日可待了。”张悠游兴奋地拍着沈恩飞的肩，“我已经看到你步步高升的景象了！”

沈恩飞听得直乐，拍着胸膛：“也不想想本大爷是谁，这种事自然简单啊！我是天才啊！”

“天才你个头啊……人家夸几句就上天了，要不是让你演流氓，都不知道会怎么样，还在那边自鸣得意。”萧琪在脑海里不满地吐槽。

“不过总算还不错。”南萧回道，说着也跟上一掌拍在沈恩飞背上，也不知道是不是没控制好力度，这一掌拍出了清脆的啪的一声。

周围的人都好奇地望了过来。

南萧尴尬地举着手，讪讪道：“没事没事，我们在开玩笑。”

沈恩飞一见大家的目光都聚焦过来了，倒也不害羞，转身面向大家开心地大声说道：“今天感谢各位看我试镜，希望我的演技没有吓到你们。”

几个工作人员噗地笑了出来，整个屋子充满了欢乐的气氛。

“这家伙怎么这么不害臊……”萧琪无语道。

南萧在沈恩飞喊这几句话的时候，就溜到了墙角，不想被大家当作是这人的同伙。而在一旁的张悠游竟泰然自若地站在沈恩飞身边，哈哈大笑，不停地挥着手，享受着这种笑声。

“这两个人真的是臭味相投啊。”南萧也觉得很无奈，“我们要不要先走？我都觉得丢脸。”

张悠游突然瞥到了缩在墙角的南萧，朝他招手：“快过来、快过来。”

“绝对不要！”南萧吼道。

过了一会儿，萧祈安和唐淼回到教室。

萧祈安说：“笑什么呢？那么开心。张总你们过来，我说一下情况。”

秦洛芷向唐淼使了眼色，见唐淼点点头，得意地笑了，也凑近去看。

“萧琪，情况是这样的，你的角色……”萧祈安率先开了口。

萧琪听到这个开头，便是心头一沉，又瞥见身后秦洛芷的笑容，便猜到了七八分。她跟南萧说：“我的角色没了。”

“我们可能有了别的安排。”萧祈安接着说，“沈恩飞这边，我们基本定了，没什么问题。你们有什么想法吗？”

“果然。”萧琪在心中暗自说道。

张悠游却是一皱眉，萧祈安出去了一小会儿，态度就发生了明显的变化，这其中的原因若说他不明白，则太小看他这个老江湖了。

“苏……”他刚要开口，却见萧祈安微微抬手示意，便又会意地停下。

沈恩飞不解：“喂，你的意思是萧琪没有拿到角色，被淘汰了？”

这种事在圈子内太常见了，萧琪早就知道，有了些许准备，但偏偏现在面对这一切的是对这些规则完全不了解的南萧。

“是啊，你刚才不是还说可以吗？”南萧问道，然后看了看秦洛芷：“是不是你搞的鬼啊？我记得你一直看萧……看我不顺眼。导演，你该不是收好处了吧？”

秦洛芷震惊，半个小时以前，萧琪还是她熟悉的对手，怎么突然变得这么陌生？这种事大家都心知肚明，即便有不满也是暗中操作，看能否有转机。这么“傻白甜”地将这种事摆到台面上，实在不是萧琪的风格。她这样做简直是把导演逼到了进退两难的境地，这不是找不痛快吗？

萧祈安憋着一口气，脸上的肌肉都开始微微抖动。

“我说错话了吗？”南萧偷偷问萧琪。

“简直是禁语。”萧琪无奈地回答，估计萧祈安下一秒就要爆发了。

萧祈安却出乎所有人意料地大笑起来：“哈哈哈，有意思。你都在演艺圈摸爬滚打那么久了，还这么耿直，都不知道你是天真还是蠢。”

南萧的脸一红，察觉萧祈安的话里并没有怒气，也松了一口气。

“好了，不逗你了。”萧祈安露出恶作剧的笑容，语出惊人，“你的角色确实有新的安排，我想由你来演女主角文晴。”

秦洛芷完全傻了，吼了一声自己的经纪人：“唐淼！”

唐淼紧张地上前，问道：“这……萧导，刚才您可是答应了，说要换掉几个人的啊。”

萧祈安抖出唐淼刚刚给他的那纸文件，一脸诚恳：“没错啊，这上面的人，我一个都不用，统统换掉！”

唐淼和秦洛芷的脸上一阵青一阵白，受到了极大的打击。

秦洛芷咬咬牙，低声说道：“萧导，你可想清楚了，这么做的后果就是完全得罪了我背后的公司，苏氏影业可不会就这么算了的。”

“秦姑娘，”萧祈安再一次拍了拍秦洛芷的手，“走好，不送。”

秦洛芷恶狠狠地甩掉萧祈安的手，面露恶心：“萧导，我真是看错你了。李晟、唐淼！”

两人靠过来站在秦洛芷的面前，看到正把拳头捏得嘎巴响的沈恩飞，慢慢地挪到了秦洛芷的背后。

“废物！”秦洛芷骂道，转身往教室外走去，走到门口，回头看了看萧琪，本想撂下几句狠话，但从萧琪的眼中，她却看不到往日的敌意，终究没再说什么，愤而离去。

萧琪目睹了所发生的一切，只觉得脑子有点儿混乱，她自然清楚萧祈安为了她得罪苏氏影业意味着什么，很有可能这部片子会被疯狂地打压。

“好啊！你个老萧，和我玩儿这套！”张悠游狠狠地抱了抱萧祈安，“把我可吓得够呛啊，这今晚的夜宵，你跑不掉了！”

“去你的！用了你的人，我还得请你吃饭哪？晚上给我备好好酒。”萧祈安推开张悠游，对萧琪和沈恩飞说道：“你们俩，回去好好研究台词和人物，下个月中旬进组。这次的拍摄周期大概是两个半月，空好时间。不准生病、不准体形走样、不准受伤，懂吗？”

这次的试戏顺利结束，张悠游说了一句“有事”，便抛下两人，自己走了。

南萧和沈恩飞站在学校门口，望着来来往往的车流。

张悠游的破烂商务车就从两人身边蹿了出去，卷起了一张废纸。

“去不去庆祝一下？”南萧回想着今天所经历的事，不免有点儿小兴奋，并不想那么早回去。

“好！我好久没有庆祝了，都快憋坏了！”沈恩飞也是一脸兴奋地说道：“本天才第一次出师大捷，当然要好好庆祝了！”

“你们俩别得意忘形啊，今天很累了，我的身体需要休息的。”萧琪提醒着南萧。

她可不希望南萧带着沈恩飞一起去庆祝……这两人的脑回路，能去哪儿庆祝？而且，之前试镜的事一直在她心里挥之不去，她并没有十足的把握重新在镜头前演戏，实在没什么心情去庆祝。

“走着！”南萧竟把萧琪的话当成了耳边风，打开手机搜了起来，“这附近就有一家不错的网咖！”

沈恩飞看着眼前这个笑嘻嘻地指着手机地图的南萧："嘿嘿，今儿个我就展示展示什么叫大神操作。"

沈恩飞做起了萧琪一直认为很傻的手指操。

她就知道……萧琪重重地叹了一口气。

仿佛是她无奈的心情传到了天上，一阵闷雷过后，天空竟然落下了豆大的雨点。沈恩飞忙拉起了外套，想遮住脑袋。

"喂！"南萧叫着钻到了沈恩飞的外套下，"你俯下点儿身，帮我遮个雨啊！"

沈恩飞比萧琪高了不少，略一弓背，正好把南萧遮住。

雨水从上方落下来，"女孩子"发间的清香从下方飘上来。沈恩飞觉得就这么跑着，也挺不错的。

晚上，大渡口，大排档。

张悠游醉眼蒙眬地坐在萧祈安的对面，晃着小半杯白酒："感觉怎么样？"

"和想象中的不太一样。"

"确实，和我所认为的萧琪也不太一样。不过，这秦洛芷也是可怜，她一不小心踢到了铁板。"

"嘿，你这家伙嘴巴牢一点儿，别装醉瞎说话。"萧祈安说着又和张悠游碰杯，喝完杯中的白酒，"你还得还我一个人情，别耍赖。"

"放心，记着。人呢？"

萧祈安看看表："应该快到了。老板，来一盘清炒苦瓜，温半斤黄酒。"

张悠游一听萧祈安的话，两眼突然放光了："我去！搞半天，是洛秦川？"

"你以为呢？"

“这么个烫手山芋，你就丢给我了？”

“可怜白雪曲，未遇知音人。恓惶戎旅下，蹉跎淮海滨。涧树含朝雨，山鸟哢馀春。我有一瓢酒，可以慰风尘。”萧祈安笑笑，大声地吟道。

这天，南萧正坐在沈恩飞面前，看着他吃着碗里的泡面。说起来，第一次和沈恩飞见面的时候，沈恩飞也是手里端着一碗泡面，这家伙对泡面的执着和喜好让南萧都觉得有些夸张。

这两个月的时间里，沈恩飞不管三餐吃什么，每天下午或者晚上都会来上一份泡面，泡面的口味也很专一，从不换口味和品牌。即使被萧琪勒令戒掉这种垃圾食品，他也不管不顾，甚至甘愿用永远不在室内抽烟，来换取每天吃一顿泡面的权利。萧琪在这点上拿他没办法。

沈恩飞咕嘟咕嘟地喝干了汤水：“爽！”打了个满足的饱嗝，发现南萧饶有趣味地盯着他，“你干吗？你就是这么看着我，我也不会告诉你我把泡面藏在哪儿了！”

上一次萧琪把沈恩飞买回来的泡面，统统丢进了垃圾桶，让他心痛了好一阵子。

“没，我只是在想，泡面到底有啥好吃的。”

“有一种泡面是最好吃的。”沈恩飞说道。

“嗯？哪种？你吃的这种吗？可我之前也尝过。”

沈恩飞摇摇头，煞有介事地说道：“别人碗里的泡面。”

南萧翻了一个白眼，给自己倒了一杯柠檬水。

“你还真奇怪，有时候玩儿命地练，有时候又懒洋洋的。”沈恩飞指了指时间，现在是下午三点，“按照前几天的时间，你现在应该在拼命锻炼才对。”

因为现在是我啊……南萧心里想着，全身肌肉的酸痛感又涌了上来。由于他们控制身体的时间不可控，萧琪会在她控制身体的时候，最大限度地保持身材、练习演技，因此就留下了一具全身无力、肌肉酸痛的身体给南萧。南萧倒是想让自己看上去精神旺盛，但他心有余而力不足啊！

“累了、累了。”南萧打着哈哈。

沈恩飞仔细观察着南萧，将座位往南萧这边挪了挪，笑吟吟地说道：“看样子你现在是天使版萧琪了。萧琪啊，你看我们在同一个屋檐下住了那么多天了……”

南萧疑惑地看着沈恩飞：“你想说什么？”

“萧琪，你有男朋友吗？”

“没有吧。”萧琪从来没有提起过男朋友，那应该就是没有吧。

沈恩飞笑得更灿烂了，一点儿都不像平时的他，又朝着南萧凑近了几分：“你看我怎么样？”

南萧一脸木然：“什么你怎么样？”

沈恩飞挑了挑眉：“当男朋友啊。”

南萧还是没明白沈恩飞的意思：“还行吧，应该会有女孩儿喜欢你这种类型的。需要我帮你留意留意？”

“你是真傻还是装傻啊？”沈恩飞突然觉得天使版的萧琪也有天使版的不好……

正在这时，门铃响了。

沈恩飞起身去开门：“你找谁？”

“张悠游在吗？”

南萧望过去，看见门口站着一个干瘦的中年大叔，手里捧着小半瓶酒。大叔时不时用嘴嘬上两口，身后还放着一个大大的行李箱。

“他不在，你找他有事吗？”

大叔听了，也没半点儿诧异，拖着行李箱，推开沈恩飞，毫不见外地进了屋："那他有说我住哪儿吗？"

"住哪儿？"

"是啊，他让我搬进来住啊。"大叔不去看南萧和沈恩飞，看了看周围的环境，"嚯，这地方真不错啊。"

他说着，直接躺在了大厅的沙发上。

"你这家伙起来！"沈恩飞把人拉起来，"你还真当这是自个儿家了啊！"

这也不是沈恩飞的家吧？南萧心想。

南萧上前拉开沈恩飞，笑着对大叔说："大叔，你先说一下情况吧。你看我们也不知道是怎么回事。"

这大叔定睛瞄了瞄南萧，不太确定地问道："你是萧琪？"

南萧点点头。

"不对不对，你怎么能是萧琪呢？不对不对。"说着，他又小酌了一口。

"她不是萧琪，难道你是？我跟你说，别岔开话头，给我老实交代！"沈恩飞又贴了过来。

"我哪里不对……"南萧刚想问，却惊讶地发现沈恩飞倒在了地上——这是他第一次看到沈恩飞被人这么轻易地放倒。

沈恩飞躺在地上，看着天花板，也愣住了，等他意识到自己被摔在地上了以后，立刻跳起来，涨红着脸："你这老家伙！我今天要不把你拆了，我就不是你沈大爷！"

他吼着又冲了上去，转瞬又倒在了地上。

这回南萧看清楚了，大叔一手抓着沈恩飞的右手衣袖，一手抓着衣领，右脚一钩，就把沈恩飞放倒了。

"小内刈？"

大叔一挑眉，看向南萧。

小内刈是柔道的一种招数。南萧之前看过一部关于柔道的漫

画，特地去补了柔道相关的知识，这会儿倒是阴错阳差地派上了用场。

“这是洛秦川？”萧琪的声音在脑海中响起。

“你认识？”南萧问道。

“业内名人。”

“他刚说我不是萧琪，难道我们被发现了？”

“我怎么知道？而且如果是我一开始就不会让他进门。”

诚如萧琪所言，这洛秦川是业内有名的戏痴。

入行三十年，他一直视角色为生命。他学柔道，就是因为之前他要拍的一部剧里的角色当过柔道选手。即便那个角色并不是主角，他还是专门去做了柔道培训，据说甚至达到了黑带水平，这自然不是沈恩飞这种没受过系统训练的人能抵挡的。

“真可怕。”南萧看着像沙包一样被丢来丢去的沈恩飞，由衷地叹道，“你和他有过节吗？”

“过节？没有。”萧琪回道。

“那为什么要把人家关在外面？”

“因为这人没脸没皮，像狗皮膏药一样。”萧琪说。

“大爷！你是大爷！我服我服！”这边沈恩飞被摔得头晕眼花，“我的泡面要吐出来了！”

“我让你说什么，你就说什么，懂吗？”萧琪告诉南萧。

南萧点点头，突然又面露难色，结结巴巴地开了口：“洛……洛老头……你来这儿做什么？”

南萧说这种有点儿江湖味儿的话，声音虚得很。

洛秦川听后，却是一笑：“萧琪啊萧琪，也就你会这么叫我了。没大没小！”

“所以你过来做什么的？”

洛秦川往沙发上一坐，又抿了几口酒：“没地儿去了，来投奔张悠游了。”

萧琪觉得奇怪，以洛秦川在圈内的资历，他应该不至于没地方待，要来投奔张悠游这家小破公司。从张悠游找的导演萧祈安直接辞掉苏氏影业塞的演员开始，萧琪就隐隐觉得这个张悠游不同寻常，难道真是真人不露相？

“为什么选这儿？因为张悠游吗？”

洛秦川挥挥手，招呼南萧和沈恩飞坐过来：“来来来，看样子你们还不知道，我来讲讲故事。别客气、别客气，随便坐。”

“这又不是你家。”萧琪发现，许久不见，这大叔的厚脸皮倒是一点儿都没变。

沈恩飞晃着脑袋，有些情绪低落地坐在旁边，一向对自己武力充满自信的他，现在像个霜打的茄子。

“就说这苏语仑——”洛秦川开了头。

“谁？”南萧立刻问道。

“你闭嘴！别乱说话！”萧琪急忙打断，“苏语仑是我以前公司苏氏影业的当红艺人，也是公司老板。我肯定认识啊。”

“哦哦哦，知道知道。”南萧连忙点头掩饰，“刚刚脑子卡壳了。”

“那你们知道苏语仑是谁捧出来的吗？”洛秦川眯着眼睛，似乎在想怎么讲好之后的故事。

“难道是……”

难道是那个颤颤巍巍、吊儿郎当的张悠游？

洛秦川加重了语气：“那……不是张悠游。”

“这老鬼！”真是吊人胃口，萧琪火了。

南萧也是差点儿一口气没提起来。

洛秦川又慢条斯理地说道：“又能是谁呢？”

两人一愣，仔细一想，他说的是“那不是张悠游又能是谁”。

“南萧。”萧琪回过神来冷静地说，“右手边。”

这回不用萧琪再说什么，南萧就抽起一个靠垫扔了过去……

洛秦川把头上的靠垫拿了下来，心满意足地继续讲下去：“说故事前，总要先缓和气氛。”

原来，苏语仑最早叫苏力，是个来自小地方的穷苦孩子，其貌不扬，身上的乡土味很重，大学读经济学专业。他读书异常刻苦，是当年的高考状元，标准的“学霸”。照理说，这样一个既不是科班出身，又没有任何舞台经验，更算不上校草的年轻男孩儿，肯定入不了娱乐圈，成为巨星。

那时候，张悠游也就是一个有点儿演艺经历，在人缘上还算吃得开的新手经纪人。那一日，张悠游正和几个同事在学校旁的美食街喝酒。

张悠游这人大家是清楚的，人不错，就坏在一张嘴，喝了点儿酒，就开始满嘴跑火车。几句话之后，就和几个同事“杠”上了。

“我就和你们说吧，什么明星，什么红人，都是屁！真正牛的啊，就是我们这些经纪人。哎，我们这酒桌上一喝，嘿，一拍板，明年咱捧谁，谁就能红起来！”张悠游面红耳赤，兴奋地招呼大家喝酒。

其中一个常年喜欢和张悠游叫板，这一杯干了以后，他就笑着说：“你这张嘴，也就趁着酒兴吹吹牛。我们这些也就是个拿工资的打工仔，上要看公司的意思，下要看艺人的脸色，夹在中间，最不是人。”

“嘿，我可跟你说，你这是小瞧了自己。我们这一行，就必须要相信自己有通天的手段。是不是‘人’，咱自己心里清楚。但这运营人的能力，咱就是这个——”张悠游说着竖起大拇指，“我们就是要做第一。”

“拉倒吧！还第一呢。咱哥儿几个，有谁手里出过一线的艺人了？不都只是天天张望着，等公司给个好苗子吗？”

“所以我说啊，这不能等。我告诉你们得用什么，”张悠游伸出两指，指指自己的眼睛，又比画了一圈，“用这双天赐的眼睛。”

“嘿哟，还天赐的眼睛，你这双眼啊，就黑灯瞎火地盯着酒了吧！”

“你闭嘴，你知道这叫什么吗？哎，叫……那个……对！黑夜给了我眼睛，我却用它来寻找光明！”

“什么乱七八糟的。你喝多了吧，说话还能有点儿逻辑吗？”

“你才醉了！这才几杯啊。话说回来，哥儿几个别太小看自己，就要有那种驴也能当良驹的心态！”张悠游拍着胸口，眯着眼。

“好听的话，谁都会说，道理，谁都会讲。我们也就此打住，好好喝酒吧。”

张悠游听了，突然倔劲儿上来，拍着桌子：“你说，觉得公司里哪个条件不好的，我明儿个就去申请，把他带成明星！”

那人见张悠游来了劲头，也不甘示弱：“在公司里找多没意思啊！你把自己说得那么厉害，有本事在这条街上挑一个啊。”

“挑就挑！谁怕谁？”张悠游醉眼迷离，摇头晃脑地站起来就要点人。

“嘿，有本事，就那个正走过来的。”那人指了指远处一个戴着耳机，头发凌乱，戴着一副黑框眼镜，穿着件短袖衬衫的男孩儿。

“好啊！”张悠游摇摇晃晃地凑了上去，往苏力的手里硬塞了一张名片：“小子，明儿个开始跟着我，我让你当明星！”

“这是开玩笑吧！”南萧说道，“这么荒唐的行为，张悠游会被当成精神错乱的醉鬼吧？”

“可不是嘛，但苏力却当真了。”洛秦川说道。

第二天仍被宿醉搅得头昏脑涨的张悠游，接到了苏力的电话。张悠游一度觉得自己还在梦里，再三确认以后，才发现这个耿直的男孩儿，把他的酒后狂言当真了。换了别人解释几句、道个歉就完事了。可这张悠游偏偏就不是一般人，也不知道是哪根筋搭错了，竟然跑出去见了苏力。

从此，两人就真成了搭档。一开始张悠游并没有把苏力带到公司，他知道以苏力的条件，公司是断然不会收的。

那时候张悠游并不富裕，苏力更是没钱。张悠游省吃俭用，各种托人情托关系，给苏力安排培训班和旁听课，找了业内知名的造型设计师，给苏力开始进行从头到尾、从内到外的全方位改造。

苏力也上心，他有自己的执念和追求。他在演戏和唱歌等方面并没有很高的天赋，就不断地练习，一天练八小时不够，那就练十小时，十小时不够，那就练十四个小时……他甚至直接搬到了张悠游的不到五十平方米的出租屋里。而张悠游也是被苏力的热情所打动，玩儿了命似的跑资源，甚至向公司提交了辞呈，独自成立了星策传媒，专门运作苏力的演艺经纪。

这么折腾了大概三年半，两人都已经快山穷水尽了。张悠游抓到了一次千载难逢的机会，把苏力塞进了一个大制作电影出演男三号。也正是这时，苏力正式以苏语仑的名字出道。

之后的三年顺利多了，苏语仑的偶像形象建立得非常快，粉丝群迅速扩大，他步步高升，片约、收入都在不断增加，星策传媒和张悠游也成了圈里热议的新兴势力。

但也就在这时，问题出现了。

“问题？是公司出了什么事吗？”南萧问道。

“不是。其实和你们现在的情况差不多，”洛秦川说道，“在各方面被一些老牌势力挤压。人一旦进入这个圈子，就必须遵循这个圈子的一些潜在规则。问题出在苏语仑身上。”

苏语仑一直对张悠游敬如父兄、言听计从。但苏语仑日渐高升的时候，情况就变了。他开始不满，不满张悠游对他的安排，不满因为被打压而造成一些机会的流失，不满他开始逐渐放慢的上升步调，他还要更多。

而苏语仑又开始违反公司规定和女生交往，被张悠游禁止后，两人的关系更加紧张。张悠游始终觉得这是小事，他早就把苏语仑当成了家人，然而，他看错了苏语仑的为人。

几次摩擦之后，苏语仑竟起诉了张悠游，说张悠游进行违规的运营活动。他要求大量赔款，和张悠游解除经纪合约。张悠游这才发现，所有的举证都来自苏语仑事先给他设下的局——张悠游理所当然地败诉。

苏语仑与张悠游分道扬镳，转头便和一家老牌经纪公司合资，成立了现在的苏氏影业。而张悠游，因为诉讼事件失信，一步一步地沉沦。

“败类。”萧琪暗暗骂道。

“不过，”洛秦川清了清嗓子，笑着说道，“这些都是张悠游和我说的，有几分真我也不知道。”

“喂！大叔……”南萧说。

这人显然比张悠游更不靠谱！

南萧又想了想，发现哪里不对，继续问道：“可是这些和你来这儿没什么关系啊。照你的说法，来张总这儿不是你最好的选择啊。”

洛秦川眉头一紧，似乎被问到了痛处，重重地叹了一口气，又闷了一口酒：“不是最好，却是唯一的选择了。不说了、不说了！我要睡了！”

洛秦川往沙发上一躺，不到十秒钟，竟然飘出了鼾声。

南萧看得目瞪口呆："这人……秒睡啊……这是什么睡眠技能等级！"

萧琪却没啥心思吐槽，透过南萧的眼睛，她看得出洛秦川深深的苦闷。

这晚，萧琪做了一个很奇怪的梦，在这之前，似乎已经很久没有做梦了。梦中有洛秦川、南萧、沈恩飞，唯独没有她自己。她像一个旁观者，看着三个人的生活。南萧开着一辆网约车，转悠着，载上了喝醉了的洛秦川。而从旁边跑来的沈恩飞，霸道地挤上了车。看上去这三个人对彼此都很熟悉。

车子开得很快，一开始沿着主干道飞驰，开着开着却到了一片荒郊野外，茫茫的沙尘遮天蔽日，她快看不清窗外的景色。车上的洛秦川和沈恩飞似乎打了起来，两人扭在一起，像两个吵架的小孩子，互相拉扯着头发和衣物。南萧的样子，模模糊糊的，她看不清。

突然，从车子的空调孔中冒出黑色的浓烟，三人却不为所动，烟越来越浓，萧琪甚至闻到了很明显的焦味。

焦味?

萧琪立刻清醒过来，浓重的焦味刺激着她的鼻腔，着火了?她顾不上整理仪表，穿着睡衣就急急忙忙地跑下楼。

沈恩飞和洛秦川正吵个不停。

"都说不能这么煎！凭我多年的泡面经验，这个蛋怎么也不会糊！"

"泡面经验关这个蛋什么事啊！"

"你滚一边去，让大爷我好好煎个蛋！"

洛秦川在旁边晃了晃，偷偷地把煤气灶的火势开大，然后咕咚咕咚地把手上的酒倒了进去。锅里的火苗嗖地蹿上来，烧掉了沈恩飞刘海儿上的几根头发。

“老家伙！你今天想死是不是？”沈恩飞惊叫，“信不信我把你当蛋煎了！”

洛秦川摆出了姿势，挑衅般地招了招手。

沈恩飞左手端着焦黑的锅，右手拿着锅铲，嘴角抖了抖，瞪眼“扫描”着对方的战斗力。

萧琪这才发现，沈恩飞穿着一件绣着 Hello Kitty（一个卡通形象）的围裙……那是之前粉丝寄给她的礼物。白白的猫脸上，现在布满了油污和番茄酱。

这人煎蛋还用番茄酱？

萧琪觉得头昏脑涨，僵硬地吼道：“你们闹够了没有？”

两人转头看向萧琪，沈恩飞吹了一声口哨，洛秦川揉了揉眯着的眼睛。

萧琪这才意识到，自己还穿着睡衣，立刻白了两人一眼：“明天都给我搬出去！”

说完，她就双手抱胸，往楼上走去。

到半路的时候，门铃响了，萧琪甩下一句“去开门”。

沈恩飞和洛秦川对视一眼，瞪大了眼睛，放下手中的东西：“回头大爷再收拾你。”

然后，沈恩飞就跑去开门了。

紧接着，惊叫声出现在玄关：“啊啊啊！我敲错门了！对不起、对不起！”

沈恩飞呆呆地看着门口这个抱着头蹲在地上的女生。

洛秦川晃晃悠悠地走过来：“小妹妹，别害怕，有什么事和叔叔说。”

“啊啊啊！变态大叔啊！”女生叫得更响了，转身就往外爬。

“楚瑰？”萧琪披了外衣，下了楼，看到在门外一惊一乍的楚瑰。

楚瑰看到萧琪像是看到了救星，连滚带爬地一路小跑，躲到萧琪身后，抿着嘴说道：“萧琪，你家里怎么有流氓，用不用我报警？”

“大姐！谁告诉你本大……大帅哥是流氓了？”沈恩飞说。

楚瑰突然蹿到沈恩飞的面前，声音高了八度：“你叫谁大姐呢？谁是你大姐？我那么年轻，才十八岁……”

沈恩飞支吾了半天，说：“师父我去收拾了！”

他转身就跑了。

萧琪在旁边笑得合不拢嘴，沈恩飞竟然破天荒地叫自己师父了，想必是要以此转移楚瑰的注意力。

果然，楚瑰听了沈恩飞的话，就像发现了新大陆，问道：“师父？这是你的徒弟吗？你教他什么啊？我以前怎么没见过？新来的？长得倒挺高啊。”

“你一下子问那么多，我怎么回答？你先告诉我，来我家做什么？”

楚瑰似乎才想起来正事，立刻拉着萧琪到桌子旁，掏出一张纸。

萧琪好奇地接过，看到上面写着“离职证明”四个字：“你离职了？”

“是啊！嘿嘿嘿。”楚瑰笑个不停，“我下定决心，终于脱离苦海了！”

“为什么啊？公司不是挺好的吗？你在里面待着有前途啊。”萧琪不解。

楚瑰进公司也有些时日了，各部门对她的评价都不错，她应该快升职加薪了，怎么会突然离职了？

“这是程总安排的，我也受够了公司里针对你的流言蜚语了。”楚瑰摆摆手，“程总说你有了新的公司，而且公司还在招人，他可以把我安排过来，我二话不说就递了辞呈！”

萧琪有些感动，不过这个星策传媒可是一家寄居在她家的破烂公司，程凉生这不是推人进火坑吗？

“对了对了，主要来这边，我还能做我最想做的经纪人的工作。在之前的公司，都不知道猴年马月才有机会转岗呢。”楚瑰说道。

“经纪人？你和张总已经联系过了吗？”萧琪惊讶地问道。

这公司里本就没什么艺人，怎么还会招经纪人？

“是啊，我要带的艺人叫沈恩飞，我负责他的宣传和形象塑造。”楚瑰点点头，然后好奇地问道，“那人在哪儿呢？张总说他是个非常帅的帅哥、冉冉升起的新星、光芒四射的人物、公司的重要艺人。我好忐忑啊，从来没担任过经纪人，一上来就带这么重要的人。”

萧琪刚端着杯子喝了一口水，差点儿喷出来。

“你们见过了，就在那边。”萧琪指了指沈恩飞的方向，还是直接点儿比较真诚。

楚瑰往那边张望了半天：“萧琪姐，你和我开玩笑哪？”

“沈恩飞！”萧琪吼了一嗓子。

沈恩飞抬头看着萧琪，有些纳闷：“咋了？等我吃掉这个蛋啊。”

楚瑰僵着脸，转了过来：“萧琪姐，这不是真的吧……”

萧琪点点头。

“啊！”楚瑰绝望地叫道，“我要辞职！我要辞职！这哪里是追求梦想啊，这是跳进火坑！”

这时，沈恩飞擦着嘴，凑到了两人旁边：“叫我做什么？”

楚瑰一把拉过沈恩飞，撩开他的头发，捧着脸左看右看，皱着的眉头似乎松了点儿。

“你这女人，干……干什么？”似乎对之前的一幕有些后怕，沈恩飞少见地轻声细语。

“把衣服换了，跟着我走！”楚瑰难得这般言简意赅，“快快快！我们出发！”

“啊？”沈恩飞就这么被楚瑰拉出了门。

再次见到沈恩飞已经是晚上了，在大家的惊呼中，沈恩飞有些木讷地走进了屋子。

长至背心的头发已经被修剪掉了大半，整个人瞬间变得清爽和精神了，完全没有了之前的邋遢相，身上的衣服也经过了精心的搭配，突显了他修长健硕的身材。

洛秦川点着头，不由得叹道：“真是人靠衣装啊。”

“大叔，你就别挣扎了，没救了。”楚瑰不屑地回道。

“别那么说，我觉得我还可以拯救一下……”洛秦川发现没人理他，到旁边去喝闷酒了。

沈恩飞看大家的反应，似乎也没有想得那么糟，也许确实还挺帅的？这么一想，他的胸膛都挺了几分。他刚想说几句，就被楚瑰把话拍没了。

“这是所有的账单，你要还我钱。我刚问了张总，他说公司不报销！”楚瑰愤愤不平地说。

“这是几位数？”沈恩飞怀疑自己眼花了，数了一遍又一遍，“剪个头，买些衣服，要一万三！”

“张总和我说了，你没钱。所以呢，他给你介绍了一份兼职，让你打工来还我的钱。多余的钱继续支付你的包装费！”

萧琪和洛秦川都在心里暗骂张悠游是只老狐狸。

沈恩飞哭丧着脸，觉得还不如一开始直接把这女生吓跑得了。

萧琪醒来以后看了一下时间，八点整。她被南萧搞乱的生物钟，似乎最近又准了起来。她在床上坐起，突然感觉头上特别热，顺手摸去，感觉头发手感不对。

她用力一抓，掉落一顶紫色假发……等她站在镜子前的时候，出现在眼前的，又是一个她完全不认识的自己——她原本单薄的衣服外，套着一身不知道是什么风格的衣服！

萧琪从旁边抽出一把剪刀，从上到下，直接把衣服剪烂，丢进了一边的垃圾桶："今天你最好给我装死，不然我弄死你。"

南萧立刻打了个冷战，乖乖地装死。自穿过LO装之后，他最近又喜欢上了COSPLAY（指角色扮演），想想这也不能怪他，萧琪那么好的条件，不试一下COSPLAY，让他饱饱眼福，实在对不起他的这颗"宅男"心。

萧琪洗漱完，换了一身衣服，拖着行李箱下楼，今天就是进萧祈安剧组的日子，她和沈恩飞要赶去剧组。说到沈恩飞，最近他也不清闲，被楚瑰盯着打工和训练，感觉人都瘦了一圈。已经到了该出发的时间，萧琪到了一楼，却不见沈恩飞的踪影，四处找起来。

突然听到嘎吱一声，厨房灶台附近的一个大橱柜的门无声无息地开了，沈恩飞正躺在里面打呼噜，脑袋上还贴了一张写着"沈猪飞"的刘海儿贴。

萧琪的动作顿了顿，有些难以形容现在的心情。

然后又是嘎吱一声，隔壁橱柜的门也开了，洛秦川若无其事地钻了出来，一抬头看到面前表情复杂的萧琪……

"哦，萧琪。"洛秦川故作镇定地笑了笑，"早上好，饿不饿？我给你煎个蛋？"说着，他又伸展了下胳膊和脖子，发出了

咔咔的响声，“唉哟，老了老了，有时候需要进壁橱里冥想。”

萧琪一直憋着笑，指了指洛秦川的眼睛：“眼睛怎么了？配了一副框架眼镜啊。”

洛秦川这才想起来，自己的脸被马克笔画得一塌糊涂。他干笑了两声：“我就喜欢你这种人，有眼光。不过，我戴着不太舒服，我去摘了。”

他说着，便大步走了。

“哈哈哈！”萧琪没笑，南萧却是大笑不止。

“你不装死了？”萧琪挑了挑眉。

南萧的笑声戛然而止。

“唉——”萧琪长长地叹了口气，然后踢了几下还昏睡着的沈恩飞，竟然没有把他叫醒。最后，她直接向沈恩飞的脸上泼了一杯水。

沈恩飞跳了起来，睡眼蒙眬地大喊：“谁！是谁偷袭我！快出来！”喊着喊着，他看清楚了面前双手环胸的萧琪，“怎么了？一大早的干吗用水泼我？”

“你还有五分钟，快去洗漱，我们出发。”

沈恩飞一愣，这才想起来今天要进剧组，啊了一声，飞奔着去换衣服。

“我简直就是这帮人的保姆……”萧琪感到一阵无力。

五分钟后，萧琪和沈恩飞上了车，后排还多了一个洛秦川。

“你去干什么？”沈恩飞高傲地说，“老家伙，我们可是进组拍电影去的，你跟着不好。到了剧组啊，你被人抬着赶出来，就不好了，快下去！”

“我也进组。”

“你进什么组啊，别多想了。老人家就要好好待在家里，乖。我们回来的时候，给你带酒。”

洛秦川从兜里摸出一张皱巴巴的纸，递给沈恩飞。

沈恩飞接过纸一看，上面写着“乐克乐克的花季少女有烦恼”，下面署名——“洛秦川”。

洛秦川又从兜里摸出一副黑色的木质框架眼镜，戴在鼻梁上，然后用中指扶了扶镜架：“我是你的教导主任。”

沈恩飞缩了缩脖子，说：“我们可说好了。你给我好好演，别拖我的后腿。”

“呵呵。”萧琪冷笑，也不知道到时候谁拖谁的后腿。

《乐克乐克的花季少女有烦恼》剧组成员在一所学校旁边的宾馆集合。三人赶到剧组的时候，比预定时间晚了半小时，萧琪把两个麻烦人物丢到房间以后，就去找萧祈安报到，也算是和导演联络下感情。

萧祈安住在八一八室。

萧琪按了门铃后，来开门的人，让她吃了一惊。

精致的刘海儿和如雕刻般完美的五官，熨烫得笔挺的衬衫领和袖口，考究的黑色外套。这人看到萧琪以后，抬手看了看银色腕表：“你迟到了。”

每个字他都说得清清楚楚，声音寡淡又干净。

萧琪太熟悉这人了——她前公司的老总苏语仑。

萧琪张了张嘴，却不知道该说什么。

苏语仑冷漠地扫了她一眼，就转身走到了屋里面。

萧祈安正坐在房间的会客沙发上，表情一脸凝重，手上夹着烧了大半的烟，见萧琪进来，手一抖，烟灰落满了桌子：“哦，萧琪啊。来了就好，你先回房间好好休息休息吧。”萧琪屁股还没坐下，萧祈安就想把她请出房间。

苏语仑淡淡一笑，嘴角的弧度像是设计过似的，刚刚好：“既

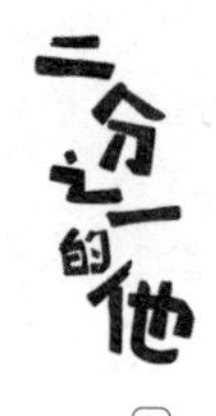

然人来了，我就先告辞了。萧导，我们回头再聊。”

萧祈安僵硬地点点头：“苏总，不送。”

苏语仑理了理原本就笔挺的外衣，眼睛微眯：“秦洛芷已经受到了处罚。对于她对你的冒犯，我代表公司向你表示歉意。萧小姐，我们回头见。”

他说完，才转身出了房门。

房门缓缓关上，发出清脆的声响。

萧琪之前和苏语仑有过接触，但并不深，今天才发现，被他微笑着盯着，她感觉自己就像是被蛇盯上的青蛙一般。

她缓过神来走到萧祈安身边：“萧导，他来威胁你吗？”

萧祈安抽了几口闷烟，苦笑着说道：“并没有，他还想继续投资这个剧。几年不见，这人又成长了。真是可怕。”

“继续投？那秦洛芷？”萧琪不解地问道。

“其实我不愿意拿苏氏影业的钱，本想找个理由直接推了，却没想到……苏语仑这人，我看不透啊看不透。”萧祈安摁灭了手中的烟，“秦洛芷会继续加盟这部剧。”

萧琪突然知道之前试镜那一出是怎么回事了，并不是自己真有多大的面子，而是萧祈安本就想利用自己去推掉苏氏影业的资金。但她又不能不分场合，把这些话直接说出来——她又不是南萧。

“萧导，我之前研究的是任乔，并不一定……”

萧祈安却皱着眉头回道：“你在瞎猜什么，你依然是女主，任乔交给秦洛芷演。”

“让她演不良少女吗？”

“你觉得呢？”

萧琪想象着秦洛芷饰演任乔的样子，在心里摇了摇头，只觉得好笑：“她没问题的。”

“哈哈哈。”萧祈安皱着的眉头舒展了开来，笑着说道，“你倒是耿直。剧本带来了吗？我们再从头探讨一下文晴这个角色，从人物小传开始。”

萧琪有些惊讶地看着萧祈安，自己已经很久没有和导演从人物小传开始讨论角色了。这部分一直是她自己完成的，导演大多不会花这个时间关心这些细枝末节的东西。

“怎么，不愿意？”萧祈安问道。

“怎么会？”

再次见到洛秦川的时候，南萧吃了一惊。此时的洛秦川穿着一身刻板的淡灰外衣，手肘处垫了两片厚实的棕色人造革，里面是领口有点儿泛黄的白衬衫，戴着一副银边的方眼镜，刘海儿分到了一侧，有两缕不听话地落下来，露出带着皱纹的额头，发际线有点儿“危险”。

洛秦川就那么微微驼着背站在学校的走廊里，眼神严肃地扫视着过往的一个个学生。

“简直让我想起了高中的教导主任……”南萧感叹道。

“像吗？”萧琪问道。

“不是像，怎么说呢，那种感觉特别到位，这就是你说的演技吧？”

“你还得忍受他四十天左右，在正式开机以后，他会一直保持这个状态。”

“哎？不拍戏的时候也是这种状态吗？”南萧突然想起之前萧琪所说的传闻。

“所以说他是个怪人。”萧琪下结论，“这样的人在圈子里是吃不开的。”

南萧不是很理解萧琪的话：“为什么？这不是非常敬业吗？”

萧琪笑而不答，直接拿着制服的服装袋，去更衣间换衣服，高跟鞋在走廊光洁的地板上踩出哒哒、哒哒的节奏。

突然，洛秦川拦在了萧琪前面，微抖了下嘴角，嘴张了又张，似乎将要出口的话硬生生地咽了回去，最后悻悻地让开了身子。

萧琪见他这种状态，说道："你这是进步了呢，还是退步了？"

洛秦川身子一僵，听着萧琪的高跟鞋继续踩着节奏远去。

"你这话是什么意思？"南萧问道。

"若是以前的他会把我当作学生一样训斥。"萧琪回道，"这次他竟没有那么做。"

在这个"戏疯子"莫名其妙地投奔张悠游的时候，萧琪就觉得很奇怪，和现在他的表现结合起来，她多多少少能猜到一点儿原因了，只是她没想到洛秦川真想在这个节骨眼儿开始转变自己。

洛秦川在业内惹人厌的地方，并不是他那种死皮赖脸的个性，而是他一直引以为傲的戏痴精神——你很美、你很好、你很棒，但平时离我远点儿，别让我因为你浪费精力，我只专注于演戏和角色。而现在，他正在努力改变这一点。

"哦……"南萧若有所思地应道，似乎明白了萧琪话中的意思，"我想回去看看。"

"去看什么？"

"我怕洛大叔有什么问题。"

"你这是多管闲事，我没那么闲。"萧琪回绝道，脚步却慢了下来。

"你明明也很在意。"南萧说出萧琪的想法，"别忘了，我能感受到你的情绪。"

"不，你感受得不对。"萧琪叹了口气，"我并不在意洛秦川怎么样。"

"但是……"

萧琪皱了皱眉："没什么但是，你真的好烦！"话是这么说，她还是转身去看了洛秦川，"这是你要去看的。"

洛秦川正弓着背靠在走廊旁的阶梯处休息。

萧琪走到了洛秦川身边，跟着坐了下去。

洛秦川疑惑地看了看萧琪，眼神中却没有教导主任应有的严厉——他甚至摘了眼镜："你不是要去换衣服吗？"

"再等等，今天还是准备阶段，不急。天气那么好，晒会儿太阳。"萧琪答道。

洛秦川摸了摸头，又伸手摸了摸身上的口袋，平日形影不离的方形酒壶，并不在身上："我两年没接戏了。"

"有那么久了？"萧琪诧异地问道。

在她的印象中，洛秦川演过的戏着实不少，她去网上一搜，洛秦川的参演作品那一栏，大大小小的角色，少说也有近百。

洛秦川点点头："一开始没想那么多，只是觉得戏一年比一年少。两年前拍完最后一部戏的时候，导演和我出去喝酒，我被批评了。我啊，粗人，不会处理人际关系。"

"你确实粗了点儿。"

"我太懒了。演好角色就让我筋疲力尽了，又老是接一些讨人厌的角色，按照我的方法演，总会让整个组的人都讨厌我。我做得太过了。"

"知道做得过了又能怎么样，你只会用这种方法演吧？"

洛秦川又不自觉地摸了摸口袋，嘴里有些苦涩："是啊，知道了又怎么样。我有东西忘了，去拿下。"

说着，他站了起来。

远处的拐角站着一个人，萧琪顺着洛秦川的动作，正好看到了那边。

程凉生侧着身子靠着墙，见萧琪发现了自己，大大方方地抬

上册

手打了个招呼："洛叔。"

洛秦川点点头，随即站起来，晃晃悠悠地转身走了："小程，你们聊。"

萧琪神色复杂地看着程凉生，并不开口，尴尬的气氛在两人之间肆意蔓延。周围跑过不少吵吵闹闹的群众演员，让两人显得更加静默。

萧琪有些不耐烦，作势要走。

"谢谢。"程凉生的语气依旧淡漠，说的话让萧琪觉得莫名其妙。

"你好像变了。"并没有给萧琪反应的时间，程凉生又说，然后指了指洛秦川走的方向，"你以前可不会这么和人坐着聊天，还试图去鼓励。"

"人终究是要改变的。"萧琪的心里五味杂陈。

最熟悉自己的，依然是眼前的这人，他就这么站在她的眼前，身处片场，仿佛一切都没有改变。在她还小的时候，每当拍摄结束，他偶尔会递上冰激凌、热奶茶，说"干得不错，别亏待了自己"之类的鼓励的话。

"也有很多东西是不会变的。"程凉生回道。

"比如你所崇尚的理性？"

程凉生似乎被这话刺到了，眉头竟微皱了一下，下意识地移开了视线。

萧琪失望地转身，意外地感觉到手上轻握的力度——程凉生拉住了她的手，紧接着又放开。

萧琪心中咯噔一下，转身想问程凉生，却只看到离开的背影，就好像那一握只是萧琪自己的错觉。

"你这是什么意思？"萧琪眉头紧锁地喊道，连带着几个月的郁闷和愤慨倾泻而出。

一向做事有条不紊的程凉生竟有些慌张，几步就消失在转角。

“你们两个彼此喜欢吧？”南萧叹息，“为什么不在一起呢？”

“要你管？谁喜欢他了！你以为你什么都知道？”

“你好，请问是萧琪吗？”

“干吗？”萧琪吼着转身，看到一个吓得手里的纸张都掉到地上的场务小哥。

“那个，导演让你看下……”

“知道了！”萧琪愤愤地离开。

南萧依然想着刚刚的插曲，之前见过几次程凉生，并没有留下太深刻的印象。平心而论，程凉生和萧琪并不登对，在南萧的心里，适合萧琪的男人应该更阳光，也更年轻，程凉生应该比萧琪大了有十几岁。

而另一边，沈恩飞形象大变地出现在萧祈安的面前，着实让萧祈安大吃了一惊，还好有楚瑰在一旁解释，沈恩飞又试了两段戏，萧祈安才放下心来。若是萧琪在试戏现场，她肯定会发现，沈恩飞的演技又有了不小的提升。

由于苏语仑的操作，苏氏影业的几个演员也陆续来到片场。

李晟拿着角色剧本，有点儿难堪地向萧祈安报到：“萧导，这角色……”

突然，李晟手中的剧本被沈恩飞抽了出去。

沈恩飞拿着李晟的剧本翻了两页，突然不怀好意地笑了起来：“哎呀，白萝卜啊，这次你演我的小弟啊。哈哈，放心，大爷我会罩着你的！”

说着，他又把剧本拍在了李晟的胸口，差点儿把李晟拍得岔了气。

从苏氏影业出来的楚瑰自然是认识李晟的，由于不知道李晟和沈恩飞两人之前的过节，她还是很热心地凑上去，对李晟说：

“李哥也算是我们沈恩飞的前辈，这是沈恩飞的第一部戏，还望李哥对戏时多多关照哈。”

李晟听着这话就觉得对方在讽刺他，想反驳，但想到来之前苏语仑对他和秦洛芷的一番交代，却也不敢再像之前那么嚣张，只得面色尴尬地点点头：“一定、一定……”

说着，人就转身跑了。

楚瑰奇怪地看着李晟的背影，又回过头看一脸坏笑的沈恩飞：“李晟今天吃错药了？怎么那么乖？你在笑什么？有什么让你那么高兴的？”

“没啥，第一次进剧组，兴奋！”

“你这个包里是什么？怎么那么鼓？”楚瑰指着沈恩飞背在身上的单肩挎包。

沈恩飞的笑容一僵。

楚瑰见他没反应，就伸手拉开了挎包的拉链，只见包里是各种各样的杯面、碗面……

“听说剧组只有盒饭，所以我自己带了泡面……”沈恩飞拽过背包，急忙拉上拉链，“别被人看到了，不然他们吃腻了盒饭，就要抢我的面了！”

楚瑰觉得自己对沈恩飞的改造，还有很长的路要走。

第三章

另一份记忆

萧琪面对久违的镜头，瞥向后面捧着泡面的沈恩飞——泡面冒着白花花的热气，他正鼓着嘴一边吹气一边吃，嚯嚯的吐气声异常刺耳。

她真的好想冲上去打他一顿。

萧琪虽然还能分出精力想这些，但其实内心慌张得很。之前试镜时的那一次小意外到现在都堵在她的心头——那不是第一次。从去年开始，她就不断地发生这种情况，甚至和南萧相遇的那天，也是因为难以入戏而离开了剧组，搭了那辆车，之后就出了车祸……本以为经过休养调整，换了公司，换了经纪人，换了所有熟悉的一切，这种情况就不会再发生，但显然那些都不是问题的根本，那片阴霾到现在还笼罩着她。

她并不知道为什么会这样。

在很久以前，她第一次接触拍戏的时候，都没有不能入戏的情况发生。现在这条NG(指演员在拍摄过程中出现失误)了几次?

摄影师蹲在地上，用手扇着风，相机挂在胸前。场记、场务在一旁窃窃私语。灯光师活动着脖子，表情已然有些不耐烦。

导演萧祈安坐在监视器前，手指晃动，不知道在想什么，他拍了拍大腿，抬眼说道："萧琪，你休息下，今天还不是正式拍摄，你先找找感觉。其他人注意，我们换一幕，这个景，通知李晟和秦洛芷，他们俩在这儿有一场，我们试拍一下。"

萧琪点点头，愣愣地离开了拍摄场地。

今天的天气闷热，明明已经十月了，却热得像盛夏。天蓝得通透，万里无云，就明晃晃地挂着一个大大的太阳。

"今天很热吗？"南萧问她。

"还好。"

"刚才搞砸了？"南萧把刚才周围人的表情都看在了眼里。

"休息一下。"萧琪一直走，走到了学校附近的便利店。

"之前在家自己练的时候，我觉得你很棒啊，为什么现在就不一样了？"

"别烦我。让我安静一会儿。"

"你明明能做得很好的。赶紧调整下，好好休息休息，回头表演给他们看！"

这一句却仿佛触到了萧琪的逆鳞，她说："你懂什么！在家和面对镜头能一样吗？演戏时要考虑很多东西的，从猜测导演取景框的大致构图到镜头里自己的微表情控制，到……总之，演戏是那么容易的事吗？你以为我不想做好吗！你以为你在看励志偶像剧吗？主人公出来走一圈，问题就解决了？"

南萧吃惊于萧琪的反应，喃喃道："我只是想鼓励你。"

萧琪觉得头疼。她在迁怒，在耍脾气，她一股脑儿地将自己的困扰激动地丢给了南萧，其中还包括种种她给自己找的借口。

此时，便利店里突然冲出来一个人，和萧琪撞了个满怀，那人手中的一袋零食撒了一地，一瓶可乐滚了一圈又一圈，撞到了台阶，气泡刺的一声充满了整个瓶子。

“好痛！”两个人同时坐倒在地上喊起来。

“啊啊啊！掉了掉了！”紧接着，那人看着倒扣在地上的一支甜筒和躺在它旁边另外三支未开封的，又哭丧着脸尖叫起来。

“喂！撞了人起码道个歉吧？”萧琪挣扎着起身，揉着擦破皮的手肘。

那人似乎被针扎到了一般，从地上跳了起来，在萧琪面前站直了，声音急切：“你知道我要多久才能吃一次冰激凌吗？我……你……你是萧琪？”

那人的嘴动得特别快，并且手舞足蹈了起来，但萧琪愣是一句都没听懂。本已经做好了“战斗准备”的萧琪，被这人最后的那句话噎到了，眼神狐疑地瞟着他：“啊？”

那人给她鞠了一躬，口齿清晰、声音洪亮地说道：“萧琪前辈好！我是陈瑞安！现在是程凉生大哥手上的艺人！以后请多多指教！叫我小安子就好了！”

这语气、语调，在大马路上，说得萧琪都脸红。程凉生去哪里找来的这么一个活宝？萧琪想，虽然她现在极其讨厌程凉生，但祸不及小……小安子。她尴尬又不失礼貌地点点头，俯身去捡地上的零食。

陈瑞安一看，急了，马上说：“放着我来！”

说完他就跑来跑去收零食，动作快得像一只急着储备粮食的松鼠。最后他捡起倒扣在地上的甜筒，恋恋不舍地丢进了一边的垃圾桶里，还掏出纸巾擦了擦地上的痕迹。

“我已经不是你们公司的人了，也算不上前辈，你不用对我

这么……礼貌。”萧琪加重了“你们公司”几个字。

陈瑞安笑得一脸灿烂：“前辈就是前辈，礼貌是必须有的。前辈在这儿做什么呢？难道有戏要拍？我是看到我学校里来了一个剧组，就那个名字好长的剧。怎么？前辈在剧组里吗？真的吗！为什么程大哥都没和我说？”

萧琪有些头疼地看着眼前滔滔不绝的陈瑞安。这个在自己离开之后，程凉生接手的新人，阳光灿烂、元气满满、有点儿聒噪，似乎即便自己不搭理他，他都能喋喋不休到世界末日一样。

“他……程凉生怎么说我的？”萧琪问道。

她其实很在意在两人分开以后，程凉生是怎么看她的。陈瑞安对她是这种态度，可能是因为程凉生对他说过什么吧。

陈瑞安才想起来还有甜筒，又开了一支，咬了两口，兴许是咬得太多，冰到了牙齿，他咧着嘴抽了两口气，大眼珠子又转了一圈。

这人是什么情绪都会直接写在脸上吗？萧琪想。

“程大哥其实没怎么提过前辈。我也是从别人那里听说程大哥以前带的艺人是萧琪前辈。因为我还在读书，所以我们俩平时见得也不多。不过我就觉得，程大哥肯定是非常非常欣赏前辈的！不说了、不说了，我先回寝室了啊，剩下的甜筒不放进冰箱就全化了！萧琪前辈真的很抱歉啊！我明天得空就去剧组拜访你！”

陈瑞撒丫子跑了，最后那句话还飘在空中，拖着长长的尾音。

“这人真有意思，挺可爱的。”南萧适时地出来打岔。

萧琪却皱着眉头站在原地：“为什么一提到程凉生对我的看法，他就跑了？”

“因为冰激凌要化了啊，这天气确实还挺热的。”

“不对，是不是因为程凉生从来没在他面前提过我？这算什么？我有那么让他难以启齿吗？”萧琪越想越生气。

“那要不要当面去问他？”

“当面问他？”萧琪迟疑了，“为什么我非要去找那种人当面问不可？我一点儿都不想看见那个人。”

“在意的是你，说不想见的也是你。”南萧叹了口气，“女生这么别扭是不会有男人喜欢的。”

他本以为会立刻迎来萧琪的怒火，都做好了被骂的准备，然而，萧琪却突然不作声了。南萧尝试着抬手，身体又换成了他控制，萧琪的意识不知道去了哪里。

这时，迎面走过来一人，晃着两条长腿，走路的样子非常欠收拾，让南萧不得不去注意他。

游典方笑着打招呼，还哼着不知名的小调：“我特意来找你，我们需要一点儿私人时间。”

和之前不同，现在的他自信又兴奋。

上次的笔记本事件后，南萧其实有很多的问题想问他，但这次的转移这么生硬，萧琪到现在都没有给他回音，让他很不安。

“萧琪怎么了？”

“没事，我让她睡着了。过一会儿，她就会醒的。”游典方靠着路边的花坛，坐了上去，“我有事想问你，你是不是打开了那个笔记本？”

南萧感觉心里的枷锁一下子被打开了，打开笔记本后，他有太多问题和感触想问想倾诉。眼前的这个人虽然很不靠谱，但也是世界上唯一一个能听他说这些话的人了。

“所以那个笔记本展现出来的真的就是我原本的人生吗？”

游典方笑着点点头，饶有兴趣地观察着他：“确实是的。来，快和我说说，你现在是什么感受？”

南萧本想倾诉的话，一瞬间又卡在了咽喉里，他的烦恼只不过是满足别人的好奇心，他去向一个连身份都不清楚的人寻求慰藉，真是疯了。

“你还真是不负责任。”

游典方纳闷：“我怎么就突然不负责任了？我不是来守着你了吗？还特地给了你笔记本，帮助你获取了记忆，让你节省时间、少走弯路。上辈子的你在临终时的愿望，要是没有我，能实现吗？”

“什么？”南萧问道。

游典方马上拼命地捂住嘴，摆手解释道：“口误口误！应该说是你的另一条生命轨迹！”

南萧觉得自己的白眼都要翻到天灵盖了，这人语言表达的能力估计都比不过三岁小孩儿：“所以我许下了一个愿望，希望一切能够重来，代价是被困在萧琪的身体里——也就是我原本的妻子的意识里？”

萧琪曾是他的妻子，这是南萧在笔记本所展现的人生中看到的。她曾经非常巧合地不止一次坐进他的车，他也因此以这种十分特别的方式陪伴她度过了她最难熬的一段时光，这样的缘分让他们最终步入了婚姻的殿堂，共度余生。然而，在临终时，他开始回想这一生，浮现出来的是萧琪偶尔显露出来的阴郁，他知道她深埋心底的遗憾是什么。这让他有些动摇，开始怀疑他当初鼓励萧琪离开她可能并不喜欢的演艺圈的做法是不是正确的，甚至有些后悔自己改变了萧琪的人生轨迹。

游典方的脸色很不好看，长长地叹了一口气，认命般地点点头：“确实如此，所以我让你的意识来到这个时空，从零开始，作为萧麒生活。这大概就和你们的电视剧里演的那种‘回到男女主人公相遇之前’的感觉差不多。”

“我到底许了一个什么样的愿望？”南萧问道，“再怎么重来，也不至于住进她的脑子里吧？”

“你希望帮助她。”

“帮助她？”

“我看看。”游典方翻着自己那本笔记本，晃着脑袋，读道，“在她事业的低谷期，萧琪和我相遇，结束了她一直视为梦想而努力的演员生涯。虽然在之后的生活中，她一直都和我说她非常幸福，但我都能注意到她内心深处的落寞。她嫁给我，是我的福气，却不是适合她的生活。她值得更光明的未来，值得更好的人生。如果能重来一次，我愿意用我的人生，换她走上另一条星光璀璨的路。”

“用你的话说，你一定很爱她吧？我不太了解这种情感。”游典方合上笔记本，唏嘘道。

关于这个实验，游典方并没有多做解释，毕竟现在还不是时候，而南萧也没有多余的心思为这些细节纠结。

南萧苦笑，瘫坐在游典方的旁边：“问题是现在的我，对萧琪还提不到‘爱’这个字。就算我把那段人生重新看一遍，再感受一次那段情感，我依然无法完完全全地获得那份爱，只像看了感人至深的爱情剧。爱是那么容易就能得到的情感吗？你问我现在的感受，我的感受就像有人用我的身份借了一笔一辈子都还不清的贷款，他潇洒快活完了，我得背负着这笔债务继续活下去……”

萧琪美吗？很美。

萧琪好吗？很好。

萧琪重要吗？重要。

那么，他爱萧琪吗？他不知道。

这就是南萧现在的状态。之前他一直迁就萧琪，是因为他觉得自己给萧琪造成了很大的困扰，这让他产生了一种负罪感。但自从翻了笔记本以后，这种负罪感变成了一种迷茫、一种没有实质的责任感。

“我也有很多想去尝试的事情啊，有很多想去追求的东西啊，有很多想要去完成的目标啊。现在的我都没有好好经历过自己的人生，却要为一个可能成为我的爱人的人付出一切，这合理吗？”

游典方很无奈，他完全不能理解南萧所表达的情绪。他小心翼翼地说道：“这不是你的任务吗？这理由还不够吗？而且，你不是深爱着萧琪吗？再说了，如果没有这个理由，你根本就不会出现在这里，好吗？”

“深爱着她的，不是现在的我。”

“以前的你也是你啊。你终究还是会爱上她的，时间先后并没有多大的区别。”

南萧一脸无语地看着他：“你究竟知不知道什么是人和人之间的爱情？”

“我说了我不太了解，因为我没感受过这种情感。反正不是你们常挂在嘴边的吗——两个人手牵手、拥抱，然后许一个一生一世的承诺，虽然这种承诺基本都是假的。”游典方看着天空，目光像是要望穿云层，然而今天多云，也不知道他能看到什么。

南萧觉得自己很可笑。是啊，爱情是什么？他其实也不清楚，又有什么资格去嘲笑这个本就缺少情感的人。他原本坚定的爱情观都开始动摇了。好感、喜欢，并不等于爱。是怎样的感情才能让之前的他如此为一个女孩儿付出？

他不懂。

“萧琪姐！”

有人喊，跑过来的是楚瑰，齐膝的格子裙随着跑动而跃动，今天她梳着双马尾，戴着没有镜片的框架眼镜。跑近以后，她面色潮红，像极了南萧印象中的那个“小苹果”。

“怎么了？跑那么急？”南萧问道。

“沈恩飞不见了，你有看到他吗？”楚瑰上气不接下气，有些着急地问道。

沈恩飞不见了？南萧轻抚着楚瑰的背，帮着她顺气："什么叫沈恩飞不见了？他去哪里了？"

"刚才他和李晟试戏，结果不知道怎么了，李晟就是进不了状态。沈恩飞就说他带着李晟到一边去找找感觉，结果他们两个就不知道去了哪里。我把学校周围都跑遍了，也没见到他们的影子。再过一会儿，就又要到他们的戏了。"楚瑰又着急地跳了起来，"怎么办啊！我给他打电话，他也是从来不接的！李晟出去的时候又忘了带手机，他们彻底失联了！"

"妹子别急，交给我们去找！一定帮你找到！"南萧还没说话，旁边的游典方拍着胸脯保证。

南萧诧异地看着游典方。

"你是谁？"楚瑰之前没见过游典方，但就是觉得他和萧琪认识。

"萧琪的表哥！我叫游典方，你叫我小典就好了！"

小典？南萧表情古怪，仿佛下一秒就要大笑出来："楚瑰，你去附近的商场看看，指不定恩飞那小子带着李晟去买泡面了。小……小典啊，我们去周围转转，看能不能找到。"

楚瑰眼珠转了下，觉得这种带人去买泡面的操作确实很符合沈恩飞，猛地点头："好的好的，那萧琪姐，麻烦你们了，我先去找找看，我们手机联系。"

她说完，晃着垂着长长的挂饰的手机，飞奔而去。

"那么……小典表哥，你有能力可以找到人吗？"

游典方依然朝着楚瑰走的方向傻傻地笑着。

这人真的什么情感都藏不住。被南萧拍了一下脑门后，游典方总算是反应了过来，十分自信地说："我当然具备你们没有的能力啊！不就是去找个人吗？你身上有没有沈恩飞的东西？"

“他的东西？”

“是啊，他碰过的、用过的东西，都可以。”

“你可以通过东西找到主人？这种能力感觉很有用。”南萧一边赞叹道，一边摸着口袋，“但我身上还真不一定会有那家伙用过的东西。哦，这个行不行？”

南萧摸出来的是昨天帮沈恩飞带饮料，对方递给他的一张皱巴巴的五元纸币。南萧本不想收，结果沈恩飞硬是塞到了他的手里，还贱兮兮地说了句“不用找了”——沈恩飞要的佳得乐可要八元！

游典方接过钱，看了看，然后点点头：“应该没问题。这钱就是他给你的吧，中间没有别人碰过了吧？”

“没有。”

南萧期待着游典方怎么利用这钱找到沈恩飞，会不会像动画里放出一个魔法阵，或者是用什么特殊的技能显现出所有与这钱有关的细线，然后顺着这个直接跨过空间，抓到沈恩飞？

事实证明，南萧想得太多了。

游典方只是把钱凑到鼻子前闻了闻，然后闻了闻周围的空气，指着一个方向说道：“在这个方向，我们走吧。”

“你是狗吗？”

“你怎么骂人？”

“我们走吧……”

此时的沈恩飞正带着李晟站在一个小街区的死胡同里。这胡同离学校不远，但很深，石板小路边有很多的碎石，两边是略带老旧的民宅土墙。手一刮，能刮下一层细细的白色墙灰。

胡同里靠墙放着一把木制太师椅，上面坐着一个身材魁梧的大个子。那大个在胸口文了一只公鸡头，四周围着六个流里流气的男人，一个个手臂上文着不知名的花纹，凑在太师椅的周围，相当滑稽。

沈恩飞在一旁挠着脑袋，本想带着李晟直接去会会这一带的混混儿头子，让李晟感受感受他所谓的流氓职业文化，没想到遇见这么一帮乳臭未干的小鬼。然而，就是这种小角色，也吓得李晟直接躲在了沈恩飞的背后，只敢露出个脑袋。

“我们道个歉就走了好了。”李晟缩着脖子，拽着沈恩飞的衣角，不安地催促道。

沈恩飞也烦得不行，嘟囔着：“这真干起来，岂不是显得我欺负小辈？”

“干起来？”李晟哭丧着脸，想走，但又不敢。

他害怕面前的那群人，更害怕把他抓到这里来的沈恩飞。

那公鸡头挪了挪身子，似乎想在太师椅上坐得更自在些，然后用手指点了点站在沈恩飞身后的李晟：“就是你小子撞了我弟兄吧？”

说完，旁边一个偏分头立刻耷拉着右胳膊，坐到地上，扯着嗓子叫道：“唉哟、唉哟！鸡哥，你看我这手，怕是骨折了。就是他身后那家伙撞的！你一定要为弟兄讨回公道啊！”

李晟紧张地回道：“你别乱说！日剧看多了吧，哪儿有这么碰一下就骨折的？而且，明明是你撞我的！”

鸡哥一抬手本想一巴掌拍在椅子把手上，展现气势，奈何太师椅的把手太窄，实在放不下一只手。他左右一晃，一巴掌拍在了自己的大腿上：“废什么话！说是你就是你！”

沈恩飞差点儿笑场。

李晟一副认栽的表情，咬咬牙，回道：“那你说怎么办？赔……赔钱可以吗？”

鸡哥一听李晟要赔钱，咧着嘴大笑起来，一脸振奋地张开五

指挥了挥："可以啊，明白人。这个数！"

李晟的心里咯噔一下，这意思是五千？多是多了点儿，但也不是不能接受，只要对方能放了自己……他抬眼看了看不动声色的沈恩飞，见沈恩飞没什么反应，心里更没底了。

"五十！"鸡哥继续吼道。

这一声，仿佛是在顶级拍卖会所叫价，充满了霸气和自豪感。

"哈哈哈！"沈恩飞实在忍不住了，抽搐着双肩，笑得眼泪都要出来了。

他往前跨了一步，彻底把李晟挡在了身后，朝着最右边拿着一个大木棍的男生招了招手，示意对方把木棍递过来。

鸡哥有些恼怒，但又明显感受到沈恩飞不简单，鸡哥不敢轻举妄动，用眼神示意了一下，让那男生走近。

沈恩飞抬手做了个平举的动作："来来来，把棍子这么举着。对对对，就这样。这棍子还挺粗的啊。"

那木棍直径大概只比易拉罐小一点儿。

所有人都紧张地盯着沈恩飞，不知道他想干什么。

沈恩飞突然击出一拳，狠狠地打在木棍的中心。咔嚓，木棍应声而断。

在场的其他人都和那个双手各拿着半截木棍的男生一样，蒙了。鸡哥吓得双脚都跳到了太师椅上，差点儿咬了自己的手。

沈恩飞甩甩手，用嘴吹了吹手背，上面泛了点儿红，似乎还破了一点儿皮。他靠近那男生，拍了拍对方的脑袋，抓起手臂搓了搓，搓下来一层黑色的碎渣。男生手臂上的"文身"，就这么被搓掉了。

"你们要好好学习知不知道？好的不学，学碰瓷？这贴纸多少钱？"

男生一脸快要哭的表情，嘴巴哆嗦着说不出话。

沈恩飞掰过那小鬼的头："问你话呢？"

"十……十块钱，六十张。"

"这么便宜？"

"批发……"

"啊，便宜的就是没质感。"沈恩飞说着撩起自己的袖子，左胳膊上面露出"天上天下，唯我独尊"的文身，"看到了吗？这才是真货。"沈恩飞推开目瞪口呆的男生，又朝着鸡哥走过去："那个谁？鸡哥是吧。要五十，你怎么不要五块啊？看把你能耐的啊，这五十够你弟兄们晚上撮一顿吗？瞧你那点儿出息。这椅子哪儿来的，坐着不硌屁股啊？"

鸡哥连滚带爬地从椅子上下来，在一边赔笑道："大……大兄弟见笑了。误会、误会啊！我们都是闹着玩儿的、闹着玩儿的。"

李晟一见这伙人这副讨好样，再瞅瞅沈恩飞笔直的腰板，瞬间觉得自己的腰板也直了起来，乐呵呵地上前，竟直接踹了那个装骨折的人一脚，嘴里还念叨着："想讹我？也不掂量掂量我是你惹得起的吗？"

那人被踹得倒在地上，没回嘴，只是一脸鄙视地看着李晟。

沈恩飞也皱了皱眉。他拍了拍鸡哥的肩膀，故意清了清喉咙，朗声道："鸡哥，和你说个事。这人和我没关系，你们爱咋办咋办。"

李晟听了，脸色一白，不敢相信地看着沈恩飞，犹豫着要不要扶起那个被他踹倒的流氓。

鸡哥不信，两只手搓了又搓："大兄弟，你这何必哪？明眼人都知道他跟着你的，我们咋敢动他啊。你认真的吗？真的和你没关系？兄弟我可是给你面子的，你可不能诓我。"

沈恩飞一屁股坐到了太师椅上，摆了摆手，示意不管。

鸡哥一脸狞笑地活动着手腕，周围几个已经没了气势的小喽

啰又来精神了，围住了脸色苍白的李晟。

“刚刚挺厉害啊，让我来掂掂你有几斤几两。”

“沈恩飞！你不能这样！我、我要去剧组投诉你！导演不会允许这种事发生的！”李晟透过人缝，看着无动于衷的沈恩飞，感受到了绝望。

每个学校周围，都会有这样一条商业小街。门面不大的店面鳞次栉比，旅店、网吧掺杂其中。平日人头攒动、熙熙攘攘，可一旦到了学校的假期，就都门可罗雀了，甚至直接闭门歇业。当然，现在是午休时分，南萧和游典方卡在密集的人流里。

游典方依然鼓动着鼻子，四处嗅着沈恩飞的气息。

“他在干什么？”萧琪苏醒了，直接控制了自己的身体。

她似乎并没有发现有什么异常，只是奇怪游典方的行为。

“他好像有和狗一样灵敏的鼻子。”

南萧向萧琪大致解释了情况，两人正在寻找失踪的沈恩飞和李晟。而当听到游典方在楚瑰面前自称“小典”的时候，萧琪也露出了古怪的表情。

“他该不会……”

“应该不至于吧？虽然前一秒他还在和我说不能理解爱情，后一秒就表现得很殷勤……”

萧琪跟着游典方左绕右绕，拐进了一个胡同，接着就看见李晟被一群人围在了中间，而沈恩飞坐在椅子上跷着二郎腿看戏？

“住手！”萧琪喊道。

既然是沈恩飞带着李晟跑出来，要是李晟出了什么事，他是脱不了干系的，更别说看上去他更像是主谋。

李晟仿佛抓到了救命稻草，连滚带爬地跑到萧琪的身后：“救我啊，萧琪姐！”

鸡哥一抬头，看到旁边站着一男一女。那男的身高挺高，但一脸好奇，透着稚气，不像是狠角色。女的是个美女，只是脸若冰霜。他嘿嘿一笑，甩出一把折刀，左右手来回耍着玩儿，走近萧琪。

“哟，女侠打抱不平哪？要不要陪着老哥我大战三百回合？”鸡哥说着轻佻的话，还回头对几个兄弟挑了挑眉，使了下眼色，颇为得意。

萧琪的脸色更冷，眼神直直地穿过人群，盯着后面的沈恩飞。

鸡哥并没发现什么异常，依然沉浸在自己的世界里，奸笑着去抓萧琪的手：“女侠不说话，那我们先交个手，嘿嘿。”

他的手还没有碰到萧琪，就被一只更大的手抓到了手腕。沈恩飞来到萧琪的面前，脸上透着尴尬，像是个搞恶作剧被家长抓到的小孩儿。

“兄弟！”鸡哥手腕被抓得吃痛，费力地想把手从沈恩飞的手里抽出来。

沈恩飞把鸡哥甩到一边，挥挥手道：“散了吧、散了吧，你们走吧。回去好好学习知道吗？走正道！”

鸡哥看看沈恩飞，又看看萧琪，赔笑道：“哦，嫂子啊，抱歉抱歉。小弟嘴欠，别往心里去啊。嫂子那么漂亮，和兄弟你格外般配。”

沈恩飞的嘴角不自觉地勾了下，但看到萧琪阴沉的脸色，立刻收敛了表情，转头训斥道：“瞎说什么，快走快走。”

斥退了鸡哥一群人，沈恩飞手舞足蹈着向萧琪解释道：“你听我解释，事情不是你看到的那样的，我并不认识这群人。李晟，你快出来帮我解释两句。”

李晟哪儿肯？他躲到了一边装哑巴。

萧琪皱着眉，指着沈恩飞的手：“手怎么了？”

沈恩飞看看右手指关节上的红印和小伤口，用手搓了搓，突然开心地笑了："别担心、别担心，小事。你没看见，刚刚这么长、这么粗的棍子，我就这么一拳就给打得碎成了两段，吓得那帮小鬼差点儿跪下来喊爸爸。哈哈！"

啪！

李晟和游典方吃惊地张大了嘴，眼珠都要瞪出来了，不敢相信他们看到的情景——萧琪甩了沈恩飞一耳光，把沈恩飞打得愣在了原地。

沈恩飞脸上泛出淡淡的红色指印，红色慢慢地晕开，蔓延到了整张脸。

"你干什么？！我怎么招惹你了？你发什么疯！"

萧琪也是狠狠地盯着沈恩飞的眼睛："知道我为什么打你吗？"

"我怎么知道？"

"你是个演员，你要对自己的身体负责。现在还没有正式拍摄，如果在拍摄中因为这种事受伤，你知道会造成多么麻烦的后果吗？你手上的这一点儿伤在镜头里可能非常明显，造成穿帮，这会给整个剧组添多少麻烦，你知道吗？既然你想好好地取得成果，就要有演员的职业素养，因为这种事情受伤，并不是什么值得炫耀的事。"萧琪指着沈恩飞的鼻子说。

"我去你的职业素养，老子就这样，你管得着吗？"沈恩飞怒气冲冲地打开萧琪的手，一把抓住李晟的后领，边走边喊，"职业素养、职业素养，烦不烦！我回剧组总行了吧！"

"喂喂喂，楚瑰吗？"游典方邀功一般拨通了楚瑰的电话，也不知道他什么时候搞到号码的，"任务完成，我已经找到沈恩飞了，他正在回剧组的路上。别客气、别客气，举手之劳。你叫我小典就可以……"

不去理会拿着电话没话找话说的游典方，萧琪摸着被打得有点儿疼的手背，神情严肃地盯着他消失的方向。

“是不是有点儿过分了？”南萧轻声对萧琪说。

虽然萧琪说得都对，但事情并没有到扇对方一耳光的程度。戏还未正式开拍，手上的伤也确实算不上严重，她不免有些小题大做。

萧琪自己也明白这一点，有些无奈地回道：“我也不知道，那一瞬间突然气血上涌，等我反应过来的时候，已经一巴掌扇上去了。其实我并没有生他的气，不过确实有点儿恨铁不成钢。”

“你在生你自己的气？”

南萧的话像一根针，刺在了萧琪的心里。

萧琪知道自己正沉浸在自我厌恶中，她厌恶在镜头前表现得越来越生硬的自己，厌恶深陷泥潭却找不到出路的自己。越是如此，她就越是焦虑。她害怕，害怕周围的人会越来越不满她的表现，害怕越来越多的人讨厌她，害怕她再也无法演戏，害怕到最后只剩下她孤身一人——就像小时候的她孤零零地站在校门口，看着同学们陆续被父母接走，只剩下她自己的感觉一样。而当初那个向她伸出手，并为她开启了另一种人生的男人，如今也因为她表现得不好而放手了。

她自己一个人真的行吗？她对自己产生了强烈怀疑。

“我没有什么热爱或者执着的东西。硬要说的话，可能就是追番和画画了。”南萧的声音在她的脑海里响起，“读书的时候，我每天想着早起晨读，每次都战胜不了温暖的被窝。我天生体力差，体育老师要我们跑一千米，我每次跑到五百米的时候就觉得头晕目眩、呼吸困难，肺都要爆炸了。其实只要我熬过去了，后面就会越跑越轻松。然而，我从来没有坚持到过终点。我去找了做医生的亲戚，伪造了医院的病假证明，申请了体育免修。每次需要努力的时候，我都承受不了那种努力带来的痛苦。遇到困难，我能不面对的就不面对。久而久之，自己也就认了，无欲无求了，现在想来并不是‘看破红尘’的无欲无求，而是怯懦了。

“但你不一样。你一直没有放弃，即便我‘寄宿’在你这里，你依然抓紧一切时间进行练习，时刻做好准备。即便刚刚出院，也愿意奔赴几十公里之外，去找到自己的出路。即便没有工作、没有通告，你也一直在做各种基础练习，每一天都没有落下。你足够坚强，别再怀疑自己了，我明明白白地看在眼里，你的能力和天赋就摆在那里，不需要其他人来告诉你、你能行。我偷偷尝试过你的一些锻炼计划，一半都没坚持做完。这也说明了一点，那就是换个身子，我也还是一样的‘弱鸡’，早起打鸣都怕黎明的冷空气。”

最后一句话，让萧琪笑出了声：“你今天的话有点儿多啊。”

“因为我也在寻找我存在的意义，发生这么离奇的事情，我总该有我存在的意义吧。”

很多事情只是自己一个劲儿地闷头苦思，是没有办法往前推进的。在跟游典方倾吐完烦恼之后，南萧的心结似乎松了些许，有了点儿小小的觉悟。

既然这是另一个他的愿望，既然他已经身处这种境地了，那么在没有找到其他办法之前，他不妨做些有用的事。更何况，萧琪直率又坦荡，他确实对她怀有好感，虽然这种心情还无关风月。

“存在的意义？”萧琪一个字一个字地重复着。

“但我并不知道那是不是我真心希望的。”

“那你……加油。还有，谢谢了。”萧琪顿了顿说。

南萧感受到了来自她内心的暖意。

《乐克乐克的花季少女有烦恼》剧组借用了这所大学偏西北

角的独栋教学楼，作为拍摄取景地。这栋独立教学楼原本是学校艺术系的，今年整个系都搬到了另一个校区，教学楼暂时闲置，剧组正好抓到机会，据说因为托了关系，场地费还压得很低。这栋教学楼荒废了几个月，就在演员到达的前几天，剧组的工作人员还亲力亲为地搞了大扫除，重新布置了。

中午发到每个人手里的工作餐，是两个全麦面包加一根香蕉。这些都说明了一件事——这剧组还是挺穷的。

然而沈恩飞这时候坐在休息室里，吸溜着泡面，不免吸引了很多仇恨的目光。他一脸严肃，眉头紧皱，散发出强烈的低气压，也是让其他人都不敢说什么。

不过，凡事都有例外。一双白白细细的小手，把沈恩飞放在桌子上的桶面，从他的鼻子下面抽走了。

“干什么？！”沈恩飞嘴里叼着叉子，闷声叫出来。

“呃，你怎么这么脏，面都要喷到桌子上了。拿去拿去，纸巾拿去，赶紧擦干净。”楚瑰笑嘻嘻地递上一张纸巾。

沈恩飞接过纸巾，狠狠地擦了擦嘴，又把桌上的垃圾包到了纸巾里，然后用背面抹了抹桌面。

楚瑰递上垃圾袋，纸巾团带着怒气飞了进去。

“我还没吃完。还有干吗这么贱兮兮地看着我笑？”沈恩飞不满地盯着楚瑰手边的半碗面。

“听说你被萧琪姐打哭了？”楚瑰也是看热闹不嫌事大的性格，手还放在自己的左脸颊上蹭了蹭，似乎在提醒沈恩飞。

“我去你的！哪个说的我被打哭了？”沈恩飞气得一拍桌子，迅速环顾四周。

所有跟他对上眼的人，都立刻躲开。

“剧组里都传遍了，没想到萧琪姐看着美美酷酷的，实力竟然这么强，你都不是对手。”

“我怎么可能哭？要不是看她是个女人，你知道上一个扇我耳光的人在医院躺了多久吗？我告诉你，半个月！”沈恩飞话是这么说着，心里可不是个滋味。

他这师父也太狠了，这点儿小事，教训下不就好了，竟然直接上手。

“听说你被女人打哭了？”

好事不出门，坏事传千里。洛秦川一改之前的颓靡状态，乐呵呵地冲进来，一脸兴奋，很怕错过这个嘲笑沈恩飞的机会。

沈恩飞拿起一张凳子，扔了过去。

洛秦川轻松地接过凳子，放在一边，嗤笑道：“被女人打了，就来欺负我这个老头子啊！”

两人就这么打闹起来，伴随着桌凳东倒西歪的声响。

走进休息室的萧祈安，又退了出去，正好看到路过的萧琪，他急忙招了招手：“萧琪。”

“导演。”

“你来下，我们到一边聊聊。”

两人左转上楼，到了三楼的楼梯口。这里正好是一个拐角，探出围栏，可以看到不远处来来往往的学生。

中午的艳阳让林荫小道充盈着诗情画意，学生们步伐轻快，活力四射——这是属于学生时代最美好的时光。

萧琪的手指轻点着栏杆，踩着学校广播音乐的节拍，和南萧聊完以后，心情好了很多。

萧祈安站在旁边笑着问她：“这么轻松？是想到了自己读书的时候？你学的什么专业啊？”

“我没有读大学啊。初中的时候就出来拍戏了，读完了高中，就干脆放弃读大学了。”

“这样啊。看来你的家长挺开明的啊，一般父母都会要求孩子以学业为重吧？”萧祈安沉默了一会儿，又说，“你在片场和学校来回跑，家人照顾你也很辛苦。”

“辛苦？刚开始我就签了经纪人，一直都是经纪人负责接送我的。萧晴芸——就是我母亲，她是个疯魔了的工作狂，我平时很少能见到她。至于我上不上大学，她应该也不在意。”

萧祈安抿了抿嘴：“那你爸呢？”

“我爸？我不知道。我出生了以后就没见过，我妈也从来没提过。只要我问起，她都只是沉默。既没有牌位，又没有墓碑，他应该还活着吧。我想我爸可能是犯了什么事，让家里人都难以启齿。上幼儿园和小学的时候，我还会被人嘲笑，后来习惯了，也就这么过来了。”萧琪聊着聊着，突然意识到不对，急忙解释道，“不好意思，萧导，我一直都在讲我的事。您叫我出来有什么事吗？”

萧祈安清了清喉咙，勉强笑了笑：“没什么，见你路过，联络联络感情。明天就是开机仪式，你准备得怎么样？”

“放心，我准备得差不多了。”

萧祈安点点头，就突兀地立刻转身走了。

想着导演可能事情多，萧琪也就没有往心里去，独自下了楼。沈恩飞正从休息室飞奔出来，身上的衣服散发着浓郁的泡面味道，胸前湿了一大块。

两人在楼道口就这么四目相对了。之前的巴掌打得太过干脆，萧琪现在面对沈恩飞时，不知道该说什么。道歉是不可能的，说软话又不会，她只好这么站着，下意识地皱起了眉——这几乎是她面对沈恩飞时的标准表情。

沈恩飞一脸不爽，刚才洛秦川不小心打翻了半桶泡面，泡面汤正好溅到了他的身上，自己这副狼狈的样子又被萧琪给撞上了。他觉得自己今天一定是犯了什么忌讳，不然为什么会那么倒霉。

楚瑰从休息室跟了出来，在后面拍着沈恩飞的背，叫道："臭死了啊，你还愣着干吗？快回去洗干净。"

"知道了！"沈恩飞快步跑了。

楚瑰苦笑着看着萧琪："下次碰到老张，我一定要他给我加工资，沈恩飞这家伙真是一点儿都不让人省心。"

楚瑰说着，还俏皮地吐了吐舌头。

"我看你还挺乐在其中的。"萧琪打趣道。

"那是自然的啊，身为经纪人肯定要有那种'我的艺人是最好的'的觉悟。这就好像一个推销员，一定要先催眠自己，让自己相信自己手头的东西是最好的才行！"

"就沈恩飞那样也是最好的？"

"你这么说，我这个经纪人可就不开心了啊，他虽然脑子笨了点儿、做事傻了点儿、说话蠢了点儿、品位差了点儿、脾气臭了点儿……但起码脸折腾折腾还是挺帅的。"

萧琪不怀好意地笑着："你可别真催眠自己了，到时候脱不了身。"

楚瑰立刻摆了一个向前冲的姿势："像小妹妹我这样的情场高手，才不会着了这种道。萧琪姐，你放心就好了。"楚瑰两三步又蹦蹦跳跳地到了萧琪的身边，一脸关切，"萧琪姐，那你准备怎么办？沈恩飞那个死脑筋应该不会来跟你示弱讨好的吧？"

是啊，沈恩飞不会服软，萧琪也不会，这个僵局总不能一直保持到拍摄开始吧？

"交给我吧。"南萧的声音出现在萧琪的脑海中。

萧琪想笑："今天你怎么回事？刚刚说了一大堆话来安慰我，这会儿又主动跳出来帮我解围。"

"因为我是个好人。"南萧并不知道该怎么回应萧琪，说了句没头没脑的话。

然而等南萧再次控制身体的时候，已经是晚上十点了。萧琪刚刚洗完澡，湿漉漉的头发都还没来得及吹干，刚启动的吹风机就落到了南萧的手里。

“沈恩飞的房间是哪一间来着？”南萧问道。

“你不会打算现在去吧？”萧琪有些诧异地说道，“时间太晚了，而且最起码你得换件衣服再去，我还穿着睡衣啊！”

在萧琪说话时，南萧已经推开门走了出去：“怕啥，又不是没穿衣服，你这睡衣挺严实的。”

沈恩飞的房间其实就在萧琪的同一层，出门左转，走廊尽头。门上贴着一张“请勿打扰，内有恶鬼”的白纸。

南萧犹豫着敲了敲门，试探性地问：“沈恩飞，在不？”

门突然就被打开了一条缝，里面黑漆漆的，南萧什么都看不到。

“好可怕！”南萧说。

萧琪的脑海中布满了问号：“可怕？怕什么啊，进去看看，可能他出去了忘了锁门。”

“不是啊，你看这就是旅店走廊尽头的最后一个房间，传说这种房间是最容易有不干净的东西的。”刚才动力满满的南萧现在只想赶紧回房间，“下次有机会也可以道歉的，今天太晚了、太晚了。”

这时，从门缝里嗖地伸出一双漆黑的手，一下子抓住了南萧的手腕。这手皮肤漆黑，上面还带着红色印记，猛地一看似乎是血。手掌贴上南萧的手腕，传来黏糊糊的触感。

南萧开始努力地挣扎，嘴里嚷嚷道：“大哥大哥，放我一马吧！”

但那双手紧紧地钳制住他的手腕，一用力，就把南萧拖进了房间。房门啪的一声关上了，门上的白纸顺着风扬起了一角。

黑暗中的南萧奋力挣扎，右手猛地一挥，砸到了什么，紧接着传来一声闷哼和重物倒地的声音。

头顶的灯突然亮了，整个房间都被照得透亮。南萧旁边的地上蜷缩着一个身影，似乎被打得不轻。标间的两张床上坐着两个人，门口围着两个人，沙发上还坐了一个。

南萧揉了揉眼睛，让自己适应着突然的强光，看了一圈。除了沙发上的美丽大姐姐，这些人脸上都画着稀奇古怪的妆：好似猴屁股的腮红、一整条像海带一样的一字连眉、看起来像是两个黑洞的鼻孔，还有更夸张的画成香肠嘴的红唇、乱点的麻子、夸张的大小眼……

这是一群样貌十分奇怪的人。

“鬼啊！”南萧叫道。

一直在旁观的萧琪觉得有些丢脸。

“哈哈哈哈！”

一阵夸张的笑声传来，房间里的所有人都笑弯了腰，除了那个蜷缩在地上，依然没有缓过来的人。

听清声音以后，南萧有种熟悉的感觉，再次仔细辨认这些人：“楚瑰？张总？李……李晟？沈恩飞……”

只有那个大姐姐他不认识，这么说来，地上躺的这个是……

“你还真下得了手。”洛秦川用漆黑的手撑着地，好不容易支起了身子，“我这老命都要交代在这里了。”

“咳咳……”坐在一张床上的楚瑰咳了几声，指了指自己的肩。

南萧跪坐在房间的地毯上，睡衣的领口有些下滑，露出了光洁的锁骨，他没有明白楚瑰的意思，直到萧琪在脑海里提醒，他才急急忙忙地整理了衣服。

“萧琪，你来得正好，我来给你介绍一下。”张悠游顶着满脸的“麻子”，虽然努力正常地讲话，但南萧怎么看那厚实的“香肠嘴”都像是嘟起的嘴，“这位是这次你们几个的专属化妆师 Kitty（凯蒂）。”

那个陌生的大姐姐，整了整茶几上铺开的琳琅满目的化妆品，从沙发上站了起来，笑盈盈地朝南萧挥了挥手：“Hello（你好），我是 Kitty，初次见面。”

Kitty 是张悠游向导演萧祈安特别要求的化妆师。今晚张悠游带她过来和公司旗下的三个艺人熟悉一下，也让 Kitty 提前了解三个人的脸部特点，方便设计妆面。张悠游和 Kitty 两人先到了沈恩飞的房间，结果正巧碰到来监督沈恩飞的楚瑰，以及好事的洛秦川。

本来只是想给洛秦川和沈恩飞试个妆，结果玩儿心已起的张悠游提议让 Kitty 放开手脚，把两人往丑了化。不嫌事大的洛秦川在这时候坚定地站在了沈恩飞的一边，两人合计着又把楚瑰和张悠游拖下了水。

至于李晟？这次进组，他和秦洛芷都被苏语仑抓去教育了一番，这会儿也不敢触了张悠游的霉头。他又很不幸地和沈恩飞同住一间，所以他完全是在胁迫下，掺和了进来。南萧一边听一边不住地点头，然后盛赞张总英明，身体却很“诚实”地慢慢地移向了出口。

“跑跑跑！”萧琪不停地催促着，让南萧赶紧离开这是非之地。

“既然这样，祝你们玩儿得开心！ Kitty 姐，咱们明天再细聊哈！我还得回去做个保湿，不然明天化妆容易浮粉。”南萧说着萧琪给他的借口，背已经贴在了门上，左手也摸到了门把手，“各位，再见！”

然而洛秦川黑手一抓，再次握上了南萧的手腕，贼兮兮地说道：“见者有份、见者有份！”

其他几个“受害者”也跟着洛秦川一拥而上，抓住了南萧。就连可怜巴巴的李晟都探出半个身子，抓着南萧的衣角。

“见者有份。”

“见者有份。”

去你们的见者有份！

南萧哭笑不得，就差和同样崩溃的萧琪哭着抱成一团了，时间若是倒回几分钟，萧琪一定赞同南萧对这个房间闹鬼的设定，有多远跑多远。

南萧被架到了一张靠背椅上坐定。左边洛秦川，右边沈恩飞，一人架着南萧的一只手，似乎生怕他乱动一样。

Kitty 笑盈盈地上前，打量着南萧的脸。

半个小时以后，一张陌生的脸出现在了南萧眼前的镜子里。南萧觉得这和自己见过的最丑的，堪称“大邪神”的崩坏手办的脸有一拼。果然即便像萧琪这样的美女，依然有办法画得很丑。

南萧有些委屈的同时，又不受控制地瞎想。右边的沈恩飞满脸通红，憋笑憋得很痛苦，左边的这位则狂笑起来，带动了整个房间。

狂笑声持续了接近一分钟，就差把房顶掀了。

“让不让人睡觉了！你们要保存体……”萧祈安嚷嚷着，突然打开了门。

房间里的众人立刻静默了，视线聚集到了萧祈安的身上。

四周突然安静，持续了数秒之后，萧祈安说道：“对不起，我走错房间了。”

然后他淡定地合上了门，啪地又拉了一把，把门彻底关严实了。

直到一个哽咽的哭声传来，打破了沉默，李晟的五官都扭到了一起："被导演看到了，会不会直接开了我啊！完了、完了、完了……"

"咳，Kitty，今天的试妆很完美，我带你出去吃点儿夜宵吧，这附近有家夜火锅不错。"张悠游正了正外套西装。

Kitty 不知道什么时候已经收好了化妆品，优雅地将化妆箱的锁扣一扣，挽上张悠游的胳膊："火锅我喜欢，走着。"

"走走走。"

门再次打开，又被关了个严实。

"睡觉、睡觉。"洛秦川也觉察到了什么，迈开步子走了。

"大叔，等我！"楚瑰跳下床来，跟上洛秦川……

转眼间，房间里就剩下沈恩飞、南萧和已经把脸埋进枕头里的李晟。

沈恩飞和南萧两人对视一眼，沈恩飞立刻又把头转开了。

这家伙还在生气？

南萧想着大概萧琪那一巴掌，确实给沈恩飞造成了比较大的影响，是不是因为在大家面前丢了面子，让沈恩飞有了心结？

"Hello？"南萧伸手在沈恩飞的眼前来回挥了挥，"别生气了啊，之前是我做得不对。"

"喂！我扇他可没什么不对啊。"萧琪抗议道。

沈恩飞愣愣地看着南萧，厚重的妆面完全隐藏了他的表情。沈恩飞沉默不语，南萧以为他不接受道歉。

南萧索性站了起来，近距离看着他的眼睛："我都和你道歉了，你就别生气了啊，你看我真诚的眼神。"

沈恩飞抓住南萧的胳膊就往外拖……

南萧孤零零地站在走廊里，面前是紧闭的房门。

"有这么生气吗？话都不想和你说啊。"南萧对萧琪说道。

据南萧的了解，沈恩飞平时大大咧咧的，不至于这样。

“那谁知道。”萧琪也很无奈。

屋里的沈恩飞贴着房门捂着心口，轻声地自言自语道：“都化成那个鬼样子了，怎么我看着她还是会心跳加速啊？我脑子坏掉了吗？我怎么可能生气……要了命了。”

“萧琪？”一个身影出现在走廊里。

“程凉生？”

萧琪这个时候急需找个地洞钻进去……现在的自己这么丑，竟然被程凉生看个正着。

“快遮住脸，快跑！回房间！”萧琪不断催南萧。

南萧却像脚上钉了钉子一样，直直地盯着程凉生：“你来这儿干什么？”

程凉生没有立即回答南萧的问题，有些犹豫地指了指他的脸：“你要不赶紧去卸个妆？”

“你在干什么？”萧琪不解南萧的行为，只希望南萧赶紧离开。

南萧却并不想就这么放过程凉生，虽然他之前还跟萧琪说过“两个人既然互相喜欢，何不在一起”之类的话，但通过笔记本中留下的记忆来看，这个男人并不是什么好男人。

程凉生是萧琪的初恋。

萧琪和程凉生两人有十二岁的年龄差，但自幼缺乏关爱的萧琪，在成长过程中，自然而然地将她因为程凉生无微不至的照顾所产生的对程凉生的依赖感，转化成了爱情。

程凉生同样喜欢萧琪，他喜欢萧琪依赖他的感觉，喜欢萧琪对他言听计从，喜欢把控着萧琪的感觉。这种感情，在南萧看来，并不是能让萧琪幸福的爱。

在笔记本的记述中，南萧和萧琪两人的结合一直伴随着程凉生不停的骚扰行径。这男人自我而游移不定的性格，让他们三个人都很难受。

南萧想，既然想确定自己存在的意义，在自己还没找到方向前，还是先满足另一个自己的遗愿吧。首先，他要想办法斩断萧琪和程凉生之间的孽缘。

南萧瞪着眼睛，想透过这不正常的妆容，将自己认真的神情传达给这个男人："我问你呢，你在这儿做什么？"

"李淼有事脱不开身，我过来暂时带一下秦洛芷。"程凉生的眼神在南萧的脸上流转，"你真不用先回去卸个妆？"

南萧无视脑海中狂躁的萧琪，往前几步，靠近程凉生："我这个样子，和你平时认识的萧琪不一样吧？"

程凉生看着萧琪。他感觉并非只是奇怪的妆容给他带来了陌生感，而是她此刻的气质和他认识的那个萧琪有些不同。这是演技吗？真是演技的话，眼前的萧琪又有突破了。然而，程凉生并不想和萧琪过多纠缠。

"你这个妆，谁看了都会觉得和你平时不一样。不早了，我也要走了。"

"我喜欢你，我知道你也喜欢我。"

南萧语出惊人，萧琪和抬脚欲走的程凉生都怔住了。身后的房门唰地打开了，探出脸上还抹着卸妆油的沈恩飞。

时间在一瞬间冻结，程凉生的脸因肌肉紧绷而像一座蜡像，他有些勉强地扯开嘴，挤出一个比哭还难看的笑容："你在……"

南萧摇头，打断了程凉生的话："不过，那些都过去了。准确地说，是我曾经喜欢你，那份感情在你限制我的发展，并设计让我离开公司以后，就不存在了。"南萧的脑子里飞快地闪过笔记本中关于萧琪的画面，那是萧琪在另一段人生中对程凉生的哭诉，"你的爱一点儿都不真实，远远不如你对自己的喜欢。你害

怕对我的感情会影响到你引以为傲的自律和理性，所以干脆把我弄出了公司。但你那可笑的占有欲，又一次一次地让你出现在我面前，甚至……”

甚至出现在萧琪结婚的前夜。

南萧说到这儿就卡住了，这句话自然是不能说的。更何况他只是一个复述者，只会对记录中萧琪的话照本宣科，又不是演员，缺乏在这种情况下对情绪的掩饰能力。他张口欲言，却又说不下去。

南萧的话像一颗炸弹，于在场的其他人心中炸响。南萧本就奇怪的脸，在程凉生的眼中变得更加扭曲。眼前的萧琪俨然已经被恶鬼附了身，要将他的骄傲当作创口上结的痂，活生生地挖开。

程凉生的脸涨得通红，他有些僵硬地动着下颚，脖子青筋暴起。他本以为自己已经小心而隐蔽地将一切都处理好了，结果不止苏语仑，连萧琪都清楚他的想法。他难以呼吸，只想逃离。

他和萧琪的关系，一直是自上而下的。他始终站在高处，这份感情的主动权一直在他手里，唯一的阻碍仅仅是他自以为是的理智。有一个年纪相差太多的恋人，对他的形象有损；与手上的艺人交往，同样有损他的职业形象。但如果哪天他决定做出巨大的牺牲去接受这份感情，萧琪也应该开心地张开双臂扑进他的怀里才对。决定这份感情的开始与结束的，应该是他才对，他才是那个握着遥控器的人。

萧琪的心会变？萧琪的心怎么能变？

“别骗我了，你就是爱我的。”程凉生艰难地开口。

“我现在对你一点儿感觉都没有了。你放手吧，没什么正经事就别再出现在我的眼前了。选择你，我还不如选择他。”南萧指着背后的沈恩飞，同时在心里使劲儿地给沈恩飞道歉：既然是好兄弟，你就当下我的挡箭牌吧。

沈恩飞一听，心里简直乐开了花，一本正经地搭腔道：“你听到没有，快走快走。”

程凉生转身走了，没有反击，没有多说一句话，甚至没再多看萧琪一眼。和南萧看到的回忆中的反应一样，这个男人虽然低着头，但离开的脚步却没有乱，不久后便消失在了走廊的拐角。

“你说的……”

“感谢救场！快卸妆吧，晚安。”

南萧无视沈恩飞，快步走回了自己的房间，第一次面对这种针锋相对的局面，他有点儿亢奋。关上门以后，他才发现萧琪有好长一段时间没说话了。

“萧琪？你还在吗？”

他并没有得到任何回应。

南萧把自己丢到床上，靠着床头，盯着头顶黄色的灯光，他也不知道今晚的自己是怎么了，这种越俎代庖的做法绝对谈不上正确，萧琪的沉默让他的不安情绪持续扩大。

这种事，真的不像是自己会做的事。

第二天的开机仪式顺利地举行，最后剧组的全体人员合了影，拍摄正式开始了。

相较于周围忙碌的工作人员，萧琪坐在角落里，看着手中的剧本，脑子里却乱成了一锅粥。昨天的事，她到现在都还没有完全消化掉。南萧的举动让她措手不及，也无法理解。从南萧的言语中透露出来的信息让她难以相信，偏偏从程凉生的反应来看，南萧又没有说错。

想到程凉生，萧琪始终难以释怀。

“别骗我了，你就是爱我的。”

程凉生那个一板一眼的人，竟然会用那种表情说出那样的话。

昨天的她在程凉生的眼中不是以前的萧琪，而昨天的程凉生同样也不是萧琪所熟悉的程凉生。奇怪的是，即便真如南萧说的，

之前的一切都是程凉生设计好的，但萧琪一点儿都没有责怪程凉生的意思，她甚至有些庆幸：不论如何，她单方面的暗恋终于有了明确的回应。

“这种心态……唉，我又不是受虐狂。”萧琪叹着气，自言自语，“还是应该去找程凉生，跟他好好说清楚。”

“你现在就是非常像受虐狂，让你这么惨的不就是那个人吗？你还要这么一直想着他吗？趁现在一刀两断不是正好吗？”南萧醒了，在脑海里不满地说道。

“让我落到现在这个境地的可是你。你不多事，我至于那么烦恼吗？本来我就已经不想程凉生的事了，你偏偏来那么一出。”

南萧一时语塞。

“Cut（指停止拍摄）！”那边萧祈安大喊一声，“这段不行！再来！”

旁边的楚瑰立刻气冲冲地上前，找到了镜头前的沈恩飞：“这一幕的剧情那么严肃，你在旁边傻笑个什么劲儿啊？”

今天的第二幕戏是沈恩飞和教导主任洛秦川的对手戏，拍摄得并不顺利。

剧组拍戏并不会按照剧情一幕一幕地从头拍到尾，而是根据场地、演员档期等实际情况的需要“跳剧情”拍摄。这就要求演员对自己的情绪有极强的控制力，因为很有可能前一幕你要演的是悲痛欲绝的生离死别，后一幕你就要和原本的仇人把酒言欢。但是沈恩飞知道，自己并不是因为这个才没发挥好。

这还只是他拍的第一幕戏。

“没什么、没什么。”沈恩飞依然笑着摇摇头，瞥到了正远远坐在角落，冷眼盯着他的萧琪。他突然神色一凛，立刻收起了笑容，严肃地喊道：“各位抱歉，刚才是我的问题！接下来一定好好演，给大家添麻烦了！”

说完，他还鞠了一个躬。

楚瑰一脸不敢相信的表情，跳着拍了拍沈恩飞的脑袋：“你今天吃错药了？”

萧琪看着沈恩飞，有些嫌弃地对南萧说道：“那么，这家伙你准备怎么办？他似乎对你昨天的话有了多余的期望。”

南萧沉默半晌后，说道：“我有一个大胆的想法！”

“闭嘴！”萧琪直接打断了南萧的话，这种开头后面的肯定是废话。

一个程凉生都弄得自己脱身不得，再加个沈恩飞？算了吧。

“那个人在做什么？”

南萧看到在剧组人群的后面，有个人正在摆出各种不同的表情挥着手。那人的表情、动作都非常浮夸，远远看上去像个精神病人。

“不知道啊。”萧琪站起了身子，朝着那人靠了过去，就这么一直到了那人的身后。

那人似乎仍沉浸在自己的世界里，浑然不觉萧琪的靠近。萧琪只好问了一句：“你这是在干吗？”

那人被吓了一跳，立刻往前跨了几步，又转过身来停在原地，看清楚是萧琪以后，整个人都变得十分恭敬：“女……女主角！你好！不对，您好！”

萧琪一愣，倒是第一次被人在片场叫“女主角”：“你这是在做什么？”

那人手舞足蹈地答非所问：“我一直在各个剧组当临时演员，这是第一次碰到您这么大名气的演员，有点儿紧张。不好意思啊。”

“这么大名气？”萧琪又被惊了一下，“说什么呢？我不算有名吧。”

“有的有的，我看过您以前的戏，特别厉害！希望您能给我指导指导。”

这人的话语内容跳得非常快，萧琪差点儿都跟不上他的思路。

“你怎么称呼？”

“我叫周礼！东周列国的周，礼仪之邦的礼！哎，你喜欢历史吗？周文王、周武王那个时期可棒了。我……”周礼竟开始滔滔不绝地说起商周的历史。

“打住、打住！”萧琪只得强行打断了周礼的话。

周礼哈哈一笑：“抱歉抱歉，我这人一激动就停不下来。”

“前辈，您能帮我看看我接下来要演的戏吗？这是第一次有我个人的单独镜头，我有点儿激动。”周礼鞠了一躬，态度格外诚恳。

萧琪觉得这人还有点儿意思，点点头：“你之后要在哪出戏出场？”

“嗯，我先说下我这个角色的人物定位。首先我是一个来自山区贫苦人家的独生子，从小没见识过大城市的风光。去年高考，终于考上了这所大学的金融系，光着脚丫子来到了这个学校，衣服还是远房亲戚送的。来到这个学校以后，我只想着好好读书，将来找份好工作，然后将父母带出村子，到大城市，好好地享福。但来到这个学校以后，却被大城市的繁华迷了双眼，各种各样的诱惑在我的周围，我完全没有办法认真静下心来读书。

“我还遇见了一个美丽漂亮的女生，但碍于自己出身所带来的自卑感，只敢远远地观望，却始终不敢表白。心思不在学习上以后，我的成绩就跟着下降了，随之而来的就是对浪费父母辛苦赚来的血汗钱的愧疚。所以这个人物在日常的行为中，应该不太敢直视别人的眼睛，走路的时候会低着头，然后受到刺激的时候，可能会奓了毛似的过分反抗，用过激的行为去掩饰自己的内心……”

周礼讲了自己的角色设定。萧琪一直认真地听着，同时也在回想着剧本里是否有这么一个角色，她已经读了好几遍剧本，但对这个角色并没有什么印象。

“还算全面。哪个部分让你困惑？或者说你要拍的镜头在哪个部分？”

“一个大晴天，上午十点多，因为是盛夏，所以气温很高。我刚结束一堂专业课，有些跟不上老师上课的节奏，很烦恼。这时一个人从我身边跑过，一把将我推倒在地上。我愤怒地站起来，挥了挥拳。”周礼说到这里就停下了。

“嗯？然后呢？”萧琪问道。

“没有了。这就是我全部的镜头了！导演说会有一秒拍到我的表情。但我拿不定主意，我表演给前辈看！”周礼认真地说道，作势要表演。

“一秒啊……”南萧有些诧异，“就一秒的镜头，这哥们会不会想得太多了。”

萧琪却不理会南萧，而是认真地看着周礼的表演。

“您看，这样的表情会不会太夸张了？但我想让稍微扭曲的嘴，表现出我这个角色更多的不甘，不好吗？那我试试这种……这种表情怎么样？紧紧皱着眉表示不满，但略微挪开一点儿眼神，表示我有点儿害怕那个人以为自己在挑衅，回来找我算账，这样可以表现角色的懦弱。也不太行是吧？其实我也这么觉得。还有，这种……”

周礼一遍一遍地试着各种各样的表演方式，但在萧琪的眼中，这些表情都大同小异，并没有本质性上的区别，而且有一个通病，就是表演痕迹过重，换句话说，就是太浮夸、不自然。

但萧琪并没有明说，只是挑了其中的一种和周礼说道：“我觉得这种不错，然后稍微收一下表情就好了。别担心，加油。”

周礼像是获得了极大的认可，发自内心地笑了出来。

告别了周礼，萧琪重新回到了自己的位置上，看着剧本。

南萧问道：“周礼的那种表演真的可以吗？即便我这种外行人看，都觉得有点儿奇怪。”

“不可以，他没有演戏的天赋。”

“可是他明明很努力了，只是一秒的镜头而已，竟然会前前后后想那么多。”南萧惋惜地说。

认真努力的人，总是容易让人同情。

“努力了又怎样，这一行并不是努力就能继续做下去的。不光是这行，在很多领域，努力只不过是最基础的门槛，真正让你能够在一个行业不断发展的是你的综合能力。综合能力包括了能力、天赋、运气、背景、平台、人脉等，努力不过是其中最基础的一个因素罢了。”

萧琪的话，有些冷漠，有些残酷，但她仍继续地说着：“周礼那一个短短的镜头，导演并不会因为他努力就拉长时间，甚至可能仅仅出于叙事节奏的需要或者其他方面的原因，直接剪掉这个镜头。还不如让他按自己想法，演得高兴就好。”

说到这里，萧琪突然想通了，这个行业是残酷的，任何想往上走的，想努力获得成就的，都需要百分之二百地投入。她与其拘泥于剪不断理还乱的情感之中，还不如真真切切地去努力实现自己的目标。

她想要在演艺生涯中获得成功——这种心情，随着时间的推移，已经变得越来越强烈。

再次面对摄影机的镜头，萧琪不自觉地又瞥向了周围的工作人员，他们一个个都微皱着眉头，表情略带不安。想必是昨天的试镜，让大家心里没有底气，这场戏怕是很难一次过关了。

这种拍摄的气氛，让萧琪的心又猛烈地跳动起来，心跳的速度逐渐加快，她也越来越没法沉浸到角色中去。在这一刻，似乎所有的压力都在萧琪的肩膀上，她转头看向导演。

“别急，慢慢来，找回你的状态。”导演萧祈安不慌不忙，耐心极好，正了正头上的导演帽，还在透明杯中泡上了色泽清透的绿茶。

“哈哈哈，别担心。萧导对你可好了，别有压力。”南萧在脑海里肆无忌惮地笑了。

“你哪儿来的信心。”

萧琪内心对南萧翻了个白眼，努力静下心来，深深地吸了一口气，对面站着老对手秦洛芷。

“Action（指开始拍摄）！”

“《有烦恼》第三十场，第一次！”

啪的一声，场记板的声音实在尖锐，初次来到拍摄现场的南萧被吓了一跳，而因为剧名太长将其简称为《有烦恼》的场记，又让他觉得很有趣。

初期进入角色的状态非常好，萧琪沉静下来以后，感情的表现和流露都非常自然。

“OK（好了），这一条过！”萧祈安喊道，“换角度！米克！”

米克是萧祈安剧组的摄像师，据说是一位华裔。这次萧祈安只带了两个人，一个是摄像师米克·李，另一个则是灯光师老谢。剧组的其他人似乎都是临时征召的，也算是新磨合的班底，似乎也是这个原因，在有了资金支持以后，这次拍摄时间安排得非常宽松，还安排了正式开机前的试拍。

这种情况也减少了萧琪的压力。她立在原地，并没有离开拍摄场地，等着摄像师调整镜头机位，灯光师调整光线。现在虽然是大白天，但灯光师的工作并不比夜晚轻松。

秦洛芷就这么站在对面，目光一直停留在萧琪的脸上，眼神中流露出疑惑和……嫉妒？

一瞬间，萧琪认为自己一定误读了秦洛芷眼神里的情绪。秦洛芷是个高傲的女人，即便在以前两人冲突最激烈的时候，她都没有对自己流露出丝毫的嫉妒。人并不会对打心眼儿里觉得比不上自己的人产生嫉妒。

“你的状态不错。”秦洛芷说道，带着尴尬的笑容，声音有

些轻。

萧琪不明白秦洛芷的用意，只得回了一句：“你的状态也不错。”

秦洛芷一听，反而笑开了，在明媚的阳光下，伸了个懒腰，修长的身体放松地舒展，像只昂着头的天鹅。

“你真是个幸运的女人，幸运得让人嫉妒。”

这话说得随意，听在萧琪的耳中，却显得刺耳。

“幸运？”萧琪不解，正欲追问，萧祈安已经来到了两人的身边。

“刚刚那条很棒，这次我们调整了机位，整体的构图区域大概在这个范围之内。”萧祈安比画着双手，知会着两人大概的拍摄区域，以及镜头的角度位置。

接下来的拍摄还算顺利，萧琪整体的发挥维持在导演可接受的范围内。

萧琪的场地的不远处——学校后门也铺设了拍摄场地。沈恩飞的一场戏，同一时间在这边进行拍摄。剧组在拍摄的过程中，除了总导演外，有时候也会设置副导演。一些并不是特别重要的场景镜头的拍摄任务，就会交由副导演来执行，而沈恩飞的这场戏就是由副导演来执行。

“你从这里跑过来，到这个点进入镜头的范围内，然后推开挡在你前面的学生，穿过学校的大门。”副导演站在沈恩飞的面前，讲着戏，旁边站着饰演跟班的李晟。

与认真听讲的李晟不同，沈恩飞一边听着，眼神却远远地盯着校门外后街的方向。他看到了一个高个子的身影，这个身影他熟得很，那是萧琪的前经纪人程凉生。

程凉生走在学校的后街上，有点儿鹤立鸡群的味道，精英的气场和后街这种轻松无拘束的氛围显得格格不入，一身黑色西装加上领带，更让他在人群中十分突兀。程凉生显然不是来找沈恩飞的，他甚至都没有看沈恩飞一眼，一转身就进了学校。

副导演的手在沈恩飞面前挥了挥，有些不耐烦地问道："听到我刚才说的了吗？"

沈恩飞充耳不闻，甚至将手搭在了副导演的肩上，把对方往旁边挪了挪："借过。"

他径直从副导演的身边走了过去。

借过？

副导演惊呆了。

"你！回来！"

这边在一旁一直关注着沈恩飞的楚瑰，一见情形不对，立刻几步上前，拽住就要离开的沈恩飞："你疯了？！在拍摄呢，你要去哪儿？"

沈恩飞似乎突然反应了过来，指着程凉生消失的方向，转头看到了副导演瞪着的双眼，灵机一动，马上对副导演赔笑道："导演，你看我刚才那样演合适吗？"

楚瑰在旁边扶额："大哥……你这理由拗得也太生硬了。"

没想到，副导演竟然吃了这一套，点着头："状态进入得不错，就是步伐和推人的力度上面，要再提升下。你这个时候的心态啊……"

就这么蒙混过去了？楚瑰在旁边傻眼了。

大概在NG了三十五次以后，沈恩飞终于拍完了这个场景的一整场戏。本来只是一个很小的镜头，竟然拍了那么多条。问题并不在沈恩飞，他反而是全场发挥最稳定的一个。从一开始拍摄，他进入状态就非常快，一点儿没有前两天拍摄时的吊儿郎当，仿佛全身都铆足了劲儿一般，让楚瑰和副导演都看傻了。

"完全不像个新人演员。"

这是副导演对沈恩飞的评价，已经颇高。

一开始NG是因为一个群众演员。在反复出错以后，沈恩飞

着急地揪住了那人的衣服。在替换了群众演员之后，出问题的就是李晟了。显然，他似乎被沈恩飞的急躁脾气给吓坏了，迟迟进入不了状态。

好不容易拍完以后，楚瑰给沈恩飞递上矿泉水，笑盈盈地说道：“今天你真的很厉害啊！是受了什么刺激吗？”

“刺激？”沈恩飞一愣，脑子里闪现过程凉生的身影。

沈恩飞刚才确实想直接去找那人来着，但这一拖，已经过去了两个多小时。

“算了算了，傻乎乎的。我去和副导演沟通下接下来的安排，你就休息吧。”

沈恩飞从左手到右手地抛接着水瓶，看着水瓶在空中打着转，接着又稳稳地接住。

“好的！那辛苦导演了，我先让他去休息了。”楚瑰笑着和副导演说完，转头想告诉沈恩飞今天他的戏份已经结束了，结果只看到之前沈恩飞坐的地方放着一瓶没打开的水。

这人又跑了，楚瑰顿时觉得特别心累。

沈恩飞离开片场就拐进了学校的后门，穿梭在教学楼和走道花园之间。

这所学校很大，像个无头苍蝇一般四处飞着的沈恩飞，目的既明确又迷茫。他知道自己在找谁，但同时他又不知道自己找对方的目的是什么，或者说，真的找到了，要说什么？

让程凉生离萧琪远一点儿，她现在由他保护？

这种电视剧剧本里的台词，他说出来未免显得太傻了。

管他呢，找到了再说。

沈恩飞想，反正他不一定找得到人，何必考虑那么多，程凉生指不定已经离开学校了。然而，现实告诉我们，“立 flag（立下目标）”肯定会被打脸——

沈恩飞在下一个拐角遇见了迎面走过来的程凉生，两人甚至差点儿撞到一起。

程凉生接近一米九的个子，碰上了超过一米九的沈恩飞，两双眼睛直直地对上了。

“你是谁？”

率先开口的是一脸冷静的程凉生。其实，两人并不是不认识，程凉生为数不多的几次拜访萧琪的时候，早就见过沈恩飞了。加上程凉生和张悠游的关系，程凉生自然也清楚沈恩飞的来历，但他依然这么问了。

沈恩飞想不到那么多层关系，只是觉得这是来自对方的挑衅，立刻横眉一竖：“我是谁？你什么意思？装失忆？”

程凉生的脸色变得阴沉，眉宇间透着厌恶。他似乎在努力地控制自己的情绪，往左迈出一脚，想要尽快远离这里。

沈恩飞跟着对方的步子，往右迈出一步，继续挡在程凉生的面前。

程凉生迟疑了一会儿，往旁边避开，又被沈恩飞挡住。

“你想做什么？”程凉生问道。

“你来做什么？”

“我来做什么，与你有什么关系？”

两人之间的火药味浓重。

“不准再来！听到了吗？别给萧琪添乱。”沈恩飞贴过去，用胸顶了下程凉生，然后居高临下地说道。

“萧琪？”程凉生发出轻蔑的笑声，“第一，我来这儿并不是为了萧琪。第二，我来不来这儿和你并没有关系。第三，你和萧琪又是什么关系，据我所知你们不过是普通朋友。第四，你耽误我的时间了。第五，一个流氓而已，别太自以为是了。”

沈恩飞一时语塞，总觉得自己有很多反驳的话想说，却组织不好语言。

程凉生见沈恩飞愣在原地，绕过沈恩飞，打算走了——他并不想在学校里跟这个人有过多纠缠。

“你不是很早就签了萧琪吗？让萧琪给你挣名利，利用完她就像破抹布一样随手一扔。你就不配当经纪人——不配当任何人的经纪人。”

程凉生身子一颤，难以置信地回头看着沈恩飞。

沈恩飞脱口而出以后，也是一阵后悔，这话说得重了，但看到程凉生的反应以后，他强撑了下去——这时候服软就是输了，而他不想输给这个男人：“怎么了？说的就是你！谁知道你跟萧琪到底是怎么回事……”

“饭可以乱吃，话不能乱说！”程凉生愤怒了，“你这是对我的人格和职业上的侮辱！”

“侮辱你怎么了？我就看你不爽！你很早就签了年纪还很小的萧琪，该不会……”

程凉生失态地冲上前，揪着沈恩飞的衣领，怒目而视：“闭上你的嘴！不准玷污我和萧琪之间的关系。”

程凉生一拳砸在了沈恩飞仍说个不停的嘴上，似乎用上了全身的力气，将一米九的沈恩飞打倒在了地上。

沈恩飞立刻红了眼，抹了抹下巴，从地上跳起来，怒不可遏，一拳回了过去，打飞了程凉生的眼镜。

两个大男人在教学楼道里扭成了一团，互相一拳一拳地招呼到对方的身上。两人似乎都没有想要防守，只想着给对方更大的伤害。

沈恩飞抓着程凉生的脑袋，狠狠地砸在了玻璃窗上。一瞬间，碎玻璃纷飞，落了满满一地，红色的鲜血也沾染上了上去。程凉生顺着墙壁瘫软下来，失去了意识。

沈恩飞脸色一白，立刻过去拉程凉生的衣领，想把他拉起来。

“沈恩飞！”

萧琪和剧组的其他人员闻讯赶来，一到现场，就看见沈恩飞提着满脸是血的程凉生。

“萧……萧琪……我……不是……”沈恩飞辩解的声音小得几乎听不见，只是在喉咙口打转。

“凉生！”萧琪慌忙上前，从沈恩飞手上抢过了程凉生，用手按着程凉生的脑袋吼道：“愣着干吗？！快叫救护车啊！”

剧组的其他人员立刻配合着学校保安清理善后。张悠游拉着铁青着脸的萧祈安，努力向赶来的校方人员解释，这是剧组内部排演失控，属于工作事故，让校方别报警。张悠游很清楚，萧祈安也很清楚，一旦警方介入了，这事就没法收拾了。

楚瑰急得都要哭出来了，把沈恩飞拉到一边，帮着他处理伤口，又忍不住骂他。

沈恩飞脑子里一片空白，后悔和懊恼爬满了心头，周边喧嚣嘈杂的声音完全进入不了他的耳朵。

楚瑰着急地拍着沈恩飞的脸：“说句话啊。”

沈恩飞涣散的眼神聚焦到了楚瑰的脸上，失魂落魄地问道：“我是不是又搞砸了……”

楚瑰望着沈恩飞的脸，有些心疼，让他的脑袋靠着自己的肩头，抚着这个大男孩儿的背脊，轻声地说道：“没事、没事，别担心。”

程凉生在等待救护车的时候，意识已经恢复了，微睁的眼睛迷迷糊糊地看到了紧张的萧琪，她的领口上似乎沾上了他的血，她正温柔地托着他的脑袋。感受着萧琪的气息，程凉生又悄悄地闭上了眼。

当天的拍摄暂时停止了，萧琪跟着程凉生坐上了救护车，凝视着程凉生的脸。通过随行的护士，她得知程凉生的状态稳定，应该没什么大碍，悬着的心也就放下了。回想起来，她似乎已经很久没有这么静静的，和程凉生待在一个环境里了。

这个比自己大了十几岁的男人，躺在那里，胸膛有规律地缓慢起伏。萧琪突然有种感觉，仿佛整个车厢就是一个镜头，车尾门已经透明，从车后方升起完美构图的镜头，拍摄着这安宁的一幕。

“你还是爱他，对不对？”脑海里有声音响起，那是无奈的南萧。

“对，我还是爱着他的。”萧琪这回并不闪躲。

“即便他做了那么多没有道理、没有逻辑，甚至伤害你的事？”

“对，即便他做了再多没有道理、没有逻辑，甚至伤害我的事。”与其说是重复南萧的话，萧琪更像是说给自己听，她要确认一个结果。

南萧感到难受，一种无所适从的难受。

想着想着，他有点儿沮丧，南萧没什么精神地说道：“那你以后要和他交往，可别让我替你去约会啊。”

这是一个一点儿都不好笑的笑话。

萧琪似乎是为了应景，笑了笑。

“不会。我不会和他交往。”

“啊？”

“说了不会了。”

第四章

没有选择的选择

“苏氏影业”四个大字镌刻在这栋三十五层高的大楼侧面。

这是一栋老楼，坐落在一个离市中心很远的创业园区边上。本来就是一栋写字楼，作为给各个创业团队的孵化基地。而它选址在这儿的根本原因，来自张悠游的一句“宁为鸡头，不做凤尾”。

现在想来，这个比喻非常不恰当。这儿原本就是一个办公地点，谈不上什么鸡头凤尾的。

随着业务的扩展，苏氏影业从仅有的一层办公楼，发展到了现在的二十五层，也在写字楼的外面，挂上了自己的牌子。除了大厅和二楼的食堂之外，还有七层留给了和苏氏影业有深度合作的公司，作为业务拓展和投资领域的孵化器。

苏氏影业的老板苏语仑，正从自己的别克车上下来。作为整个苏氏影业的拥有者，这车似乎并配不上他的身份，这也是影业

内的很多人对这位老板不理解的地方。似乎开个几百万的豪车，对苏语仑来说还算相衬，而不是这二三十万的小破车。

这也间接导致了整个公司内，即使是高管也很少有人敢买豪车，你总不能压了老板的风头吧。

不过，这些显然不是苏语仑会考虑的。他快步走进了大楼，直达三十五层的总裁办公室。

刚出电梯，助理就恭敬地站在电梯口等候，顺势递上了一份合同："这是我们之前的投资收购合同，整个收购金额最后谈妥的是五千万，占股百分之四十。合同的细则法务部门已经研究妥当。"

苏语仑点了点头，没去接那份合同，反而没头没脑地问了句："等了多久了？"

"等？"助理一愣。

"客人。"

"一小时三十五分钟。"助理急急忙忙地看了下时间。

苏语仑推开了会客室的门，里面坐着本来就该出现在这里的男人。

张悠游直接找到苏语仑，畅通无阻地来到了这一层，坐在会客厅的高级沙发上，品着总裁助理泡的上好红茶。

"我记得你喝不惯红茶。"苏语仑在他的对面坐下，笑着说道。

"太涩，你这儿又没有酒。"张悠游撇嘴，把手里的茶杯丢在茶几上。

苏语仑站起来，从一旁的柜子里拿出了一瓶红酒，搁在张悠游的面前："这大白天的就喝酒，你就不怕做不了事？"

张悠游拿起红酒瓶，外包装的边角有三条划痕，割破了玻璃瓶外的贴纸。

这是他没带走的红酒。

张悠游放下酒瓶子，并没有打开的意思，直接将酒瓶推到了一边，用手拍了拍屁股下面的沙发：“这沙发真不错。”

“送你一套？”

“和你说话真没意思。有个事想要你帮个忙。”

苏语仑突然来了兴致，坐直了身子：“说说看。”

“关于沈恩飞和程凉生的事。”

“哦。”有点儿失望，苏语仑又靠在了沙发上，“你希望怎么做？”

“大事化小，小事化了。就这么过去吧。”张悠游手指有节奏地敲着茶几。

“让程凉生不追究吗？这个没问题。”苏语仑点点头。

张悠游却摇了摇头：“不够。”

“不够？”

“我希望苏氏影业能够出面，在舆论层面也把这个事情压下去。”张悠游说道。

苏语仑一脸意味深长地看着张悠游，嗤笑着说道：“让我理一理情况。你的人打伤了我的人，然后你不但希望我这边不追究，还要出钱、出资源帮你摆平舆论上的负面影响？这怎么听都是‘强盗逻辑’啊。”

“这事闹大了，这部戏就黄了，你的演员一样会受到影响，你投给剧组的资金也会打了水漂。所以这逻辑虽然很‘强盗’，但这样做对你还是有好处的。”

“大不了我的人就不上了嘛。至于投的钱，投资总有风险，这个剧的程度，我根本不在乎。”

苏语仑的这话，听在张悠游耳朵里，仿佛是个笑话，逗得他呵呵直笑：“咱别装，行不行？萧祈安的身份，你不可能不知道。他这边的线，你们是不可能放的，更不可能放任他回国的第一部

戏就这么黄了。”

苏语仑抓了抓脑袋：“这事，其实你压根儿就不用来请我帮忙。”

张悠游有些疑惑，问道：“那找谁？”

“你自己就可以。回公司来，这公司起码有一半应该是你的。”苏语仑看着张悠游的眼睛，认真地说道。

“我的公司叫星策传媒，不叫苏氏影业。”张悠游说道。

苏语仑摇摇头，似乎对张悠游的脾气没什么办法：“算了，我不自讨没趣。你说的这事，我可以做，但有一个条件。”

“什么条件？”张悠游问道。

“让萧琪回苏氏。”

程凉生头上绑着纱布，躺在VIP（贵宾）病房，做完了CT（电子计算机断层扫描），一切症状稳定，只是简单的外伤，并没有伤及内部。

南萧将窗户上的窗帘拉开，外面已经入夜。他从住院部的楼层望出去，城区的万家灯火星星点点，连成了一片。

来到医院以后，两人身体的主控权就已经转移了。

程凉生没什么大碍，南萧并不想就这么守着程凉生，与萧琪的关切相比，他反而更担心兄弟沈恩飞的情况。

南萧觉得陪床非常无聊，推开了病房门，想到处走走透透气。

如果没记错的话，一切事情的原点，就在这个医院。

“那你准备怎么办？”南萧在脑海里问萧琪的想法。

“放下了。这次正好也是个契机。”

“契机？”

“是啊，这次让我明白了，我已经有点儿放下了。看到他流血受伤，我的心里并没有想象中的那么担心。”

“你的表现还不紧张吗？沈恩飞都被你吓傻了吧。”南萧不管萧琪看不看得到，翻了个白眼。

“那是正常的关心好吗？要是沈恩飞受伤了，我也会紧张的。”萧琪反驳道。

“哦……”

“你这个‘哦’是什么意思？”

“就是哦啊。”

“哦你个头啊！”萧琪明显感受到了南萧的应付，有些心虚。

说话间，南萧晃荡到了一个大厅，这里应该是白天的候诊区，现在已经关闭，连个值班的人都没有。大厅黑漆漆的，南萧顺着地上的指示标，漫无目的地走着。

“你倒是心很大啊。”萧琪忍不住吐槽道。

“怎么？”南萧问道。

“这么黑漆漆的，还是在医院里，你就不害怕？”

“有什么好怕的，我又不信鬼之类的事。”

“我以前也是不信的，但现在你不就像是附身在我身上的鬼吗？”萧琪认真地说道。

南萧想了想，突然觉得是那么回事，全身起了鸡皮疙瘩，快步走了起来：“就你话多。”

“嘿嘿嘿。”萧琪得意地笑了。

南萧努力穿过候诊区，前方依然是一片漆黑，这医院也太大了。空荡荡的走廊里，突然传来了空洞的带有回声的皮鞋声，咔咔地踩在地上，让南萧的心头也是一颤，他立刻躲到了候诊台的后面。

萧琪见状，更开心了：“你前一秒还说自己不怕鬼来着，这会儿怎么就躲起来了？”

南萧躲着不敢出声。

诊区的灯突然亮了，脚步声越来越近。南萧微微探出头，偷偷瞄了一眼，看到一个纯白的身影，他被吓得一抖，立刻又躲了回去。

“喂，你太夸张了！”萧琪都要看不下去了，“在医院里看到穿着白大褂的医护人员，不是很正常吗？”

南萧觉得脸上一红，自己想想也挺丢脸的，但仍僵硬地说道：“那……那也要躲起来，被发现了太丢脸了。总不能说‘你好，我把你当成鬼了，吓得躲起来了’吧？”

“萧院长。”另一个声音从另一边响起，接着似乎又走过来一个人，对之前的那抹白影说道，“您怎么还在这儿啊？”

来了两个人，萧琪突然也没了声，南萧就一直躲在候诊台的后面，祈祷着这两人快快离开，然后自己就赶紧跑回病房。

“我来找东西，白天巡视的时候，可能落在这儿附近了。”

“是什么东西？我帮您一起找找？”

“不、不用了。并不是什么重要的东西，你早点儿回去吧。家里还有孩子等着吧，时间不早了。”

另一个声音有些歉意地说道：“唉，确实不早了，家里那个小捣蛋鬼，我不在就不肯睡觉，真让人伤脑筋。萧院长的孩子应该挺大了吧？是不是熬过这个阶段就好了？”

那道白色的身影并没有立刻接话，大约过了十秒钟，声音才异常平静地传了出来：“我没有孩子。”

“不好意思啊。那不打扰您了，我先走了！”一个声音伴随着脚步声远去。

滴答，泪水从南萧的眼睛中滑落。

周围又恢复了寂静，南萧伸手抹着不断从眼中渗出的泪水，他也不知道这种巨大的悲伤是从何而来。

“萧琪？是你吗？这怎么回事？”南萧询问萧琪，却得不到任何回音。

上面投下黑色的影子，遮挡住了白色的灯光，笼罩在南萧的身上。

南萧抬起头，泪眼蒙眬之中，看到了眼前的医护人员，应该就是那位“萧院长”吧。他躲在这儿，还泪流满面，这场面实在太尴尬了。

萧院长与南萧四目相对，彼此的眼中都有惊慌。

南萧努力挤出笑容，笑容衬托着泪水，显得更加苍白，声音有些哽咽地说道：“对不起……”

“你……你听到了？”萧院长的声音干涩又尖锐。

南萧不明白对方这种刻薄态度的来源，只得解释道：“我不是故意偷听的。”

萧院长面无表情、眼神锐利地盯着南萧，没有说话，居高临下地看着坐在地上、泪水不止的南萧。

南萧挣扎着爬起来，说了声“抱歉”，抬腿就跑，很快就穿过了大厅，消失在了走廊的尽头。

望着南萧消失的方向，萧院长原本锐利的眼神柔和了下来，透着浓厚的悲伤。她弯腰从候诊台的后面捡起了一枚小小的挂坠，一个金质的小猪头。

南萧飞似的跑回病房，一直追问萧琪是怎么回事。

好久之后，萧琪终于有了回音：“那是我的母亲，萧晴芸。”

“可她不是……”

那人不是说她没有孩子吗？

无论如何，南萧也说不下去了。

“真的不用办婚礼吗？”南萧站在阳光下，被刺得睁不开眼，手中捏着一个喜庆的大红色塑料盒，里面装着两本象征着誓约的

红本子。

眼前的女人戴着一顶宽大的宽檐帽，整张脸都埋进了帽檐下的阴影里，静静地摇头，笑得很灿烂，灿烂中带着点儿凄美的忧郁。

“不需要。”

南萧迷迷糊糊地从睡梦中醒来，他正靠在一辆专车的后座上，从医院赶回拍摄片场。今天早些时候，苏氏影业派人照看程凉生。程凉生的父母并不在本市，在他的要求下，公司也没有通知他的家里人，可能是他觉得没什么大碍，不想惊动家里人吧。

同时，萧琪接到了张悠游的电话，让她回剧组参与拍摄。叫了专车以后，没怎么休息的萧琪就在后座睡了过去。

“距离目的地还有些路程，您可以再睡会儿，快到了我会叫您。”专车司机贴心地说道。

南萧点头道谢，脑子里却在回忆之前的梦境。那其实不算是梦，而是通过笔记本植入在他脑子里的记忆碎片。这么想来，南萧确实一直没有关于萧琪父母的记忆。不知道是因为记忆受损了，还是即便和萧琪结了婚，他也从来没见过岳父岳母。

“我没有孩子。

“你……你听到了？”

南萧细细想着昨天萧院长的话，她的语气中带着迟疑甚至是慌乱，让南萧觉得对方的态度也许并不是那么坚决。只是不知道这是他“自作多情”，还是大家所说的旁观者清。

萧琪和她妈之间到底发生了什么，这让南萧非常好奇，虽然觉得自己多管闲事了，但他从心里还是希望能够帮助她们和好。

“你别瞎琢磨，多管闲事。”

萧琪一定会这么说自己吧。奇怪得很，现在的萧琪，和记忆中的萧琪性格完全不一样。

“您好，您的目的地已经到了。”专车司机提醒客人，见客人似乎没反应，就停好了车，下车替客人打开门。

注意到车门已经打开，南萧有些歉意地对司机道了谢，下了车往学校走。他还没走到校门口，远远地看见校门口高高低低地站着三个人，沈恩飞、陈瑞安、楚瑰。

陈瑞安一见到萧琪的身影，就立刻跑了过去。

“萧琪前辈！程大哥没事吧？公司里都不准我过去探望，问谁都不清楚情况，我只能干等在这里了。”南萧看着着急的陈瑞安，眼神穿过去瞄到了后面的沈恩飞，就故意大声地说道：“没事没事，医生说休息几天就可以了，并没有什么大碍。放心吧！”

沈恩飞紧绷的脸色也算是缓和了不少，眼睛下方的黑眼圈和眼袋都快挂到下巴了。南萧想着他应该也是没怎么休息好，一直被这件事折磨吧。

“反省了？”南萧靠近沈恩飞，仰头看着他的眼睛，“两天了，你都没怎么休息吗？有好好工作吗？”

沈恩飞像是霜打的茄子，没什么精神地点点头。

一边的楚瑰看不下去，赶过来说道：“导演让他停工反省呢，这两天都没安排他的戏份。一方面也要看这个事件的后续处理情况。”

确实，还得看程凉生那边追不追究，以及这件事在网络上是否有过曝光，这些很有可能会影响到沈恩飞刚刚开始的演艺生涯。

“要是苏氏影业拿这个事件来挤对沈恩飞的话，我们也没什么好的办法应对，只能寄希望于他是个没什么名气的小演员，公众对他的关注度不高。”萧琪这会儿似乎也清醒了过来，在脑海里向南萧解释道，“别说工作了，现在没有让他离开剧组，萧导已经给了老张很大的面子了。”

南萧拍着沈恩飞的肩膀，哄小孩儿似的说道：“没事没事，别再担心了，回去好好休息。指不定事情很快就过去了，剧组又要给你安排戏份了，你这副样子，怎么参加拍摄？去休息吧。”

沈恩飞晃晃悠悠地转身，脑门上突然被砸了个矿泉水瓶，由于里面并没有装满水，没对他造成多大的伤害，但也是让其他两人一惊。

南萧转头，看到陈瑞安正向沈恩飞做鬼脸。

“呸！下次再敢欺负程大哥，我和你没完！”陈瑞安说着一溜烟地跑进了学校。

沈恩飞摸了摸脑袋，顺势靠着校门口的围墙坐下来，打起了呼噜。

这是什么情况啊？

南萧和楚瑰无语。

楚瑰拽起沈恩飞的胳膊：“喂喂喂！要睡觉也给我回旅馆睡啊！睡在大门口，你丢人不丢人啊！”

南萧也上前帮着拽，然而沈恩飞一米九多的个头，哪儿是两个女生的力气能够拉起来的。好不容易往校门口外挪了十几米，两人已经是满头大汗。不过，总算是让沈恩飞离开了人流比较大的地方。

楚瑰把心一横，掏出一张纸巾，直接盖在了沈恩飞的脸上：“不管了、不管了，就让他这样睡吧，我们赶紧闪开。”

“喂……”

这样他看起来更加显眼了好吗？

南萧看着平躺在地上，脑门上还盖着白纸的沈恩飞，这怎么看都像是死了：“不行不行，这太不吉利了。”

楚瑰也觉得不太妥当，就掏出一支马克笔，在纸上写“本大爷睡觉！勿扰”。

“那边有位置，我们坐在那儿，远远地看着这里就好了。太丢人了！”楚瑰拉着南萧快步走到了不远处的“座位”。

所谓座位，其实是围着大树搭建起来的一圈台阶，让人方便乘凉休息。南萧想着时间尚早，帮忙看一会儿，也不会有太大的问题，就陪着楚瑰坐下来。

沈恩飞就躺在那儿，每个路过的人都对他投来奇怪的目光，其中还有人用脚轻轻地碰了碰他，见他有反应，动了动腿，也就走了。

“萧琪姐，演员这份工作对你重要吗？”楚瑰突然问道。

“怎么突然这么问？”

楚瑰指了指躺在地上的沈恩飞：“出事的那天，他紧紧地抓着我的手臂，一直问我他会不会就这么完了。我一开始以为是因为伤了人，后来才发现，他是在担心演员这条路。”

想想沈恩飞以前的经历，打架他应该已经习以为常了吧？南萧心里想着，并没有接话，听着楚瑰继续往下说。

“第一次在这家伙脸上看到那样的表情，我一边安慰他，一边想着他原来还有这样的一面。我就理解不了他的这种反应，对我来说，工作就是工作，这份工作做得不开心，那就换一份，而且我本以为他和我一样，毕竟他和张总签约，签得那么随便。”

现在回想起第一次遇见沈恩飞时的混乱情形，南萧就想笑。

“现在我感觉他非常在意这份工作，这不禁让我对自己的工作态度产生了动摇。”楚瑰说得有些犹豫。

南萧望着不远处的沈恩飞：“这家伙表面上看着吊儿郎当的，其实心里想的很多。他有自己想要证明的东西，难得有机会从无业游民变成演员，不想就这么结束了吧。”

“想要证明的东西？”

“嗯，应该吧。”南萧应和着，不知道为什么又想起了他昨夜碰到萧晴芸的情景。

所谓想要证明的东西，可能就是来自别人和自己的认可吧。

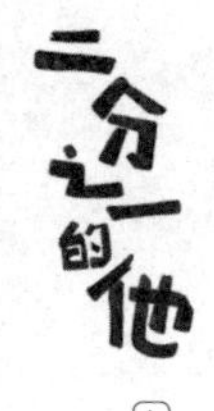

“那萧琪姐，你呢？演员这份工作对你来说，也是想要证明什么吗？”楚瑰问道。

“这个问题，我怎么回答呢？”南萧并没有立刻回答楚瑰，而是在脑海里问萧琪，他并不清楚萧琪的意识有没有醒来。然而，他并没有得到任何回应。

萧琪为什么会成为演员，为了名利，还是单纯地顺应天赋而为？即使在他拥有的那段不属于现在的他的记忆中，萧琪也从未对他说过这些。而那段记忆中的他完全不像自己，不好奇也不贫嘴，就像个沉默寡言的园丁，费尽心思地呵护着一朵温室的花，并不在意花是怎么来的，只在意这花开得好不好。

“我也说不上为什么，从一开始，我的身份就是演员了。”南萧得不到萧琪的回应，只好说了一句看似很有哲理，实际上很直白的实话。

确实，他来到萧琪身边的时候，萧琪就已经是一个演员了。

但楚瑰听着，却觉得有另一种解释：“对，萧琪姐是从童星开始做起的……”

本以为这沈恩飞倒下眯一会儿，应该很快醒来，毕竟是在大马路边，不说人声嘈杂，这热辣辣的硬石板也硌得慌，结果这家伙心安理得地睡了一个多小时还没醒。

楚瑰已经喝完了满满一大杯的星巴克，南萧靠在一边也是昏昏欲睡。

一辆破旧的、灰蒙蒙的商务车停在了学校路边的停车位上。张悠游从车上下来，一眼看到了躺在路边的沈恩飞，很好奇地凑过去瞅了瞅，等认出了沈恩飞之后，立刻摆了摆手，当没看到一样扭过了头，正好对上了一位路人的眼神。

“你朋友？”张悠游一脸厌憎。

路人一脸茫然，呆呆地摇摇头。

“现在的年轻人啊！”张悠游长叹一口气，摇着头两步就挪到了一边。

正好那边南萧朝着张悠游挥手，张悠游立刻晃荡到了他们身边。

“这家伙怎么了？大白天的睡马路？”张悠游小声问道。

楚瑰可怜兮兮地拽过张悠游：“张总，你看我当经纪人容易吗？这人真是个活宝！你看我的试用期马上过去了，是不是给我加点儿薪水呀！”

张悠游干咳了几声：“今天的阳光不错啊。萧琪，我们去那边坐坐，我有事找你说。”

说着，他就带南萧去了一边的星巴克店内。楚瑰站起来想跟上去，但余光看到仍躺在那边的沈恩飞，生气地哼了一声，又老老实实地坐了回去。

张悠游走到柜台前，指了指菜单：“想喝什么随便点，我要和你一样的就好了。”然后，径直往店的深处走去，“我先去找位置。”

接触久了，南萧也快习惯了张悠游的厚脸皮，点了两杯超大杯的香草星冰乐，其中一杯加了双份奶油，然后走到了自助柜前，在双份奶油的那杯里，又加了两包白砂糖，这才笑嘻嘻地去找张悠游。

张悠游挑了一个很角落的位置，整个人陷进沙发里，跷着二郎腿，见南萧过来，接过那杯双份奶油的香草星冰乐，示意南萧坐下。

“有件事想问问你的意见。”张悠游开门见山地说道，“你对苏氏影业是什么态度？”

南萧听到这问题一愣，对萧琪来说，可能并不是特别愉快的

回忆，但是对南萧而言，苏氏影业和他没什么关系。而不知怎么的，萧琪的意识似乎到现在都还没清醒过来，所以南萧也不知道该如何回答。

张悠游见南萧没什么反应，以为说到了他的痛处，略有迟疑，但还是接着说道："苏氏影业想让你回去。"

"啊？这是什么情况？"南萧诧异地问道。

张悠游料到了南萧的反应，拿起星冰乐喝了一口，又紧紧皱着眉头，撇了撇嘴："以后别喝这个味道了，真难喝。这么甜腻的东西，尤其是你们这种职业的，千万别碰。你那杯还没喝吧，给我。"

说完，他一把将南萧面前的那杯星冰乐拿到了自己面前。

还有这种操作？

南萧的心里还在消化着张悠游之前的话——苏氏影业想重新签萧琪？

"我不明白。之前是那边单方面跟……我解约了，现在怎么又要我回去？我现在和之前的处境也没有太大的区别。"南萧问张悠游，想知道他的看法。

张悠游正努力搅拌着两杯星冰乐，想把两杯的味道综合一下，用墨绿色的吸管，卷着白色的奶油往嘴里送，似乎完全没听见南萧的话一般。

"喂！老大，你听没听见啊？"南萧无奈地追问道。

"你觉得呢？"张悠游的嘴角覆盖着白白的一层奶霜，反问他。

似乎每个故作高深的人，都很喜欢用这句话反问对方，然后装出一副胸有成竹的样子。

"这我怎么知道啊？"

"不知道就对了。"张悠游点点头，"因为我也不知道。"

“老大，我能打死你吗？”南萧认真地说道。

“你想回去吗？”

这个问题，南萧回答不了。

“你觉得沈恩飞怎么样？”不等南萧回答，张悠游又接着问道。

“什么怎么样？”这话题跳跃得让南萧有些手足无措。

“就是这小子有没有前途？在演戏这条路上，有没有可能走得很远？作为前辈，你对他有什么评价？”

“啊？”

这又是一个南萧回答不了的问题。他拼命地呼唤萧琪，她却依然没有什么反应。这种时候，是不是应该说好话？

“挺……挺好的，应该会有前途……吧？”

话说得断断续续，结尾还加上一个有气无力的“吧”，完全不像是真心实意地夸人。张悠游眯着眼睛，一脸“你是认真的吗”的表情。

“我很看好他。”张悠游很认真地说道，“他拥有成功的条件和欲望，我这双眼睛不会看错的。在我做经纪人几十年里，他是第二个让我这么有感觉和自信的，第一个就是苏语仑。”

“听说苏语仑是你喝醉以后，在学校门口随便找的？”南萧回想着之前洛秦川说的八卦消息。

“怎么感觉你今天很不会聊天？”

“对不起，您继续说……”

“这次的事件，对他来说，可大可小。简单来说，可以完全没有任何影响，但也可能会演变成他永远当不了演员。而站在我的立场，我希望能保他，希望能处理好这些事情，然后激励他继续努力。”

“那是肯定的啊。作为朋友，我也希望他能够继续走下去啊。”

南萧点头表示赞同，同时也很奇怪，这么显而易见的事，张悠游为什么要说得那么郑重其事。

张悠游没有立刻搭腔，继续搅拌着两杯星冰乐，将两杯剩下的部分又倒进一杯里。

“而这件事的主动权，掌握在苏氏影业手中。”

“也就是看他们会不会追究沈恩飞的责任？我们是不是可以和程凉生求个情？张总，你和程凉生的关系不是很好吗？师徒关系哎。”南萧想着想着，突然觉得这事很简单啊。

张悠游摇摇头：“这事程凉生也做不了主，主要得看苏语仑的想法。”

按照洛秦川的说法，苏语仑和张悠游可是有过节的。南萧想着想着，又耷拉下了脸，感觉问题突然就严峻了。

看着面部表情不断变化的南萧，张悠游都觉得有些好笑：“你最近不太对劲儿啊，角色上身啊，这么天真无邪的。”

“那苏语仑那边，怎么办呢？”南萧抓了抓头，说道。

“苏语仑那边，我昨天和他谈过了。苏氏影业愿意不追究沈恩飞的行为，并会利用他们的媒体资源，将这件事的影响减到最小，还会给我们公司一笔钱。”

“张总，是沈恩飞打了程凉生。听你这说法，我怎么觉得沈恩飞才是受害人啊。”

张悠游摆摆手，示意南萧缓一缓：“但苏语仑那边有一个条件，如果我们不接受，之前的承诺一律不作数。”

南萧听到这里，就有点儿懂张悠游一开始的意思了，迟疑地说道：“他们要再跟……我签约？”

“对。”

“这不公平。”南萧本能地说。

“不公平？”

“这个逻辑太诡异了，我感觉自己就像你们二人合约里的牺牲品。沈恩飞是我的徒弟，我自然希望他能够继续在演员这条路上走下去，我也很高兴星策传媒能获得一笔资金、得到更好的发展。那边的条件太优厚了，让人有点儿难以拒绝。所以，这两层关系放在这里，萧琪……我似乎并没有什么太大的选择余地吧？”

“对。”张悠游回答得异常干脆。

“你是不是已经和苏语仑达成协议了？”南萧有些严肃地质问道。

“并没有，我和他不同，我才没那么看重利益。我明确表示了，先问问你的意见。你愿不愿意回去？如果这个协议达不成，很有可能这件事情就会闹得很大。沈恩飞的职业道路可能就此中断了，而且这部戏会受到牵连，对你也不是什么好事。”

不……你们并没有本质上的不同。

南萧这句话没有说出口，他现在很生气，但又不能立刻发作，只能沉下脸。在张悠游和苏语仑眼里，萧琪自己的意见似乎已经并不重要了。

“我确实没别的选择，不是吗？”萧琪的声音传来，带着疲惫。

“要不要直接回绝？”南萧小心翼翼地问萧琪。

“算了，我一直都没有太多的选择机会，无论是家庭，还是工作。何必呢？”

南萧听着萧琪的话，皱着眉，眼神锐利地盯着张悠游。

“让我考虑下。”

丢下这句话后，南萧就离开了星巴克。

沈恩飞已经醒了，楚瑰在他旁边，正对着南萧挥手。

南萧略迟疑了下，还是走了过去。和张悠游聊完，他还是有些犹豫，虽然萧琪表示无所谓，但南萧始终觉得不对劲儿。这会

儿他远远望着沈恩飞，不由得有些狐疑。

“这家伙，真的会有前途吗？”南萧这么问萧琪。

在演艺圈，南萧并没有什么看人的眼光，也不知道这个平时吊儿郎当的家伙，张悠游为什么会那么看重他。从南萧的角度来说，提到沈恩飞，第一反应只有泡面而已。

“会不会有前途，没那么容易看出来的。从沈恩飞目前表现出来的资质而言，他属于中上，有机会。”萧琪淡然地说道。

“即便替换掉你吗？按照你的资历，这不应该啊。”南萧觉得这就好像是为了一棵树苗，放弃一棵大树一般，“苏氏影业也很奇怪，一开始和你解约，现在又想让你回去，这不是吃饱饭没事干吗？”

“我也不知道是什么原因。”苏氏影业这么做的目的，萧琪也想不明白。

南萧穿过马路，看到沈恩飞高兴地挥舞着一张百元大钞。

“嘿嘿，老子时来运转啊，刚醒来就看到路边树下有人掉钱了！给我捡到了，赚了赚了。”

楚瑰在旁边有些无奈：“沈恩飞，你小声一点儿，至于那么大动静吗？我看着都丢人。”

沈恩飞可不管，走到南萧面前，献宝似的给南萧看那张一百元钱。

“沈恩飞，你知道吗？这钱是不能乱捡的。”南萧神神秘秘地说道，“你应该听过一个成语，叫‘破财消灾’。”

沈恩飞纳闷地点点头：“听过啊。”

“所以，这掉的钱上面一般都沾染着前主人的晦气。你想，那人多倒霉啊，走在路上，钱就掉了。你捡起来了，这晦气就附在你身上了。”

“这什么乱七八糟的。”萧琪在脑海里忍不住吐槽道。

没想到，沈恩飞听了却是脸色一变，想了半秒，突然点点头道：“啊，好像是这么回事！那、那应该怎么办呢？”

“找到失主。”南萧忍着笑，很认真地说道。

但沈恩飞一拍脑袋，摆摆手：“不用那么麻烦。”说着，又跑回那棵树下，掏出手机比画了半天，又把钱放了回去，似乎角度上有点儿不对，还用手挪了挪，最后双手合十做祈祷状，嘀咕了半天，“我沈恩飞从来没捡起过你，晦气就不要传到我身上了。刚刚的事情，我们就当没发生过，怎么样？你看，我比对了手机里的照片，你刚才就是这么躺在这儿的……”

南萧在一旁愣了一会儿，调侃道：“这人该不会是个傻子吧？”

“确实是个傻子。”萧琪表示赞同。

楚瑰扶额，今天的天气格外闷热呢。

下午，南萧和沈恩飞就都回到了剧组。同时，张悠游的信息再一次发过来。

“希望今天晚上能收到答复。苏氏已经暂时压下了网上的消息，当然，如果你觉得不愿意也没关系，别给自己太大的压力。”

南萧并没有立刻回复这条消息，而是略带气愤地关了手机。

“你在生气？”萧琪有些奇怪南萧的反应。

这应该是她第一次明确地感受到南萧的气愤，即便之前面对程凉生的时候，他都没有这种心态。她很好奇。

“我也不清楚，就始终觉得那里不对劲儿。你打算怎么回应？”

萧琪当然选择接受苏氏影业提出来的条件。她离开苏氏影业以后，处境一直非常微妙。这次的事，如果按照张悠游说的，沈恩飞打人的事被曝光，被夸大成严重的暴力事件，那会造成相当严重的后果。不光是沈恩飞，剧组和星策传媒一样会受到牵连。

这对她来说，并不是一个好结果。她的事业好不容易有点儿起色，很可能又会陷入低谷。

现在唯一的问题就是苏氏影业为什么还要签她?

“和苏氏的人谈一下吧。”萧琪说。

一切进展得非常快，当天晚上，萧琪就收到了邀约，来到当地比较有名的一座旋转餐厅。抵达餐厅的时候，已经是晚上八点。由于堵车，萧琪比预定的时间晚到了半个小时。失去对身体的控制的南萧，随着萧琪的目光，好奇地打量着四周。

“这是我第一次来旋转餐厅吃饭。”

“又不是什么特别贵的地方，别那么丢人。”萧琪说道。

“和贵不贵没关系。反正别人又看不到我，你别管我就好了。”南萧的心里其实有些忐忑，努力活跃着气氛。

到了顶楼，萧琪报出餐桌的号码，本以为会被领到包厢，结果却是大厅边缘大落地窗边的二人桌。已经等在那边的人，也让萧琪大吃一惊。

苏语仑穿着简单的白T恤、黑裤子，见萧琪来了，缓缓地站起来，整理了一下衣服，笑着说道：“又见面了，这次你又迟到了。”

萧琪有些拘谨地低了低头，表示歉意：“抱歉，我对这边不太熟，路上又堵车。”

“坐吧。”苏语仑并没有在意萧琪的话，似乎对萧琪迟到的原因并没有太多的兴趣。

两人坐定以后，侍者就来询问是否开始上菜，却被苏语仑简单地回绝了。

“解决掉我们之间的问题以后，再好好地吃饭。我没有边吃饭边聊天的习惯，抱歉。”苏语仑解释，看着萧琪迟疑的表情，接着说，“你觉得很奇怪？”

“大半年前，你们才和我解约，这突然又让我回去，我觉得奇怪很正常吧？更何况，以前在公司的时候，除了例行会议之类的，身为老板的你从来都不会单独和我面对面。所以，这次你出现在这里，也让我觉得很意外。我本以为，今天最多是艺人部的总监出面。”

“艺人部的总监现在是程凉生。”

萧琪语塞。

“我看了你的履历，包括你之前参演的一些影视剧集。”苏语仑说到这儿就停下了，认真地看着萧琪的眼神。

“然后？”

“然后觉得你才华横溢，是个非常有前途的演员，而我也被你吸引了，所以公司想要你回来。”

这话听在萧琪的耳中，南萧欢欣鼓舞，他对于萧琪得到了肯定非常高兴，但萧琪却不这么认为。

“苏总，你是在开玩笑吧？”

苏语仑见她是这种反应，当即一笑：“没错，我确实是在开玩笑。我很抱歉拿一些三流电视剧的桥段来捉弄你，我只不过想看看，能和你聊到什么样的程度。”

“有没有才华，以及能力的天花板在哪儿，我自己还是有点儿自知之明的。”萧琪并没有被赞美的话冲昏了头脑，同样她也不认为自己会有哪个地方能够吸引到苏语仑。

坐在她对面的是在娱乐圈混迹多年，并且将娱乐公司发展得风生水起的苏语仑。

“那我就明说了。公司想签你回来，不是因为你自身的能力，也不会指望你在这个圈子、在这条路上能走多远，公司需要的是你的附加价值。”

“附加价值？”对方就这么简单地承认了她能力不够的事实，萧琪心里有些难受，而对他所说的“附加价值”，她一头雾水。

苏语仑则完全无视了萧琪的情绪：“你不清楚这方面，也没关系。你只要知道公司并不是没来由地和你签合约就行了。你的一切待遇都会比在星策传媒那破公司好得多，我也向你保证，你会得到公司A类艺人的所有权益，包括资源上的适度倾斜。在我看来，在这件事上，其实你本就没有什么可犹豫的。从利益层面，无论是对你、对星策传媒、对沈恩飞还是对苏氏影业，都是一个有利的选择，这是一个四方共赢。”

“你的这番话说得还真是直白。”萧琪感叹道，“但并不是所有的事情，都一定要去选择利益最大化的方案的。而且，现在的处境让我不由得有些火大。”

南萧在暗暗表示赞同，他甚至都能想得出萧琪挥舞拳头的样子。而他知道，从张悠游和他沟通开始，萧琪就一直很不开心。

“你这不过是多余的自我意识在作祟罢了。”苏语仑说得轻描淡写，却一下子戳中了要害，“让你火大的并不是要和苏氏影业签约，也不是因为你没有选择权，而仅仅是因为在我和张悠游讨论的过程中，你从来都没有参与过。在以你为中心的谈判中，你觉得自己不过是个旁观者，没有任何发言权。”

南萧愣住了，苏语仑的这几句话也让他突然明白了他一直替萧琪觉得不爽的原因。确实，张悠游带来的消息，让他觉得萧琪并没有选择的余地，与其说是商量，不如说是通知，让他和萧琪都处于一种被安排的状态。

萧琪拿起之前侍者端上来的冰水，喝了一小口，对内心的动摇稍做掩饰：“和你说话还真是辛苦，就像是被放在了解剖台上一样。”

“收起这些没用的情绪，你就会发现，其实并不需要选择，重新回到苏氏影业是最好的结果。”

“张总给我留言了，表示即使我拒绝你的合同，也没有任何关系。”萧琪想到之前收到的张悠游的信息，于是说道——她想看看苏语仑的反应。

苏语仑听到她提起张悠游，嘴角一勾，笑着说：“张悠游和我是一类人，只不过比我更加伪善点儿罢了。他这么说，并不是要给你选择，而是以退为进，逼你做出选择。你要是真的拒绝了，你以后是否会对星策传媒、对张悠游、对那个沈恩飞的糟糕境遇产生愧疚呢？只要有那么一秒，你考虑过了，张悠游就有信心你最终依然会同意我们的方案。”

“人都是势利的？”萧琪问道。

“是，人都是势利的。”苏语仑答道，“你的选择呢？”

萧琪喝光了杯中的冰水，转动着空玻璃杯。杯壁透过柔和的灯光，映射着窗外的夜空。

苏语仑既没有出声催促，也没有丝毫的不耐烦。

“你不会答应吧？”南萧在脑海里紧张地询问。

“我不该答应吗？”萧琪问道。

这一点，南萧说不上来。

“这个世界就是这样的，人总以为自己有能力和有权利去做出选择，但其实自主选择的空间，永远就只有那么一点儿。这种事，见得多了，你也就习惯了。”萧琪在心里说，但与其说是解释给南萧听的，更像是说给她自己的。

“我就是觉得非常憋屈。”南萧叹了口气，他明显感知到了萧琪的决定。

“是啊，没准等到哪天心灰意冷了，就只能离开了。”萧琪也有些泄气。

她说的离开是指离开这个圈子、离开这份事业吗？

这句话像一块石头，落入了南萧的心里，激起了一阵涟漪。

“确实如你说，我并没有太大的选择空间。”萧琪放下杯子，看着苏语仑，“按照你的行事作风，是不是今天要把合同签了才算完事？”

苏语仑倒是笑了：“我并没有急到那个程度，只要你有意向就可以了。合同等到你完成现在手上的拍摄工作以后，再谈也不迟。”

“那还要不少时间，你就丝毫不担心我会反悔？”

“不担心。”苏语仑回答，然后朝着侍者示意可以上菜了。

一份份菜品端了上来，苏语仑一直专心致志地品尝美味，并没有和萧琪有更多的交流。萧琪也在今晚，彻底刷新了对这位老板的认知。

“萧琪，我问你个问题。”南萧突然问道，“你真的有认真考虑过放弃吗？比如改个行？”

“或者我隐退去结个婚？”

“也算是一种吧……”

“不知道啊，换作是你呢？”

“我？”

“如果你是我，在这条路上走了十几年，依然在苦苦挣扎，不知道该往哪里走，你会怎么做呢？”

南萧认真地思考着，然后说道：“我会放弃，改行做一份轻松的工作……但我希望你能坚持。”

“你这话说得真狡猾。”萧琪说。

“您的菜都已经上齐了，餐后甜点会晚一点儿再为您送上。请慢用。”侍者放下最后一个盘子，便离开了。

萧琪这才注意到，自始至终，苏语仑都没有问过她喜欢吃什么、有没有忌口，她甚至都没见过菜单。应该是在她到达之前，他就已经点完菜了。

两份主食，三道菜。

量并不多，但足够两个人吃，味道也不错。

这一餐是萧琪记忆中和别人一起进餐吃得最安静的一顿，除了餐厅中播放的优雅音乐，就再没其他声音。沉静中的压抑，萧琪飞快地吃完了晚餐，和苏语仑道别，离开了餐厅。

苏语仑也没有送萧琪回去的打算。

之后的一切似乎又都回到了正轨，萧琪和沈恩飞都在剧组的安排下，重新回到拍摄当中。由于从拍摄开始就一直状况不断，现在整个剧组的行程明显更紧了。

萧琪作为主演，更是累得不行，经常一天中有十八个小时都在片场，从清晨拍摄到深夜，回到酒店休息不了几小时，就立刻又被抓起来化妆赶去片场。

南萧被这种高强度的工作状态惊呆了。他只是代替了萧琪一天，就感受到了沉重的疲惫感，对神态自若的洛秦川也有了一丝佩服。

而沈恩飞的戏份本就不多，在进组一个月以后，到了他杀青的时候。

沈恩飞拍完了最后一场戏，正搭着李晟的肩："兄弟，哥今天就杀青了，之后可不能再罩着你了。没了我的照顾，你可别出岔子。不过，说起来你这次表现得还不错嘛，和我的差距就那么点儿，再接再厉啊。"

李晟直犯晕，回嘴道："我的经验可比你强多了，这是你的第一部戏吧？我可是演过好几部了！"

"好几部是多少部？"沈恩飞问。

李晟认真地掰了掰手指："五部！我出演过五部了！"

“那还演我的小弟？没前途啊。”

李晟要被气出内伤：“这是角色需要啊，演员演什么角色跟经验没关系！”

“那你不还是我的小弟？”

“说了这是角色需要啊，不然谁要当你的小弟啊！”

“那你演过主角没？”

李晟一愣：“我出演过男三号！”

沈恩飞捂着嘴，露出一副贱兮兮的表情：“那就是没演过。”

“那也比你……”李晟的话没说完，就又被沈恩飞用力地拍了拍背，一口气差点儿没喘上来。

“别担心，你的主角梦想哥帮你完成，哥下一部戏就演主角！”

“你已经接了下一部戏了？”李晟本以为因为之前的事，这人都可能在圈子里难以立足了。没想到这么快，这人竟然又有下一部戏了，还演主角？李晟非常不甘心。

“没有啊。”

“没有你在那儿牛气哄哄的干什么！”

沈恩飞一摊手，耸了耸肩。

楚瑰一本子砸在沈恩飞的脸上，然后把他带到了萧祈安的面前，向萧祈安道谢：“萧导，沈恩飞的任务完成了，希望他没让您失望，感谢您这段时间的照顾！”

沈恩飞一听立刻明白了，笑嘻嘻地上前双手握住萧祈安的右手，使劲儿地晃了又晃：“老大，这次我的表现还可以吧，你看下次你有什么新剧，考虑考虑让我当男主角？”

楚瑰捂着脸又把沈恩飞拽了回来，心里想着下次这种场合一定要自己先来打过招呼，再考虑是不是拉上这个二货。

还好萧祈安似乎也了解沈恩飞一贯的作风，反而大笑着挥挥手：“回去好好锻炼，你这一身的肌肉可别浪费了，泡面少吃。”

楚瑰听到萧祈安这话，立刻松了一口气，甚至还挺开心。虽然可能是客套话，但起码萧祈安还是点到了细节上，说明沈恩飞在他心里应该也有个好评。

“老大，再问你个事，这片子啥时候上映？我要给我爸妈瞧瞧，要让他们知道……”沈恩飞又贴了上来，手不自觉地就扣上了萧祈安的肩膀，勾着萧祈安的脖子。

他话还没说完，就被楚瑰推到了一边。

“萧导，你别在意，我现在就带他去整理整理。”楚瑰拉着沈恩飞往外走。

沈恩飞心情不错，哼着歌儿，和楚瑰走在校园里。

阳光灿烂但不燥热，透过两侧的树荫，零零散散地洒在石子路上，落下星星点点的光。楚瑰小跑到了沈恩飞的前面，发梢欢快地跃动。今天她穿着一条浅色格子裙，露出白白的纤细小腿。

楚瑰和萧琪是完全不同的类型，娇小的身躯，很容易激发别人的保护欲，偶尔张牙舞爪的更让人觉得像只生气的家猫，说不上有多凶，只是觉得有些可爱。

她俏皮地回过头，盯着沈恩飞，不怀好意地问道：“我说傻大个，你是不是喜欢萧琪姐？”

沈恩飞的脸一僵，随后眉开眼笑，眼睛都眯成了两条缝，用手抓了抓脑袋：“我表现得很明显吗？”

这一副憨相，让楚瑰完全没有了想捉弄他的兴趣。

楚瑰翻了个白眼，踹飞了一颗小石子：“你要不要这么直截了当啊，我还以为你会不好意思呢！”

“这有什么好害羞的，喜欢就是喜欢了呗。那你和萧琪待得也挺久了，她有什么喜欢的？你帮我参谋参谋？”沈恩飞厚着脸皮说，“对了对了，你是我经纪人，这方面也要帮个忙！”

看到沈恩飞的表情，她似乎没了继续这个话题的兴致，转身继续蹦蹦跳跳地往前走。

校园里的铃声响起，到了午休时分，学生们陆陆续续地从周围的教学楼里出来，喧嚣的人流充盈着各条走道，校园里熙熙攘攘。

沈恩飞跟着楚瑰在人流之中，眼光顺着走过的漂亮女生转动。

“喂，你在瞎看啥？”楚瑰有些不满。

“看美女啊。”沈恩飞想都没想地张嘴就说。

楚瑰嘟了嘟嘴，心想沈恩飞确实很直率，摇摇头说道：“我劝你死了这条心吧，萧琪姐可不会喜欢你这种类型。”

“那她喜欢什么类型？我试着改。”

“程凉生那种？带点儿包容的男人？”

“那种男人有什么好的，哪儿比得上我。”沈恩飞一听这名字就来气，这会儿想起来，之前萧琪还陪着程凉生去了医院，醋意就有点儿上来了。

“你喜欢萧琪姐什么？”

“漂亮！”

楚瑰又翻了个白眼：“漂亮就行了？漂亮的女孩儿可多得是了。”

“大气，和我聊得来。虽然有时候凶了点儿，让人害怕，但她连生气的时候都很有魅力……对了，面对事情的时候，她不会柔柔弱弱地逃避，反而很直接地干掉困难。”沈恩飞想着过往的种种，从第一次见面时，她仰头站在自己的面前开始，一幕幕又跳回到了自己的脑海中：一起在雨中奔跑，一起去网吧玩游戏，她皱着眉头不爽的样子，她舒展眉头开心的样子……确实，她不仅仅只是漂亮。

楚瑰听着沈恩飞的话，眼神黯淡了一些，嘴张了张，叹气道：

“好了好了，我知道了，随你高兴吧。不过，等这部戏拍完，萧琪姐就要离开公司了，我想以后你们像现在一样朝夕相处的机会就少了。你可得加油了。”

“离开公司？干吗离开公司？”沈恩飞一惊，大声问道。

楚瑰被吓了一跳，有些诧异，想来应该是张悠游和萧琪都没有和沈恩飞提过这件事，那自己这么说出来是不是有点儿草率，就有些支支吾吾地答道：“就……就是要和公司解约，重回苏氏影业了。我以为你已经知道了。”

“回那个公司？那不是又要看到那只戴眼镜的老猴子？”沈恩飞不高兴了，好不容易从那公司出来，干吗又突然说要回去，“张悠游怎么都没表态？好歹是一个公司的老板，就这么随便让人挖人的？有没有出息啊！”

楚瑰这会儿从之前的慌张缓过来了些，见沈恩飞这种反应，还在数落着张悠游，就看不过去了，没好气地说道：“你以为这些是谁造成的？要不是你……”

“我？”沈恩飞愣住了，明白过来后，转身就跑了。

“你去哪儿？”楚瑰没想到沈恩飞就这么转身跑了，脱口而出的问话也没得到回音。

“Cut！萧琪，你这条的表现不对，这里有一定的情绪变化，你要表现出那种不甘，眼神里来点儿变化，而不是干巴巴的愤怒，我需要你有内在的一种释放。”萧祈安停了镜头，走过来对萧琪说道，“在这个场景里，我们会从多个角度取景，我需要你保持水准，镜头变换后，你不能有明显的演技落差，明白吗？”

南萧很想说不明白。

在这场拍摄的过程中，他和萧琪身体的主控权转移了。他能保持住萧琪之前的表情不崩坏就已经费了九牛二虎之力了，至于萧祈安说的那些话，虽然每个字都听得懂，但连起来是个啥，他一点儿都不明白。

什么叫“内在的一种释放”？

“喂喂喂，导演说的话是什么意思啊？”他只能求助于萧琪了。

“你先回答明白了，然后说要花两分钟调整。”

南萧点点头，这么回答了萧祈安，然后撤到一边。

“每个导演都有他自己的一套语言习惯，别说是你了，很多演员在和新导演合作的时候，包括我在内都要现花心思去理解他们话中的意思和需求，这是比较难的。不过萧祈安的话还算容易懂，其实就是表演的层次感，我们日常的情绪往往不是纯粹的。

“比如愤怒，令我们愤怒的原因让愤怒中夹杂着其他情绪。一个人因为被轻视而愤怒，和一个人因为失去而愤怒，所夹杂的感情会有区别。演员的眼神能够从愤怒中，透露出内心的情感，这就是表演的层次感之一，这包括情绪的细微变化、程度变化等等。一个笑脸，在需要的时候，能体现出深层次的哀伤。”萧琪解释道。

“嗯，听你这么一说，我真是茅塞顿开。”

“真的吗？”

“还是完全不知道该怎么办啊！”南萧抓狂道，“直接告诉我怎么办不行吗？”

萧琪很为难：“表演这种事情，怎么直接告诉你啊？难道要我指挥你，说什么时候哭，什么时候勾起嘴角、抬手吗？”

南萧立刻点点头:“这个方法不错啊,要不我们这么试试看？”

“这肯定不行！”

“你不试怎么就知道不行呢？”

萧琪无语，那边萧祈安都准备好了，就等萧琪过去，她不能再拖了。

“那就试试吧，大不了一死。”

“灯光师准备、场务准备、演员就位！全场肃静！Action！”

场记板一打，镜头就开始动了。

“现在忧伤点儿，耷拉眉毛，楚楚可怜。”萧琪开始指挥南萧演戏，“镜头过来了，眉头慢慢皱起来，眼神用力，表现生气。喂！不准看镜头！”

“Cut！”不到二十秒，萧祈安就喊了卡，疑惑地望着萧琪，“萧琪，你的脸不舒服吗？过敏了？”

南萧尴尬地举了举手：“抱歉抱歉，我没事……脸上也没不舒服……”

萧琪觉得自己现在一定是扶额无语的表情，都说了不行，这家伙还不信，给别人看笑话了。

“萧琪！”沈恩飞冲进了片场大叫道，一看这拍摄的阵势，缓过神来，在所有人的目光注视下，他移到了一边，眼神一直盯着片场中央的萧琪。

萧祈安看了看表，通知大家：“午休！下午接着拍，各位都辛苦了，演员好好调整调整。走走走，都去领盒饭。”

“开饭了！”

随着场务一声喊，整个片场的人一哄而散，只留下呆愣愣的南萧和气鼓鼓走上前来的沈恩飞。

“你是不是得罪他了啊？”南萧悄悄地问萧琪。

萧琪也纳闷呢，这沈恩飞怎么突然就跑过来了，还杀气腾腾的。

沈恩飞走上来，抓起南萧的手腕就往外走，他的力气很大，南萧拗不过他，磕磕绊绊地跟上了。

“怎么了？出什么事了吗？你慢点儿！”

“跟我走。”

两人走到一个角落，南萧实在难受，大声说：“停下！你放手！”

然后他猛地一扯，终于把手腕从沈恩飞的桎梏中挣脱了出来，上面已经有了红红的手指印。

“你有什么事？”南萧有些生气。

沈恩飞望着南萧的眼睛，深呼吸了几下，似乎在平复心情，然后又转开了视线，靠着路边蹲下来。他狠狠地抓了抓自己的脑袋，头发乱成了鸡窝，从裤兜里摸出一包皱巴巴的烟，点了一根，叼在嘴上。

他有段时间没抽烟了，这包烟倒是一直在裤兜里。

南萧看着对方这个样子，轻轻叹气，在沈恩飞身边蹲了下来，拍了拍他的肩膀，问道：“喂，到底出啥事了？”

“我是不是很没用？”沈恩飞耷拉着脸，又像一只失落的大金毛了。

南萧不由得把手放在了沈恩飞的脑袋上，帮他整理头发，又仿佛在安慰宠物：“来来来，和我说说，你这是被谁欺负了吗？”

沈恩飞顺着南萧的动作，把头靠在了他的手上。

“喂！重死了！”南萧把沈恩飞的脑袋往旁边一推。

沈恩飞重心不稳，坐到了一边。

南萧无语，伸手去拉他。结果非但没把沈恩飞拉起来，沈恩飞手上一用力，南萧一个踉跄砸到了沈恩飞的身上。

“萧琪，别离开公司好吗？”

南萧还没啥反应，萧琪的心里早炸开了锅。

“喂！他在吃你……不对，是吃我的豆腐啊！快起来，抽他两巴掌！你怎么不动啊？”萧琪对南萧说。

南萧立刻起身，站到了一边，一脸呆滞。

“萧琪，我喜欢你，别走了。”

此刻，南萧的脑子里冒出一连串的问号，分析着现在的状况，想了半天后，憋出一句话：“我把你当兄弟，结果你喜欢上萧琪……我了？”

沈恩飞皱着眉头：“啊？”

好不容易营造出来的唯美气氛，又瞬间消散得无影无踪。沈恩飞只得无奈地站起来，别扭地摸着头，以他对萧琪的了解，大不了他就是挨几巴掌。

“我不希望你离开公司，更不希望你因为我而回到苏氏。”

到了这会儿，萧琪才明白沈恩飞那么反常的原因，他怕是从哪里听说了自己在这部戏拍完以后，会重新回到苏氏，还是为了他。

“你觉得这都是你的错？”南萧问道，见沈恩飞低下头，开解道，“并没那么简单。我回到苏氏，从各种角度来看，这都是件好事。苏氏也答应我，会提供给我更好的资源。这没什么不好。其实，我回不回去和你关系不大，苏氏不过是拿你的事当了一个契机。”

“你回去的话，还是那个程凉生当你的经纪人？”沈恩飞的神色没什么变化，依然皱着眉，一脸的不高兴。

“你在纠结这件事？”

“那肯定啊，那人不是个好东西，我不希望你又和他凑到了一起。”

“我和谁在一起，关他什么事啊？”萧琪对南萧说。

对于萧琪的反应，南萧觉得萧琪还是不够了解男人。

“不是你和谁在一起的问题。他和程凉生不对付。这时候你离开这边去了那儿，就像是沈恩飞斗输了、战败了。他不想你走

是一部分原因，自尊心受损也是一部分原因。像沈恩飞这种人——一直很刚，面子和自尊对他来说可能更重要点儿。”

“呵呵，看不出你对这些事还挺了解。”萧琪有些意外地说。

南萧并不点破沈恩飞的心思，对他说：“从套路来讲，我可能得先说‘你是一个好人’之类的话。很抱歉，萧琪……我并不能接受你的感情。我真的只是把你当兄弟而已，你不要误会。今天以后我也会调整对你的态度，我们保持点儿距离吧。”

他的态度其实已经很明确了，南萧想自己可能说得过分了点儿，只见沈恩飞沉着脸，似乎处于爆发的边缘。

“你这话说得很不客气啊。”萧琪坦言道。

“他喜欢的是你，这些话不正是你想说的吗？这事跟我又没关系。那换成你会怎么说？你总不至于答应吧。”南萧问她。

“我会反手给他一巴掌，都不给他开口的机会。”

“那还是我来吧。”

沈恩飞站在那边，脸色变了又变，突然挤出一个笑容，语气中甚至透着雀跃：“也就是说从现在起，我在你眼里就不是兄弟了吧？”

“啊？”

“萧琪，从现在开始，我要正式追求你！我一定会让你喜欢上我的！只要有你不喜欢的地方，我立刻就改！”

南萧哑口无言，这人怎么回事？

“我就不喜欢你喜欢我，能改吗？”

“不能！”

萧琪看着这出闹剧：“赶紧扇一巴掌就痛快多了。”

时间过得很快，转眼间已经到了十月，剧组的拍摄也终于告一段落。

今天是最后一场戏的最后一个镜头，洛秦川的镜头，他也没有让人失望，又是一次通过。从拍摄开始到现在，他是剧组里唯一一个零 NG 的演员。

南萧虽然还是个演戏的门外汉，但也看得出洛秦川的厉害，由衷佩服，同时也觉得很难以理解，这么厉害的人竟两年没接戏了。

拍摄结束紧接着的就是杀青的庆功宴，闹哄哄的，而其中闹得最凶的就要属沈恩飞和洛秦川了。

萧祈安旁边坐着张悠游。

萧祈安看着洛秦川的状态，有些欣喜："没想到这家伙和你们家那孩子还挺合得来的。"

"这是老混子遇到了小混子。"张悠游说着，目光转到了对面低头吃饭的萧琪身上。

萧琪对上张悠游的目光，想着之后自己就要离开星策传媒，再次回到苏氏。这段时间虽然不长，但张悠游还是帮了自己很多。想到这些，她便举杯对张悠游敬酒。

张悠游却按着酒杯不喝，笑着摇头："我没有什么值得你感谢的，相反，我应该感谢你。"他说着站起来，走过来，向萧琪敬酒。这人平时打打闹闹，没规没矩的，突然来这么一出，让萧琪感觉生分了不少，有些木讷地起身，和张悠游碰了碰杯子。

庆功宴的第二天，萧琪一行人就坐上了张悠游的破车，晃晃悠悠地回了住所。还没到门口，萧琪就远远地看到一个人站在拐角，背后背着个显眼的金色背包。

靠近了，萧琪看清楚了那人的长相，不由得皱眉。

"每次他出现，都没什么好事。"萧琪有些嫌弃地和南萧说道。

那人正是游典方。他"失踪"的时间越来越长了，这次他突然出现在门口，也不知道是发生了什么事。但萧琪的眼皮从一早

就开始跳，似乎预示着什么。

沈恩飞、洛秦川在车上睡得死死的，萧琪就让张悠游带他们先回了屋，自己提前下车，去见游典方。

游典方一见到萧琪，探着脑袋往萧琪的身后张望，然而漆黑的玻璃窗并看不到里面的情形，他脸上露出了一丝失望。

萧琪见他这副模样，十分疑惑："你在看什么？"

"看看楚瑰是不是也跟着回来了。"游典方也没有藏着掖着，直接回答道，"上次以后，我有好几个月没见到她了。"

萧琪越听越觉得奇怪，按理说楚瑰和游典方也没什么交情："虽然不想承认，但你是我的那什么……'守护天使'吧？"

"对啊。在那个萧麒解决完问题前，我必须留在你身边。"游典方一提起这事，就皱眉头，像是受了天大的委屈。

"你说的留在身边是几个月出现一次的意思吗？"

游典方一听，立刻辩解道："我又不用时时刻刻出现在你周围，我只要感知到你的状态，隐藏在你身边不就好了！"

萧琪觉得诧异："你平时都待在我周围？"

"没有啊，我去世界各地转了一圈。"游典方随手还在包里掏出了一大沓明信片，"你看你看，我每到一个地方就买一张，凑了那么多了。这张是我之前在一个南方的城市买的，那边的食物……"

萧琪懒得搭理这个喋喋不休的人，不耐烦地挥挥手："别说了、别说了！你这次来干吗？赶紧说，然后爱去哪儿去哪儿。"

游典方又是一副要哭的表情："不行，这次去不了。"

"去不了？"

"是啊……从现在开始，我要一直待在你周围。"

听了这话，萧琪感觉头痛，把一个这么聒噪的人放在身边，还能清静吗？

“不行。”

“什么不行？”

“你不能待在我身边。”萧琪说。

“为什么？”

“你突然出现在我身边，别人会怀疑的，露馅了怎么办？”萧琪想了一个理由。

“哦，这个啊，你放心！”游典方拍了拍背上的包，从里面取出一份文件，“我有这个，他们不会怀疑的。”

萧琪有点儿纳闷，顺手接过游典方手中的文件，这文件的齐缝处赫然盖着“苏氏影业”的公章。

“这是你下一份的合同，我已经加入了苏氏影业，以后会以你的经纪人的身份一直陪着你的。你看，这样是不是就不用怕了？”游典方笑嘻嘻地说道。

萧琪觉得眼前一黑，心里把苏语仑骂了无数遍，一直骂得南萧的意识都清醒了过来。

“怎么了？迷迷糊糊中，我就感觉你的怨气很大。”

游典方发现南萧醒来，挥了挥手：“Hi，boy！（你好，男孩儿！）好久不见。”

南萧通过萧琪的双眼，看了看眼前的这个人：“游典方啊，你怎么在这儿？”

游典方指了指萧琪手中的合同，把刚才说的话又对南萧说了一遍。这会儿南萧跟着萧琪，骂苏语仑不厚道，竟然指派了这么不靠谱的人来当经纪人。

“你……你有经纪人资格吗？那个需要考试的。”经纪人也不是随便谁想做就能做的，萧琪还抱有期望。

游典方眼睛一眨：“我本来想去考试的，看了题目完全不会，还不能带笔记本，这个不行，那个不行的。我自己又不想花时间去学，反正也没有太大的用处，就做了一张。”

“等等，就……就什么？”萧琪怀疑自己的耳朵。

“做了一张啊，这种小事很容易办到啊。”游典方神气十足，萧琪苦着一张脸。

“那你进苏氏工作，也是你动的手脚？”南萧想苏氏影业那么大的公司，不会那么容易就安排这么个愣头青来当经纪人吧？这么想想，他们之前有可能错怪了苏语仑。

“我本来是打算这么干的，但苏氏影业的老板是个好人，在我说明了来意后，他问我是谁，我说我是你哥，接着他就让我进公司了，省去了我不少功夫。听说我曾经操办了你和星策传媒之间的合同，这次的合同也让我来弄了。没想到，我刚打算工作就一切都顺风顺水的。”说到后面，游典方竟有些自豪。

萧琪和南萧又在心里把苏语仑狠狠地骂了一遍。

这次的合同与星策传媒的合同如出一辙，只不过比星策传媒在违约、保密条款上有着更为详尽和细致的条款。既然看到了违约，南萧就想到了一个问题。

“之前和星策传媒的合同中，应该也有违约的条款，这次换公司应该会涉及违约吧？”

萧琪也是没想到这件事，之前和星策传媒签约时，是苏氏影业主动中止了合同，也就没有再签约、违约的事情了。这次应该也是要星策传媒先解除合同，这一点苏语仑和张悠游之间不会没有交涉。

“这次星策传媒也得了便宜，保住了沈恩飞，两边算是各取所需。”

游典方听了，说道：“不仅如此，星策传媒还收到了你的违约金。”

萧琪不解：“什么违约金，之前签的合同里面，虽然有这一项，但写得比较模糊，不适用吧？”

“张悠游后来改了几笔，给了苏氏影业，应该拿到了两百多万的违约金。”游典方确定地说道。

萧琪和南萧都一脸黑线：“这个老狐狸。”

难怪这两天，张悠游的心情这么愉悦。

甩不开游典方，也改变不了他即将成为自己经纪人的事实，萧琪也懒得和他争论，过两天就要去苏氏影业报到，今天先这样吧。

今晚她买点儿好吃的，和大家聚一下，虽然他们相处的时间短暂，但毕竟朋友一场。这大半年过得匆忙，但他们还是有感情的，到了离别之际，她不免有些伤感。

萧琪也不再说什么，领着游典方进了自己的屋子。

她一进屋就看见，张悠游拖着一个箱子，从书房出来，手里依然握着车钥匙。

萧琪有些吃惊，她本以为还可以跟大家一起待一段时日，却没想到张悠游走得这么干脆。

她离开星策传媒以后，张悠游一行人就没理由继续把她家当作公司的办公室了，那么重新寻找办公地点便成了当务之急。但他一回来立刻就走，是不是有点儿太着急了。

在张悠游的身后，沈恩飞、洛秦川一个接着一个都提着行李出来了，脸上透着些伤感，奇怪的是楚瑰不在。

“你们这是做什么？”萧琪心里明白，但还是问出了口。

三个大男人站在她跟前，都是一副欲哭无泪的样子。张悠游掏出一副眼镜，用眼镜布擦了擦，戴在了鼻梁上：“天下无不散的筵席，今天又到了分别的时刻了。”

旁边的洛秦川，眼泪直打转，似乎马上就要掉下来了。

萧琪吃惊地看着洛秦川："你至于吗？"

洛秦川仰面揉了揉眼眶，似乎无法面对萧琪。

"真看不出来，他们这么重感情吗？平时一个比一个吊儿郎当的……"南萧感叹道，这场景让他都有一些感动。

"你别被这几个戏精给骗了。"萧琪扶额，觉得头疼，"你们是想留下来吧？"

沈恩飞到底功底不足，一听这话，眼神就朝着萧琪偷瞄。这一下被萧琪抓到，她就确认了自己的猜测了，这几个人哪儿有那么重感情。

张悠游和洛秦川一看沈恩飞露了馅儿，也就厚着脸皮点头道："嘿嘿嘿，你看我们这一时半会儿也没地方去，继续借个地儿。"

萧琪无奈地挥挥手："住吧住吧，把楚瑰放出来吧。"

三个脸皮赛城墙的男人，怕楚瑰给萧琪通风报信，还真把楚瑰关在了客房里，还绑上了手脚，捂上了嘴。楚瑰这会儿被放出来了，像只出笼的母老虎一般，一手抡起一只行李箱就往三个男人身上扔。

南萧也无语了，看着飞在空中的行李箱，敢情里面啥都没装，是空箱子。

再次走进苏氏影业的电梯，萧琪忍不住掏出化妆镜，又仔细检查了一遍自己的妆容，这次回来面对的是怎样一番光景，她心里并没有什么底。

接待她的人是苏语仑的助理，个子高高的、白白净净的女人，头发盘在头上，戴着银丝眼镜。她把萧琪接到了公司一楼的咖啡吧里，并告知了苏语仑正在会议中，让萧琪在这边等待。做完这些事以后，她就将萧琪一个人丢在了咖啡吧里，哒哒哒地踩着黑色细跟高跟鞋，消失在了走道里。

萧琪坐在略带硬质的布艺沙发上，想着刚刚自己竟然有些紧张。在这座大楼的最后一年，充满了不太愉快的记忆。

她一直在担心会不会再次碰到程凉生，万一碰到了，自己又会用什么样的反应去面对他呢？

她点了一杯美式摩卡，转了转脖子，肩颈处传来疲劳的酸痛感。

最近这段时间，南萧在白天休息的时间越来越长，出现的时间也越来越晚。每次她醒来的时候，都能感觉到身体的疲惫，也不知道他在做什么。

现在是上午十点，咖啡吧里除了有两桌客人以外，空荡荡的。

萧琪喝了一大口摩卡，苦涩浸泡味蕾，转而嘴里开出微微甜香的花。

通过走廊，坐上电梯，直达顶楼的总裁办公室，萧琪见到苏语仑的时候，时间已经是两个小时以后了。

“公司对我的定位是什么？”这是萧琪见到苏语仑之后的第一句话。

没有寒暄，没有开场白，也没有友好的示意行为。两人就面对面坐在会谈的沙发上，开始了这场略显僵硬的对话。

苏语仑显然没有想到萧琪会如此犀利，转而问道：“你想知道什么？”

萧琪对苏语仑的回话并不满意，甚至有些疑惑：“我就想知道公司对我的定位是什么。”

“符合公司标准的一线女演员。”苏语仑这话说得非常讨巧，完美地回答了萧琪的问题，其实也避开了萧琪最想知道的部分。

萧琪也含糊，再次问道：“那我换个问法，我对公司的价值具体是什么？”

自从上次在旋转餐厅分别以后，她就一直在怀疑苏氏想要自己回去的目的，尤其是当时苏语仑的那套说法。

“价值？”

“我对公司的附加价值。”萧琪再次挑明了话头，她一步一步地想从这次的对话中、从苏语仑身上，弄明白理由，一个能够说服她、让她心安理得地接受苏氏待遇的理由。

苏语仑笑了起来——那种不发出声音、只是勾着嘴角、极度克制的浅笑，似乎萧琪问了一个非常可笑的问题。

对面的萧琪见苏语仑的反应，不免有些恼怒：“我的问题很可笑吗？”

苏语仑坦言道：“确实很可笑。我很好奇你问这个问题的原因，是因为我上次的那番话？或者是，你想给自己找一个解释——公司为什么要你回来？还是你在担心公司所需求的附加价值会对你造成损害？”

这个男人很善于去挖掘对方的软肋，并将聊天的重点转移到对方的自省上，这种极具攻击性的聊天方式常常让另一方觉得难受。

“我想知道你的目的。”萧琪并不打算上套，还是直奔核心。

苏语仑停了下来，开始认真地观察着眼前的女人。与前几次见面的感受不同，她似乎又成长了：“我的目的？”

萧琪点点头：“是的。按理说，这只是一个普通艺人的签约，并不需要每次你都亲自来见我。而且我也能明显地感觉到，我个人的能力作用在你眼里根本不重要，重要的是我签不签约而已。若只是如此的话，我不确定我能够在这次签约中得到什么价值上的体现。我也不想这么不明不白的，就用着你给的公司的资源。”

“不，我不会告诉你我的目的是什么。”苏语仑断然地说道，看着对面的萧琪露出了不解的表情，接着说道，“你的问题不是这个答案能够解决的，你能体现什么价值也不是我说了算的，这个得问你自己。我的目的也好，公司对你的定位也好，只是促成了你回到公司。至于你自己的发展，今后在公司里发挥的价值，这不是我或者公司能够决定的。难道公司对你的定位是花瓶，你就甘愿当个花瓶吗？”

你的未来不在我的手上，在你自己的手上。

苏语仑清楚地表达了这个意思，而且这个男人又一次看穿了萧琪内心深处的犹豫。

她在害怕，之前因为越来越差的事业而被公司解约，这次回来以后，自己又能不能达到标准呢？她没信心。即便许久之后再次进了剧组，担当主角完成了拍摄，即便导演对她的表现表示满意，她还是知道的。自己距离最好的状态，还有不小的距离。

这样的自己，凭什么在业界一线的艺人公司享受A类艺人的待遇？就凭那个自己都不知道的，所谓附加价值吗？她思考了很久，也想象不出来苏语仑指的是什么，甚至都不能确定附加价值是真的，还是欺骗自己的假话。

“怎么了，感觉你有点儿心神不宁？”南萧的意识醒了。

从脑海里另一个意识那里传来的感情，带着担忧和温柔。萧琪想到了这个活在自己体内，每天都注视着自己的男人：“南萧，我问你。”

“要问什么？”南萧也认真地回应道。

“你之前说过我是特别的吧？和你不同，我有我自己的坚持，每天都努力地坚持着。但这个世界并不公平，在你眼中那么努力的我，之前也被公司淘汰解约了，也有没有通告的时候。当机会再次来到面前，这样的我真的能够抓到这个机会，或者说，我能得到这样的机会吗？”

南萧感知着萧琪的情绪，此时的萧琪与那回忆中的萧琪似乎重叠在了一起，不再是那个永远凌厉尖锐的女人，而是充满了柔

弱感。

他第一次如此真切地感受到，萧琪需要他。

“对不起，我不知道。”南萧想象自己轻轻抱住萧琪，摸了摸她的头，“我没经历过你经历的那些事，也不知道你面对过的困难。但有一点我确定你想错了——现在的你，并不是之前的你。困难也好，失败也罢，永远都不会是你孤身一人去面对的。你不再是孤身一个了，有我在。”

萧琪似乎感受到了拥抱的暖意，心中的不安和阴霾竟然真的开始消散。

耐心等待的苏语仑，看着萧琪脸上表情的变化，不由得觉得有趣。这个女人从进会议厅开始的那种强装的锐气，在须臾之间，竟有了变化。一直以来，他最自负的就是看人的眼光，以及对人心的洞察。

“苏总，所以我享受 A 类艺人的所有权益，并且能够使用公司的资源？”

苏语仑点头道：“符合规定的一切权益。”

“好。”萧琪答道。

“你还有什么问题吗？”

“没了，什么时候可以开始工作？”

萧琪从苏语仑的办公室出来，站在电梯口，深深地呼了一口气，此刻的心情轻松了不少。一直令她心中迷茫的那些东西，她终于有了决心去面对，接下来她就该找经纪人去沟通之后的发展安排和方向了。

萧琪忽然想到自己忽略了一个很严重的问题。

“你来了啊。我正在整理资料，这和我之前的工作差不多，很容易上手。我们马上就可以开始工作了。”游典方一脸认真得意地坐在分配的工位上。

萧琪下了电梯以后，就来到了经纪人的办公室，这里集中了十几位公司的经纪人，游典方的工位在最角落，两面挨着墙，看着就不是很舒适，他在里面却有些兴奋。

“你好像很高兴啊。”萧琪有些意外游典方的表现。

“挺有趣。”

萧琪拉了一张椅子到游典方的身边坐下，抬头发现办公室的尽头正好是部门总监的办公室，落下的百叶窗中间弯折了一个弧度。想到现在的总监是程凉生，那百叶窗之后的人影是他吗？

似乎感受到了萧琪的目光，百叶窗又恢复了平整，将里面的光景遮挡得严严实实。

游典方顺着萧琪的目光，也看向了总监办公室的方向：“原来之前在医院碰到的那人，竟然是我现在的领导。事情总是在变，有些有趣。”

“那你知道我的未来会怎么样吗？”萧琪想到这人刚出现时就表现得很神秘，一直说未来会怎样。

“看电影直接看结局可不好玩儿。”游典方撇撇嘴。

萧琪的心中也平静下来了。本来她还带着点儿期待，想从游典方那里了解一些关于自己未来的信息，但现在，她没了这个念想。

确实如游典方所说，一部被“剧透”完了的电影是缺少惊喜的，尤其是当这部电影关乎自己人生的时候，她现在更希望通过自己去书写结局。

游典方无奈地收起笔记本，精神有些萎靡：“公司最近给你安排了试镜，有两个角色，剧本我整理好了，你先拿回去看下，然后三天后，我会和你一起去参加试镜。”

萧琪接过剧本，封面上写着“九裳”二字。

从苏氏影业出来的时候，已是日暮，空中斜斜地飘着细雨，映射着夕阳的光芒，难得的太阳雨。或者说，夕阳雨。

早上出门的时候并没有下雨，萧琪也没带伞。

看着淅淅沥沥的细雨，她想如果是南萧，应该会就这么淋着雨走。但萧琪有些犹豫了，台阶下面，远远地站着一个人，身影看着很眼熟，正对着门口车位上的一辆赤红色的法拉利转悠。

萧琪嫌弃地皱了皱眉，但又觉得不能视而不见，不然不知道这人会干出些什么事情，就问道："你干吗呢？"

穿着黑色单薄外套的沈恩飞似乎被电了一下，立刻挺直了腰板，站得笔直。那法拉利自然也不是他的车，刚才他那副样子，任谁都看得出，他对那辆车眼馋得很。

"下雨了就过来接你。"沈恩飞咧开嘴，努力摆着自以为是的笑容。

在萧琪看来，真是尴尬得很。

最近萧琪看到他就一个头两个大，南萧没有果断地拒绝沈恩飞献殷勤，导致后面她说得再怎么决绝，沈恩飞都屁颠屁颠的，像一块黏在身上怎么都扯不掉的狗皮膏药。

同住在一个屋檐下，既然同意了星策传媒继续把家里当成办公地，她也狠不下心来真的跟他撕破脸，好在这沈恩飞虽然烦人，还是有分寸的。只不过有时候，沈恩飞的脑回路，她实在是理解不了。比如这会儿说因为下雨了，他来接萧琪回家。按理说，还算是贴心吧，但是……

"你说下雨来接我，那么伞呢？"萧琪冷冷地看着站在细雨里的男人。

他头发湿湿的，已经贴在了脸上。

"哎？"沈恩飞好像很意外地问道，"你没带伞吗？"

萧琪觉得头疼："我带伞了的话，要你来接吗？"

“我来帮你撑伞啊！”沈恩飞答得顺理成章。

“我谢谢你哦。”萧琪思索着要不要叫个车，或者回楼里借一把伞。

沈恩飞把外套往头上一罩，手还依然穿在外套的袖子里，整个上半身的衣服就都往上提了，遮住了他的脖子和下巴，就像个没有脖子的怪人，然后哗哗哗地就踩着水上了台阶，边走边不停地对萧琪招手：“来来来，就这样，你躲到我身子下面来，我给你挡雨，反正雨也不大。”

“不要！你现在像个变态啊！”萧琪无奈地看着这个思路奇怪的男人。

沈恩飞憨笑着，也不停下脚步，挤眉弄眼地说道：“别害羞啊，之前我们也这样躲过雨啊。别害羞。”

萧琪的脸色一白，看着这个不把自己当外人的男人，也顾不上别的，赶紧跑进了雨里。

于是，路人就看见一个没有撑伞的漂亮女孩儿在前面拼命地跑，后面一个“没脖子”的男人甩着四肢在后面追着。

南萧看着两边的高楼大厦反射的黄昏日光，想着难怪有“黄昏时分是逢魔时刻”的说法，他突然觉得周围的一切包括他的想法都变得十分荒诞——他突然有点儿嫉妒沈恩飞，只想让他离萧琪远点儿。

最后萧琪中途拦了一辆出租车，沈恩飞还觍着脸蹭上车，跟着她回到了住处。

萧琪叹着气，想着什么时候能把这人彻底地赶出去。

第五章
千载难逢的机会

在当今的娱乐圈，总有一些人因为性情乖僻而闻名圈内，洛秦川勉强算一个，不过他和强黎比起来，就是小巫见大巫了。

强黎，圈内名人，一线导演，与作品相比，更出名的是他的性格，孤僻、偏执，为了作品愿意付出一切。上一部他执导的戏，据说为了还原火场中的人物的真实反应，将一个年轻演员锁在了一个房间里，并真的点了火。

“疯子。”

业内人士对这位导演都是又爱又恨，爱的是才华，恨的是性情。

萧琪手中这部《九裳》，便是由这位强黎导演执导的。从苏氏影业得到的第一个试镜通告，就是强黎的，这一点让萧琪非常意外，同时也让她很忐忑。

《九裳》的剧本就在手中，只有薄薄的几页——萧琪所试镜的角色并不是主角，只是其中的一个配角，手中的剧本也就是其中的一个场景。只有试镜通过，她才有可能收到自己戏份的完整剧本。

明天就是约好试镜的日子，萧琪正逼着南萧一遍一遍地看剧本，今天醒来以后身体的主控权一直在南萧那里。南萧坐在沙发上，翻来覆去地翻着那薄薄几页剧本。

沈恩飞一早就跟着洛秦川出差去了楚瑰那边，要在外面待上几天，见几个导演。张悠游今儿个也没来公司，估计又跑哪里溜达了。

看了不知道多少遍的剧本，南萧实在觉得无趣，眼神也不由得飘走了。

“你得斜视眼了啊，就不能好好看剧本吗？”萧琪实在忍无可忍，吐槽道。

这一眼一眼地晃着，她都认不清剧本上的字了。

“这都看了多少遍了，我都看得背下来了。”南萧觉得很无趣，刚开始看的时候还有新意，但一遍遍翻来覆去以后，就只剩下乏味了。

南萧不懂，萧琪为什么要一遍一遍地看那么短的剧本，之前拍戏的时候，她也没那样。

“因为我不知道怎么演。”萧琪说道。

“啊？”南萧翻了翻剧本，并不能理解萧琪的意思，在他看来，怎么演剧本里已经写得很清楚了。

萧琪的角色端着茶水进去，然后与男主角有几句对话，最后萧琪饰演的角色因为男主角的一句话打翻了茶水，离开了。剧本中还强调了是“哭着”离开。整个表演的过程，就是端着茶水进去、对话、打翻茶水，然后哭着走了。

“这个难在哪儿？”南萧问道。

“这段剧本太简单了，前后既没有环境说明，又没有角色的

介绍。我没有办法代入角色，也不知道角色打翻茶水和哭着离开的原因。”萧琪解释道，“再来你看下一幕。”

这份剧本由两个片段组成。剧本的保密工作做得非常严格，试镜角色通篇都用 A 来代替，配戏角色则用后续字母来代替，并且在字母旁边标明了角色的性别。但除此之外，就没有其他的信息了。

而萧琪指的下一幕就是下一个片段。

在下一段中，两个角色的位置进行了互换。萧琪的角色坐在房内，另一个角色端着茶水进来，几乎是一样的对话，一样的结果：那个角色哭着离开了。

“什么？这两段不是重复的吗？！”南萧吃惊地说道。

“你不是都背下来了吗？”萧琪的语气里带着点儿鄙夷。

南萧表示还是不理解萧琪觉得困难的点在哪儿：“既然什么都没交代，那按自己的理解去演不就好了。比如你之前经常做的，做那个什么……人物小传？”

萧琪之前拿到剧本以后，都会根据剧本中对角色的设定进行拓展，去梳理其中没有提到的角色的人生经历，让角色的行为更加合理化，南萧觉得这次萧琪也可以如此去做。

“这次不行，内容太少了。”萧琪摇着头，“我怀疑这个剧本不是故事的剧本，只是专门为试镜捣鼓出来的东西。所以贸然写人物小传，先不说无从入手，你都不知道能不能符合导演想看到的东西。别说演了，这种情况下，我都不知道该怎么去试镜。”

“怎么去试镜？”南萧又问道。

他联想到萧祈安那部戏，忽然发现，当时萧祈安给萧琪的是非常详细的试镜剧本，他现在有理由怀疑，那时张悠游提前去疏通了关系。

“事先知道自己试镜的角色，演员往往会稍微打扮一下，让选角导演在第一眼看到你的时候，就留下你和角色气质相近的印象。除了直接指名之外，这部分其实也很重要。因为想要单纯地从演技上突出重围，并没有那么容易，导演对演技的评判是非常主观的。”萧琪解释道。

“要是有个角色的设定是演技很差的演员，那是让根本没有演技的人去演比较真实呢，还是让演技很好的人去演比较真实呢？”南萧突然问道。

乍看之下，这个问题似乎很难让人选择。演技本来就很差的人，去演一个演技很差的人，似乎只要本色出演就可以了。

“你怎么突然问这个问题？”

“之前在网上看到的，你说对演技的评判是非常主观的，我就想到了这个问题。”南萧说着。

“你不妨自己好好想想答案。”萧琪觉得这个问题并没什么探讨的价值。

南萧无奈之下又去翻剧本，实在觉得无聊，完全帮不上萧琪的忙。昏昏沉沉之中，时间已经到了晚上。

萧琪接过了身体的主控权，又趴着苦思冥想，对着镜子尝试表演。南萧觉得无趣，就想着还不如去休息，放松了意识。这段时间，他也掌握了在精神疲惫的时候该怎么放松和休息了。

第二天早上大概七点，游典方哐哐地敲着萧琪的房门。今天他要带萧琪去试镜的地方，但这个时间点未免也太早了一点儿。

南萧烦躁地从床上爬起来，简单地洗漱了一下，就准备去开门。

“等等！”萧琪突然在脑海里吼道，“不准这样就出门去试镜。”

南萧挠了挠头：“怎么了？”

“化妆。”

其实这是让两个人都比较揪心的一个大问题。在这之前，南

萧控制身体，很少碰到要化妆出门的情况，偶尔出现了，还有楚瑰可以帮忙，但今天楚瑰带着沈恩飞出差了。

南萧一脸迷茫地望着化妆台上密密麻麻的瓶瓶罐罐：“能不能不化妆？”

“你想死吗？”

游典方还在外面敲个不停。

“保湿水！

“乳液！

“隔离……不对，这个是粉底液！那个也不对，白的那支！

“抹匀了啊！左眼下面那一坨是怎么回事？你在玩儿泥巴吗？”

折腾了许久，好在中途萧琪夺回了一次身体的主控权，他们才潦草地完成了妆面，跟着游典方去了试镜的地方。

今天身体的主控权的状态似乎十分不稳定，在车上，控制身体的人又换成了南萧。

《九裳》的试镜安排在一处偏远园区的三层小楼里，楼里有宽敞的活动室。第一层是海选区，第二层是二审，第三层是终审。

导演强黎时隔三年再次开戏甄选演员，即便没有任何公开的宣传，海选区依然门庭若市。得到消息的大大小小的艺人经纪公司都想着法子把自家的艺人推荐过来，本来还蛮宽敞的一层活动室，如今已经密密麻麻地站满了人。

南萧跟着游典方进了活动室，里面各种目光齐刷刷地聚焦了过来——挑衅的、警惕的、疑惑的、冷漠的、好奇的，几十道视线将南萧里里外外地审视了个遍，又都木然地转开。在场的都还是没什么大名气的演员，寻求着一个契机，争夺着一个机会。

事实上，能出现在这里的演员，都已经不是什么“十八线”演员了，他们多多少少都有点儿代表作品，积累了一定的粉丝量。这是远离金字塔顶端的演员们经常要面对的环境，也正是这样的环境，争夺的暗流才更显汹涌。

“那是苏氏的人。”

不知道谁嘀咕了一句，在这个气氛压抑的场所，异常刺耳。那些目光又齐刷刷地飞了回来，刺得南萧有点儿难受——背靠一线经纪公司的萧琪很容易引来别人的敌意和嫉妒。

萧琪以前曾出演过大卖的电影，也算是跻身过一线艺人的行列，但这几年她发展得不温不火，如今也得和这些人一起争一争角色。

“萧琪啊，她不是被苏氏解约了吗？”

“耍了什么手段又回去了呗。”

“不会是……那个潜规则……”

“嘘，别被她听见。”

“什么啊，这种过气的人，干吗来和我们抢角色啊？”

他们开始窃窃私语，各种猜忌，也不知是有意让萧琪听见，还是天生嗓门大，这些议论的声音还是断断续续地传到了萧琪和南萧的耳中。

“你害怕了？”萧琪在脑海里问他，她能感受到南萧内心的无助。

“嗯……就差转身夹着尾巴跑路了。”南萧坦白地说。

他从来没经历过这种场景，也不是沈恩飞那种神经大条的人，一下子成了别人议论的焦点，浑身不自在，尤其是这些人的目光，友善的并不多:“之前的试镜都没给我这种感觉，这里太压抑了。”

真算起来，南萧只跟萧琪去试过《乐克乐克的花季少女有烦恼》而已，还是通过张悠游和萧祈安的关系安排的试镜——试镜的人不多，人选也基本确定了。让他感受最深的是，这两次试镜本质上最大的不同是导演的影响力。

“别慌，你慌了，就会被人吃掉了。你进入了这个屋子，甄选就开始了，没自信的话，第一波就会被筛掉了。这种时候，一般经纪人会在前面帮你的……”萧琪鼓励道。

南萧听着萧琪的话，就去寻找他们的经纪人游典方，然而游典方已经远远地走到了活动室的尽头。那边有一个签到台，坐了三个工作人员。南萧穿过人群，来到了游典方的身边。

游典方正急切地和工作人员解释，看到南萧，立刻把他拉了过去。

“来来来，萧琪，你和他说说，你是来试镜哪个角色的？”

哪个角色？南萧也是一脸疑惑，之前的剧本他也看了无数遍，并没有看到角色的介绍和名字。南萧将之前收到的剧本拿了出来，递给了游典方，游典方又转身给了工作人员。

工作人员接过一看：“你这剧本不完整啊。”

“什么？不完整？”南萧和萧琪吃惊地问道。

游典方说：“不可能啊，当时我收到的就是这些。”

工作人员眯着眼睛，来回扫视萧琪和游典方二人，看了看试镜名单：“苏氏影业的萧琪？”

南萧点点头：“是我。”

工作人员叹了口气，从工作台下面又抽出一本试镜剧本递给南萧：“楚霜禾，二楼A室，二十分钟以后开始试镜。”

南萧接过剧本，周围的人又开始窃窃私语。

“这也行？剧本都搞丢了。”

“啧啧，大公司就是不一样啊。”

“哎呀，真羡慕，换成我们，剧本搞丢了就可以回去了。”

南萧听得脸红，拿在手里的剧本都有点儿烫手。他神情呆滞地停在原地。

“上楼，别停下来。”萧琪对他说道。

“他们说的……”南萧第一次经历这种场面，也是第一次清晰地体会到这种被人讨论的难堪，尤其是，这些人说的好像也没什么错。

骨子里正直的南萧也觉得他和萧琪确实是沾了苏氏影业的光，才有了这番特殊的待遇，他不免有些心虚。

“这世上本就没有什么绝对的公平。你以为要是有机会，这些人不希望自己进入苏氏影业这种大公司吗？所谓特权和进入大公司的机会都不是白白得来的。与其理会这些言论，还不如好好地努力，毕竟只是在苏氏影业生存，就已经让人筋疲力尽了，而且我也不想完全没价值地待在公司。”

南萧也不知道听进去了多少，或者说理解了多少。最起码，他动了，收起了剧本，转头寻找游典方的身影。还有不到二十分钟就试镜，他必须在这期间认真地看完完整的剧本，他和萧琪没有多余的时间能浪费了。

然而游典方似乎完全没有想过南萧的处境，正掏出一张名片递给刚才说羡慕萧琪的那个女演员，笑盈盈地说道：“不用羡慕、不用羡慕，这是我的名片，有兴趣加入我们的话，随时可以给我打电话。”

那个女演员旁边的经纪人立刻冲了上来，挡在两人中间，脸黑得像雷暴前的乌云，显然他怎么也没想到会发生这样的情况。

苏氏影业这种级别的公司，经纪人竟然会这么没有修养地当着这么多人的面挖别人家的艺人。那个女演员则躲在经纪人的背后，看着游典方手里的名片，眼神中带着隐秘的希望。

“把他拖走！”萧琪也对游典方的行为无语，这个怪人她真得随时随地看着。总说经纪人是艺人的保姆，现在萧琪感觉自己才是老妈子。

南萧上前拽住游典方的衣服，轻声向对方道了歉，就拖着他进了楼梯间。被游典方这一闹，他倒是轻松了不少。

“游典方，之前你给我的剧本是哪里来的？”萧琪赶紧问游典方。

“对方发快递邮寄来的啊，我真的一拿到剧本就原原本本地

交给你了，没道理会少啊。”游典方回想着。

“收到快递以后，你直接拆封的？”

“不是啊，部门同事那个……唐森给我的。快递到的时候，我不在，他就帮我签收了！我还谢谢他，请他喝了杯咖啡。”游典方解释道。

“唐森……”萧琪的心里大概有数了。

唐森是秦洛芷的经纪人，这次自己又回到了苏氏，最难受的可能就是这个一直视自己为劲敌的女人。虽然没有确凿的证据，但这事应该十有八九跟秦洛芷脱不了干系。

谈话间到了二楼，这里就和一楼的情况完全不一样，分成了几个隔间，楼梯上来的第一个隔间是休息室，里面已经坐了十几个演员。南萧这会儿也没时间去管这些，赶紧找了个空位坐下，翻着刚拿到的完整剧本。

在看完了完整剧本以后，萧琪略有失望。

缺失的部分，并不足以解决她之前一直觉得纠结的问题。角色的介绍只有寥寥几笔，且与她之前预判的几个人设都大相径庭。这也就意味着她之前的准备其实都是无用功，她必须毫无准备地去面对这场试镜了。

不对，不是她，现在控制身体的是南萧……

> 楚霜禾，女，刚烈，弃婴，被青楼风柳巷的红尘女子花若花收养；从小生长在烟花之地，生得美貌如花；使一柄九花剑，着一袭金缕彩衣，于世间寻找双亲。

非常简单而典型的人物设定，但对没有表演经验的南萧而言，这是一个非常困难的角色。

“你做好准备了吗？”萧琪问南萧。

南萧的身子一颤，虽然之前他也想过有可能会是他表演，当时信心还很足，但从踏进这栋楼以后，所有的平静都烟消云散了。

“完全没有信心，我现在昏死过去的话，会立刻换你来控制身体吗？”

“你放开去做吧。”

萧琪的心里也没有底，这就像让刚开始学开车、准备考驾照的人直接去考赛车手执照一般，几乎没有完成的可能性。而现在的状况，别说南萧，即便萧琪自己都没有百分百能通过试镜的信心。

“先把台词背熟，大不了一会儿‘棒读’（指缺乏感情地读）吧。”萧琪让他用一成不变的语气来表现角色的台词。

“或者我们和导演商量一下，下次再挑个时间……”南萧心虚地问道。

“你觉得可能吗？”

一旁的游典方似乎完全感知不到这边的紧张氛围，在房间里转来转去，好奇地打量着其他人，最后竟然还坐在那边跟一个经纪人同行聊了起来。

即便是一向好脾气的南萧也有些不满：“这经纪人真是一点儿都不靠谱。”

“苏氏影业的萧琪在吗？”一个工作人员探头进了休息室。

南萧四肢僵硬地站起来：“在……在的。”

“到你了。”工作人员点点头，示意南萧跟上。

面前的门缓缓地打开，南萧咽了咽口水，跟着工作人员进了屋。游典方在休息室等着，按照这边剧组的规矩，试镜的时候经纪人不能旁观。

这是一间非常宽敞的活动室，靠后的位置放着一张长桌，长桌后面坐着三个人。中间的人五十多岁，法令纹很深，剑眉斜竖。不光萧琪认识这人，就是平时不关注演艺圈的人，都会觉得他眼熟——大名鼎鼎的导演强黎。如今他沉着脸，浑身散发着不高兴的气息，让南萧又胆怯了几分。

在强黎两侧的应该是剧组的选角导演和导演助理。

“自我介绍，快。”萧琪在脑海里紧张地催促着还在发呆的南萧。

“哦哦，你……你们好，我是萧琪。”

“下一个！”强黎转头对助理示意，助理大声说道。

南萧脸色一白，他已经被淘汰了吗？他台词都没说，就被淘汰了？他脑子乱哄哄的，就这么结束的话，太对不起萧琪了，他必须做点儿什么挽回一下才行。

南萧又说：“我来自苏氏影业。”

这话说得很欠考虑，南萧受到了刚才在楼下拿剧本的那件事的影响，妄图抛出公司的名字，给自己争取机会，但他的这一步棋似乎走得更差了。

强黎脸上露出了明显的厌恶之色：“然后呢？”

“然……然后？”南萧重复着强黎的话，接不下去，来自对方强大的压迫力让他难以思考。

萧琪轻轻地叹了口气，她并不怪南萧，试镜本就不是那么简单的事，尤其是这种跟导演“硬碰硬”的试镜，演员的硬实力才是关键。

南萧要是这么轻易地就通过了，那简直就是对包括萧琪自己在内的所有为演艺事业不断努力的演员的侮辱。

“然后，因为你是苏氏影业，所以我必须看你试镜，是吧？”强黎的语气冰冷得像来自西伯利亚的冷空气，“滚。”

强黎完全不留情面地下了逐客令，不留一丝余地，神情中充满了不屑。

这个字直直地刺入南萧的心里，溅起了翻腾的血气。

“我不服。”南萧双眼通红地憋出三个字，反而破罐破摔地完全放松了下来。

“你在说什么啊？”萧琪吃惊地问他。

这和她印象里的南萧不同，那个一直没什么追求，凡事都能接受、妥协的"好好先生"，怎么会跟导演抬杠？

导演助理和选角导演都看向南萧，诧异这"女人"的胆量，同时也对她的无礼感到震惊。

"你不服？"强黎从座位上站起来，"你凭什么不服？"

"您完全没看过我的表演就直接淘汰我，这一点，我不服。"南萧强撑着说，始终盯着强黎的眼睛。

强黎的眉头皱得更紧，眉心甚至挤出了"川"字的皱纹。选角导演和助理跟着站起来，他们知道，强黎已经到了暴怒的边缘。

"你赶紧走，让你回去你就回去。"助理小声地催促道。

"回去吧，本来这个就不是那么容易的试镜，你没必要非得留在这里。和强黎把关系搞僵了，对我和公司都不好。"萧琪也在脑海里劝他。

但南萧不想认输，也不想就这么放弃。尤其是对面的那种态度，让自己不想就这么转身离开。他心里也清楚，对萧琪而言，最好不要得罪这位大导演，这次不行，以后可能还有机会。他能说出那种话，是不想这么灰溜溜地离开——萧琪看着呢。

在别人看来，他有点儿可笑，南萧也觉得自己可笑，他竟然也有这种维护自己的尊严的意识。

而且最重要的是，就这样回去，萧琪也太没面子了。

强黎可看不出南萧心里的挣扎，他只知道面前的这位女演员在挑衅自己，仅此而已。他从旁边的试镜道具中，抽出一把木刀丢到了南萧的脚下，自己又抽出了一把差不多的木刀。

南萧看着地上的木刀一愣，不明白这导演是什么意思："这难道就是传说中的一言不合就开打吗？"

萧琪虽然曾经听过强黎的传闻，但毕竟没有接触过他本人，这一时半会儿，也不知道强黎的意思。

"既然口气那么大，我就给你一次机会。失败了，你这辈子都别来我这儿试镜。"强黎说道。

南萧听了俯身捡起地上的木刀，点点头道：“好。”

萧琪激动起来：“好什么好啊？！你能确保把握住这个机会吗？一辈子不能接他的戏，你知道这意味着什么吗？以他为中心的导演圈子，都不可能用我了。真这样了，我还不如直接隐退了。”

南萧现在骑虎难下了，头脑发热地反抗，随口答应了强黎的要求，确实没有想到过萧琪说的后果，现在服软的话，可能会更被看不起吧……

“怎么办……”南萧向萧琪求救。

萧琪快被气晕了：“什么怎么办？你问我怎么办，我怎么知道啊！”

她虽然嘴上这么说，但并没有阻拦南萧。

强黎在选角导演和助理震惊的目光中，提着木刀就靠近南萧，立刻一刀劈了下来，完全没有提醒南萧。

南萧立刻单手提起木刀去挡，沉重的力量砸在他的木刀上面，传递到手上，手腕一麻，木刀直接飞了出去，落在了地上。

强黎这一下的力量，让南萧一阵后怕。他要是没有下意识地挡住的话，怕是会被打得爬不起来……

冷汗从南萧的脸上滑落，手腕上传来轻微的刺痛感，可能刚才扭到了。他吃惊地盯着强黎，这导演确实是个疯子。

“滚吧。”强黎再次不客气地说道。

南萧红着眼，从地上再次捡起木刀，这回他也认真了，双手交握在刀柄，刀尖前伸，双眼锐利地盯住强黎。

萧琪突然想到她刚认识南萧的时候，他曾说过自己练过日本的剑道。

强黎一直看着南萧的动作，这女人所表现出来的倔强和强硬都出乎了他的意料，而且给他一种怪异感。他决定再试试，向前踏出一步，又甩了一刀过去，从侧面划出一道半月，啪的一声被南萧干净利落地打开了。

强黎收住弹出来的木刀，一直紧皱的眉头在不经意间稍微舒展了些，他再次挥上一剑，又被南萧轻易地敲开。

“前踏，刺击。”强黎突然低声说道。

南萧一下子没反应过来这导演的意思，但还是按照强黎说的，一只脚上前一步，木刀向前一刺，刀尖停在强黎面前。

选角导演和助理立刻惊呼着跑上来，把强黎护在身后。

选角导演厉声喝道：“你想死吗？！伤到了黎叔，你觉得你能担得起责任吗？”

南萧冷静了下来，立刻收了木刀，忐忑不安地看着被护在后面的强黎导演。

强黎也开始仔仔细细地打量起南萧。

“回去，这个角色不属于你。”强黎下了结论。

南萧的心头涌起一阵沮丧，深深地叹了口气。

“明天来试另一个，给她剧本。”强黎又补了一句。

南萧的心猛地一跳，这难道是……

萧琪也是一阵激动，南萧竟然真的争取到了一次机会，真的让这个出了名固执的导演改变了态度。下一个角色是什么，萧琪无比期待。

强黎的助理先是一愣，马上去抽屉里取出了一本剧本。

“不对，A类的。”强黎指正道。

这次的选角导演也不可思议地打量起南萧。

助理重新取出了一沓剧本，这本明显比萧琪之前收到的要厚实了很多，前面有厚厚的角色介绍。

南萧郑重地接过剧本，转头想向强黎道谢，却看到强黎已经坐回椅子上了。

“快滚，别再耽误我们的时间了。”强黎的逐客令下得仍旧一点儿都不客气，甚至能让人轻易地燃起怒火。

但这次南萧没有再闹倔脾气，当即朝着强黎鞠了一个躬，退

出了活动室。

一出活动室，南萧就忍不住翻开剧本，但才看了两行，就呆住了——

角色名：花易折

角色性别：男

一个男性角色……

萧琪也说不出话来，南萧拼回来的一个机会竟然是一个男性角色……这回轮到萧琪头疼了。从作为童星出道开始，萧琪演过了很多大大小小的角色，但要是说到演男人……

“这一定是拿错剧本了吧？”南萧有些迟疑地问道。

“一定是的……”萧琪不住地点头，但语气里却是满满的不确定，“肯定是的！”

经过几番确认，他们又让游典方去和剧组进行了沟通，导演组给出的角色确认无误——花易折是男的。

回到家后，萧琪待在客厅里，捧着剧本发愁，女演员演男性角色并不是什么新鲜事，这种反串在之前的很多作品中屡见不鲜。但真能演得出彩、塑造出成功的角色的人，就真的是凤毛麟角了，她并没有信心。

第一页的角色介绍，里面提到花易折是弃婴，被青楼风柳巷的红尘女子花若花收养。他从小生长在烟花之地，生得如花美貌。使一柄九花剑，着一袭金缕彩衣，于世间寻找双亲。

“啊？”南萧在脑海里奇怪地问道，“这不就是你早上试镜的那个角色的介绍吗？除了……现在这个角色不是女人。”

萧琪也纳闷：“为什么两个角色的性别不同，设定却是一样的？”

“哟，老强的戏啊，你还挺不错的嘛！”洛秦川风尘仆仆地从外面回来，一屁股坐在客厅的沙发上。

想着白天碰到的强黎，南萧和萧琪现在还心有余悸，怎么在这不正经的洛秦川那里，那人就变成“老强”了？

“你和黎叔很熟？”萧琪试探着问他。

当着强黎的面，圈内人都管他叫“黎叔”，因为“强导”这个称呼听上去很像“强盗”。但私底下，称呼他“强盗”的人其实也不少。

“老强？熟啊！昨儿个我们还在一起撸串呢！”洛秦川挤眉弄眼地笑着说。

对于这话的真假，萧琪和南萧在内心达成一致：这老鬼绝对在骗人！

“还撸串，我怎么不知道你那么厉害，吹什么牛？”

洛秦川笑而不语，从兜里甩出一本剧本，封面上写着“九裳”二字。他刻意在萧琪面前抖着剧本，移过来又挪过去，生怕萧琪注意不到封面上的字。

萧琪和南萧的心中仿佛有一万头羊驼狂奔而过，这人怎么那么欠揍？

“你不是说你已经两年没接戏了吗？怎么这还没小半年呢，一部接着一部的。”

洛秦川其实没有骗人，确实在来到星策传媒前，他正经历着人生的低谷——人际关系破裂、与原经纪公司解约，接不到戏、赚不到钱、不停地消耗着自己的积蓄。萧祈安给了他一个机会，让他来了星策传媒，让他演了剧。

而洛秦川和强黎的关系，要追溯到更久远的年代。

那时候洛秦川是一个初出茅庐的新生代演员，强黎也不过是个刚刚坐到镜头后的新人导演。洛秦川追求完美，强黎也追求完美，两人在合适的时间相遇，合作了各自生涯中的第三部戏后，一拍即合，彼此赏识。甚至可以说，洛秦川这种有些过度的沉浸式表演的习惯，都是在那个时候养成的。

之后阴错阳差，两人在合作了三部戏之后，一直没有再合作。强黎平步青云，洛秦川则一直不温不火。不过，这种事业发展上的落差，并没有影响到两人对彼此的印象。说他们是多年好友，也不为过。

“所以你要出演这部《九裳》？演哪个角色？”萧琪问道。

洛秦川得意的笑容立刻收了起来，有些气愤地说道：“去他的吧！这个老强，枉费我们那么多年的交情，说着很多年没合作了，不清楚我的演技，明儿个还要我去试戏！”

萧琪不客气地嘲笑着洛秦川，但她心里也明白，凭洛秦川的演技，他得到角色的难度不大，而且洛秦川也没有真的生强黎的气。如果因为跟演员关系好就不用试镜，强黎也就不是强黎了，洛秦川可能也不会乐意接他的戏了。

“你要不要问问洛秦川？关于这个角色的问题。”南萧建议道。

洛秦川是一个不可多得的演技派演员，应该能够提供不少帮助。

萧琪有些迟疑，洛秦川一直吵吵闹闹的，她从来没把对方当过老前辈，南萧突然和她说面前这个人能够在演技上给她帮助，她有点儿不能接受。

洛秦川看着萧琪迟疑的表情，和颜悦色地问：“怎么，是不是老强那边的角色，你没信心？要不要我帮你看看？”

萧琪看着洛秦川这么诚恳的表情，心里想着也许是自己太固执了，一个前辈在面前，怎么能不好好地向人家请教，便点点头：“确实有些地方很困难，你能帮我看看吗？”

“不能！”

洛秦川斩钉截铁地拒绝了她。

两分钟后，洛秦川捂着头上的包，接过了萧琪手上的剧本，有些委屈地说道："我看你心情低落，开个玩笑啊，怎么那么当真。"

"你少点儿这种欠揍的行为，我说不定会更尊重你一点儿。"萧琪在旁边叉着腰说道。

"你的尊重有什么用，我自己开心才是最重要的。"洛秦川回道，仔细翻了翻剧本中的人设，"你说今天你本来去试镜的是个女性角色，到结束的时候，老强给了你这个剧本，从女性角色变成了男性角色，然后两个角色的其他设定还是一样的？"

萧琪点点头。

"这老强老是玩儿这一套。"

"哪一套？"

"我这么和你说吧，只要是老强的戏，你试镜的时候所拿到的人设基本都是假的，他会把每个角色他最看重的特点单独提出来，然后随便编个人设放到试镜剧本里，看看你们这些试镜演员的表现。"洛秦川解释道，"其他导演都不会那么做，这算是强黎这家伙的恶趣味。"

萧琪如释重负："也就是说，他并不是真想让我演男的？"

"不是，他就是让你演男的啊。"

萧琪感觉自己被眼前的这个人捉弄了。

"你这是在耍我？"她又举起了手边的沙发靠枕。

洛秦川缩了缩脖子，赶忙说道："不是不是，你这个剧本应该是A类剧本了，也就是说它是定稿剧本，和之前给你的剧本不一样。"

"这代表了什么？"萧琪想起来，强黎给南萧剧本的时候，确实强调过"A类剧本"。

"代表你得到了他某种程度上的赏识。"洛秦川下了结论，说完还点了点头。

萧琪受宠若惊，看完南萧白天的那种表现，她一直祈祷着别给导演留下什么不好的印象，没想到，洛秦川竟然说强黎看好他？

“我猜这个角色的试镜演员不止你一个，应该还有其他人，而且很有可能其他演员是男的。”洛秦川翻完了试镜剧本。

“这一点我想到了，我不明白的是他为什么让我去和男演员竞争这个角色。角色的设定就是男的，男演员最终获得这个角色的可能性肯定更大啊。”

“这个角色的特点就是在青楼长大的长得美艳的男人，能够做到男扮女装而不被发现。所以老强应该也在犹豫是让女演员反串，还是让男演员出演。这个问题的本质就是让女人去演男扮女装的男人，还是让男人真的去扮女装演男人。”

“这个问题和昨天听到的问题好像。”萧琪突然想到了昨天南萧的问题。

“昨天我问了什么深奥的问题了吗？”南萧问。

“要是有一个角色的设定是演技很差的演员，那是让根本没有演技的人去演比较真实呢，还是让演技很好的人去演比较真实？”萧琪向洛秦川解释道。

洛秦川摇摇头：“这两者不太一样，你那个问题很简单。”

“简单？”南萧不禁问道。

“让演技很好的演员去演，观众会觉得这个角色的演技真差，但如果让演技很差的人去演，观众能看出来这个演员的演技真差。演员和角色之间是有分界线的。”

因为洛秦川的这一番话，萧琪对他开始有了些改观。

“你现在的情况就没那么简单了，这次的选角对老强来说也是个难题。不过，他怎么会让你去竞争男性角色，难道……”洛秦川摸着稀疏的胡楂，上下打量了萧琪一番，“他看出了你作为一个男人婆的潜力？”

萧琪一抱枕拍在了洛秦川的脸上。

洛秦川拿开抱枕，捂着脸：“不过话说回来，我确实感觉你最近和以前有点儿不同，有的时候行为举止有点儿像男人……不，是很中性风，可能是我想多了。”

南萧的心里咯噔一下，他和萧琪都明白这是怎么一回事。就算南萧控制着萧琪的身体，但南萧骨子里还是个活了二十多年的男人，在很多行走坐卧的细节上，也许很容易暴露身份。

“难怪了。”萧琪听洛秦川那么一说，也明白强黎看中了自己哪里。

“但这样的话，就有一个很现实的问题摆在我们面前了啊，唉……”南萧无奈地说道。

“是的……”萧琪也知道南萧指的是什么。

南萧不会演戏，萧琪不像男人。

清晨时分，游典方又开始不停地敲萧琪的房门。

门后传来重物砸中门板的巨响。

“吵死了！”萧琪的喊声穿过门板，准确地传到了游典方的耳朵里。

游典方的手扶上门把手，就想开门进去。

“你敢进来，我就杀了你。”萧琪似乎猜到了游典方下一步的举动，冷言道。

游典方打了一个冷战，清了清嗓子：“我去看看洛大叔醒了没有。”

房间里的萧琪，正揉着太阳穴，看了看时间：早上七点零三分，距离她入睡才过了不到两个小时。

她翻身下床，赤裸的脚踩到了散落一地的试镜剧本，抬眼看去，房间的远处是昨晚搬过来的巨大的等身镜，她一直和南萧练习着，寻找演男人的感觉。

镜子里勾勒出她曼妙的身影。在这具身体里，有着两个截然不同的灵魂。萧琪一开始十分反感这件事，但不知从什么时候开

始，南萧的存在竟然让她感受到些许的安心。这是一种在任何时候，她都不再是孤单一人的感觉。

萧琪洗完澡，吹干湿漉漉的长发，虽然睡得不多，却有点儿亢奋。萧琪从楼上下来，觉得有点儿奇怪，一直吵吵闹闹的游典方也不知道去了哪里。萧琪在客厅厨房找了一圈，没见到游典方的身影，就想去洛秦川的房间看看，之前游典方好像说要去叫洛秦川起床。

来到洛秦川的房门前，房门并没有关好，虚开着一条缝。

"洛老头，差不多该……"萧琪说着话，推门进去，被房间里的情形吓了一跳。

游典方双手双脚被麻绳绑在了身后，嘴上还贴着一张厚实的胶布。洛秦川正裸着上身，躺在游典方身旁呼呼大睡。游典方看见了推门进来的萧琪，努力地挣扎着，仿佛看见了希望。

萧琪在游典方哀求的眼神中，倒退了一步，又把房门合上了。

"应该是自己开门的方式不对……"揉了揉眼睛，萧琪再次推开房门。

"唔——"游典方拼命地扭动着身体。

萧琪点点头，又退了出去："打扰了。"

二十分钟以后，游典方委屈地坐在沙发上，揉着手腕上的红色勒痕。洛秦川坐在他身边，拍着他的肩膀："哈哈哈哈，别在意、别在意。我这人睡觉时的脾气不太好，迷迷糊糊的，让你委屈了。"

萧琪翻了个白眼："你骗谁呢，哪儿有人迷迷糊糊地睡着觉就能把别人五花大绑的？"

"那你开门了以后又离开是什么意思？"游典方有些哀怨地看向萧琪，他什么时候被这么对待过。

"我睡得迷迷糊糊的，怕是自己眼花，看错了。"

"你也在骗人吧？你就是幸灾乐祸……"游典方也学会了翻

白眼。

三人到达试镜地点的时候，已经临近中午，和昨天的情况不同，今天在一楼等待的演员，如同洛秦川所言，都是男演员。

萧琪今天戴着一顶鸭舌帽，穿了简单的 T 恤、长裤，还特意束了胸，长长的头发梳成了马尾，从鸭舌帽的扣板上穿出来，妆面加深了轮廓的阴影，减少了脸部的柔和感，整体是假小子气十足的打扮。但即便如此，纤细的女性体形还是很明显的。

在场的试镜者的视线在萧琪和洛秦川身上转了两圈，就移开了，都不觉得萧琪和洛秦川会对他们要试镜的角色造成威胁，有些人反而把目光落到游典方身上。

和昨天一样，萧琪三人直接上了楼。萧琪到了二楼，洛秦川出乎意料地去了三层。

“回见，我在三楼等你了哦。”洛秦川得意扬扬地上了楼。

轮到萧琪的时候，已经临近傍晚，她在二层的休息间，足足待了四个小时。期间休息室里等待试镜的人来来去去，换了好几拨，只有她一直坐在位置上，一大早积累起来的状态，早已消失殆尽，昨夜没怎么休息，整个脑子昏沉沉的。

萧琪强打起精神，推开了试镜室的门，和昨天是同一个房间，但今天坐在那里的只有两个人，昨天的选角导演和助理——强黎并不在。

萧琪有些意外地环顾了下四周，确定强黎不在房间里。

选角导演似乎看穿了萧琪的心思，开口解释道：“萧琪小姐，你好。我们昨天见过，我是选角导演任岚义，黎叔在负责其他角色的试镜，这一场，就由我和丰铃负责了。”

丰铃指的应该就是坐在一旁的助理，她戴着一副眼镜，脸色并不好。她接着任岚义的话，冷冷地说道：“我并不理解黎叔为什么让你来试镜这个角色，在我看来这完全是多此一举。”

“好了，丰铃，我们就看一下吧。”任岚义在旁边安抚道。

丰铃很不耐烦："我不想看。这种明明是浪费时间的试镜，为什么要看？这一点，任导，你也认同吧？"

任岚义在旁边沉默了，没有接话，但也表明了他的态度。

"像这种男性角色，只让男演员来试镜就好了，肯定有能演的男演员啊，又何必浪费时间？你也是——"丰铃又把目光转向萧琪，"昨天做了那么无礼的事，今天还有脸来试镜，你把剧本放下，然后早点儿回去吧。"

对方的话说得尖锐刻薄，不留情面。萧琪本身就有些头昏脑涨，听到这些后心情沉到了谷底，脸色凝重而冷漠。她直勾勾地盯着丰铃，眉头微皱，样子有些吓人。

丰铃感受到了萧琪的情绪，说道："你瞪我是什么意思？我可不是黎叔，别以为态度强硬就可以得到赏识，更别说黎叔根本不是赏识你！有我在，你就别想通过试镜，走吧，别浪费时间！"

"来这里试镜花易折这个角色，就是我这次来的目的。合适不合适，行还是不行，希望看过了我的表演以后再告诉我。"萧琪努力地保持着镇定。

人总是更在意与自身利益、情感息息相关的人的感受，萧琪也不例外。她与南萧不同，她了解如果真得罪了强黎身边的人，对自己今后的发展肯定十分不利。之前南萧抢白强黎，反而得到试镜的机会，简直就是奇迹。

但她也不能真乖乖地听丰铃的话转身就走，这是千载难逢的机会，她不想轻而易举地放弃。更何况，就这么走了，她也咽不下这口气。

任岚义站起来拉了拉丰铃，当起了和事佬："丰铃，你也别这样不通情理，我们还是看看吧。萧琪，你也别往心里去，这整整一天的试镜，大家都有点儿累，互相体谅体谅。"

丰铃眉头紧锁，脸色稍稍缓和，靠近任岚义低声说道："可是再拖下去，黎叔可能就要回来了。"

“那不是更应该抓紧时间结束吗？别纠缠了。”

丰铃想想也是，就又对萧琪说道：“那行，那你试试吧。”

这敷衍的语气和轻视的态度让萧琪的心里很不是滋味。

“回去吧。”一直没有声响的南萧说道。

“昨天是我劝你回去，今天是你劝我回去。我担心你得罪了强黎，你又是为了什么？”

“太憋屈了，我不想你遭受这种对待。”而且他有一种预感，这次的选角并没有看上去那么单纯，但他说不出来为什么会有这种奇怪的想法。

南萧的建议，反而让她冷静了下来。

“我可以开始了吗？”萧琪问道。

花易折这个角色，时而妖娆，时而刚直。在试镜的两个段落中，正好是这两种性格的反差体现。萧琪十分投入，此时她便是花易折，肢体细节自然，眼神的情感变化细腻。

若是程凉生在这儿，就会发现萧琪的状态已经恢复到了她演技巅峰时期的样子。在不甘和恼怒的驱动下，萧琪正进行着她近期最好的一次表演。

然而，任岚义漫不经心地打着哈欠，丰铃更是低头拿笔敲着桌子，似乎正在努力地忍受。

没人在意萧琪是不是能够胜任这个角色，除了用来记录试镜的摄像机，一亮一亮地闪着红光，认真地“看”着她的表演。

试镜的结尾，对戏的人一脸冷汗地从萧琪强大的气场中离开。萧琪也终于从角色中脱离，视线扫到任岚义和丰铃。

“可以了，你走吧。”丰铃随意地挥挥手。

房间的门陡然开了，一脸烦躁的强黎，从外面走了进来。看到站在中央的萧琪，抬头便问丰铃和任岚义：“怎么样？”

“不怎么样。”丰铃还是丝毫不客气。

任岚义则稍稍点了点头，说话期间还偷偷看了眼丰铃："还……可以。"

强黎皱着眉，转头看了看萧琪，没说什么话，直接又坐到了桌后的椅子上，翻着当日的面试资料。

萧琪茫然地站在原地。

她不清楚这是不是就是强黎要的结果，感觉胸闷难忍。

剧组的其他工作人员也没有多说什么，在整理完所有资料以后，就丢下萧琪出了门。任岚义在出门的时候，回头看了看还立在原地的萧琪，轻轻地叹了口气。

"走吧……"南萧说道。

就连他都有点儿提不起劲儿，心情跌到了谷底。昨夜的努力，现在想来就仿佛是一出惹人发笑的独角戏。

休息室里，经纪人游典方正躺在两张座子上呼呼大睡，嘴边还流着口水，似乎在做美梦。

萧琪从空荡荡的试镜室出来，见到这幕没说什么，帮游典方关上了门，一个人走到了街上。此刻虽然是下班时间，但试镜园区地处偏远，街上依然没什么人。

萧琪平静地穿过地铁广场，上了地铁，坐在车厢的角落。这一站是始发站，人不多，车厢里除了她之外，空无一人。她将头靠在玻璃上，倾听着地铁启动的声音。随着地铁的运行，萧琪坐了一站又一站，看着人换了一群又一群。

她之前没怎么坐过地铁。

小时候，她所在的城市里没建地铁，后来她稍微长大了一些，地铁线路一条一条地增加，但她已经出道，程凉生不让她坐地铁，一是怕她被认出来遭人骚扰，二是她出行都有公司的专车接送。现在萧琪坐在车厢的角落，没有戴口罩，也没有戴墨镜。她毫无遮掩地坐在那里，眼神四处飘着，对上来人的眼睛。

她在一群又一群的乘客的脸上，看到了各种各样的情绪，但唯独没有出现她所想要看见的。

没人认出她，没人认识她。

她融入芸芸众生，没有任何特别之处。她原本的骄傲，已经化为了过眼云烟。

“我曾经跨过山和大海，也穿过人山人海。我曾经拥有着的一切，转眼都飘散如烟。”

不远处的手机外放着朴树的《平凡之路》，有些吵闹。

萧琪却跟着音乐慢慢地哼出了声，南萧感受着萧琪的情绪，默默地不说话，沉入了意识之中，将这段时间留给了萧琪自己。

从地铁上下来，她走过一条又一条街，拐过一个又一个弯，不远处就是她的屋子。一直阴霾的天，在这时落下了豆大的雨点，像一个忍了很久的人终于忍不住哭泣。

雨越下越大，雨滴连成了线。萧琪的脚步并没有加快，她走在瓢泼大雨中，眼前越来越模糊，身上早已湿透，雨水越过衣服透过皮肤，带来刺骨的凉意。

远远地走来一个人，也没打伞，是沈恩飞。

萧琪抬头看着他。

“跟我回家！”沈恩飞的脸色苍白，喉咙沙哑地说道。

萧琪站在原地，眼神迷茫地盯着沈恩飞。

沈恩飞拽起萧琪的右手，手指用力，牢牢地锁住了萧琪的手腕，然后往前拉：“陪我回老家……”

隔着大雨，对面的人在说什么，她听不真切。萧琪吃痛之余，更对他这种莫名其妙的举动感到恐惧，挣扎着试图摆脱沈恩飞的钳制。那手却纹丝不动，她被沈恩飞一直拖着往前走。

大雨倾盆，街上已经没有了行人，萧琪惊恐地跳起，狠狠地打了一下沈恩飞，指甲在他的脸上刮出了两抹血痕，随即又立刻被雨水冲刷干净。

沈恩飞红着眼看着萧琪，他嘴唇动了下，满脸都是雨水，说

出来的话却生硬干涩："萧琪，我最后问你一次，你愿意做我女朋友吗？"

"你放手！"萧琪又愤怒地打在了沈恩飞的身上，"你凭什么让我做你女朋友？我不会做你女朋友的，永远不会！"

沈恩飞放了手，脸颊微红，看着萧琪。

萧琪捂住脸哭了，压抑了很久的情绪——悲伤、屈辱、不甘，统统化作涌出的泪水，交融在雨水中。她一直在雨中哭到没有力气，沈恩飞不知在何时，已经失去了踪影。

拖着疲惫虚脱的身体回家的是南萧。他洗漱后，敷了面膜，按照记忆完成了萧琪平时护肤的每一道工序，煮了一碗他最讨厌的红糖姜汤，一口一口地喝下，又点了一大锅养生粥，一滴不剩地喝完。

今天是个奇怪的日子，这场雨下得不算突然，毕竟从下午开始就黑云压境。但全身湿透回来的人，却不止南萧一个。

南萧是第一个回来的，之后是楚瑰，她本来不住这儿，却也拖着淋湿的身子，站在门口按响了门铃。

南萧给楚瑰也热了红糖姜汤，弄了一碗养生粥。

两个人抱着姜汤，盘腿坐在客厅的沙发上，看着电视里放着不知所云的节目。两个人似乎都心情抑郁地说不出话，颇有默契地静静地待在一起。

第二天依然是个阴雨天，萧琪在床上精神萎靡地醒来，睁眼看到洁白的天花板上贴着一幅黑白手绘，那是南萧的自画像，之前南萧得意地向自己展示过。那个小人双手扯着啦啦队的花球，下方写着"加油"二字。

这是来自南萧的鼓励。

萧琪阴郁的心情稍微好点儿了。

洗漱、早饭……一切都结束后，萧琪坐在窗台边看着窗外出神，想着昨天发生的事。昨天发生了好多事，也发生得太快。丰铃、任岚义、强黎、沈恩飞……一张张脸带着各种表情闪现过脑海。

手机铃声响起，打来电话的是游典方，今天这个冒失的“天使”竟然没有来敲门。

“喂喂喂！”电话那头的游典方有些兴奋，“萧琪吗？是我是我，我现在在公司。

“刚才老大给我转了消息，那个剧组要你明天再去一次。”

“哪个剧组？”萧琪听得一头雾水，昨天她已经失去了《九裳》剧组的机会，现在她也想不到还有什么剧组会找她。

“《九裳》剧组啊，就强导的那个。”游典方解释道。

“哎？”萧琪一愣，这个剧组到底是怎么回事，“我不是被淘汰了吗？”

游典方则诧异地说道：“我也不知道怎么回事，对方又让我们明天早上九点过去。”

挂了电话，萧琪把手机丢到一边，这个消息不算好也不算坏，却让萧琪感觉整个人有点儿脱力。反复无常的剧组，喜怒无常的导演，怎么都不能让人安心，她甚至生出一丝想要放弃的念头。

敲门声响起，不一会儿就没了声响。

萧琪觉得奇怪，走过去打开了房门，外头是红着眼、一脸疲惫的楚瑰。

一见到萧琪，楚瑰就欲言又止，神情古怪。

“怎么了？”萧琪奇怪地问道。

楚瑰咬了咬牙：“萧琪姐，你能去找沈恩飞吗？”

“沈恩飞他怎么了？”萧琪看着楚瑰的样子，也感到了紧张。

“昨天他接了一个电话，脸色很不好，急匆匆地跑出去了。今天我查到他买了回老家的机票，我联系他，他不让我去，也不让我多问，就说过段时间就回来。”楚瑰忧心忡忡地说道。

“既然说了过段时间就回来，你就别担心了啊。”萧琪嘴上

这么说，心里可不那么想。

平时大大咧咧的沈恩飞，什么话都说得出口，想到他昨天的样子，怕是真有什么大事。楚瑰做沈恩飞的经纪人那么久，对他也应该非常了解。所以萧琪这话，也就完全是出于安慰。

果然，楚瑰摇摇头："这次不一样，他昨天几乎绝望的表情，如果你看到了，肯定也会担心的。我很担心他会做出什么极端的事情，但又不知道他到底发生了什么。"

确实按照沈恩飞的个性，他指不定会做出什么来。萧琪想到了这一点，但仍有些疑问："那你为什么不去找他？"

"他不准我去。"楚瑰有些沮丧。

"你喜欢他吧？"萧琪看着楚瑰的眼睛，"那你为什么想让我去呢？"

楚瑰有些吃惊地睁大了眼睛，随即又缩了回去，显然她并没有想到萧琪会直截了当地说出来，她支支吾吾地说："这……我……并不……"

萧琪眼神锐利地看着楚瑰。

看着楚瑰有些惨白的脸色，南萧看不过去了："你这样有点儿过分啊。"

"怎么过分了？"

"一点儿都不怜香惜玉，小苹果明明不想面对这件事，你把它硬拉出来。"

"你也看出来了？"萧琪很意外，南萧在感情方面还挺通透。

"嗯，她喜欢沈恩飞，但同时，她也知道沈恩飞喜欢你。"南萧说道，"你现在这样，就等于让楚瑰在你面前承认这件事。"

"那你说说，女人让另一个女人去关心自己喜欢的男人，并且'另一个女人'还是那个男人喜欢的女人。那作为'另一个女人'的我，该去还是不该去？"

这个南萧也不知道。两边都是想要关心的人，却没有两全的方法。

“因为沈恩飞喜欢你啊！”楚瑰突然说，甚至没注意控制音量，说得很大声，她长舒了一口气，“因为我知道他喜欢萧琪姐，你去的效果会比我去好得多。”

萧琪有些意外楚瑰的表现，在这个女孩儿身上，她看到了坚强和倔强：“你……就不怕这样会让沈恩飞离你越来越远吗？”

“我当然怕，但我也有自尊，我并不希望他因为萧琪姐的冷漠，才把目光放到我身上。在他放弃萧琪姐之前，我也不想有更多的表示。”把话说开之后，楚瑰释怀了，一双大眼睛直直地看着萧琪。

“傻女孩儿。”南萧感叹道。

“帮我订明晚去他那里的机票吧。”萧琪也跟着南萧叹了口气，她最终还是败给了楚瑰的坦诚。

楚瑰听到“明晚”的时候皱了下眉，但随即还是笑着点点头：“谢谢萧琪姐，我去准备。”

萧琪回到房间，坐到梳妆台前，看着略显疲惫的自己。

“感觉身体还好吗？”南萧关心地问道。

“很好，谢谢。”昨天南萧回来后做的一切她并不是一无所知。对此，她十分感动。

突如其来的道谢，让南萧有些不好意思。他讪讪地说道：“有什么好谢的，这好歹也是我的身体了。”

“红糖姜汤好喝吗？”

“难喝！难喝死了！世界上怎么会有姜这种东西！”

萧琪笑了，打趣道：“慢慢就习惯了，说不定你越来越习惯做个女人了。”

“呸呸呸！我是男人！”

“不过，我还真看不出来。”

“看不出什么？”

“你对女生的心理还挺了解。还以为你是个没什么恋爱经验的……”萧琪一下子想不起那个词。

“没有恋爱经验的‘宅男’？”南萧接话。

“对，还是‘死宅’。”

“因为我有三角恋的教训，所以特别在意这方面的事。”南萧说道。

“你还有这种经历？说来听听。”

“怎么感觉你今天特别八卦？平时你对我的事可没这么有兴趣。”

“今天想听故事。”萧琪坐在镜子前，看着镜子里的自己，想透过自己的眼睛，看到南萧的样子。

南萧假意咳嗽了两声：“之前我有个好兄弟，他去了邻市，有时候会和我通信。他那会儿交了女朋友，挺可爱的一个女生，经常和我显摆。一来二去，我和他的女朋友也渐渐熟悉了，偶尔也有了一些私下的交流。突然有一天，那女生联系我，让我去邻市找他们。我以为是兄弟有事，也没多问，就去了。结果去了以后，只见到了那女生，她说喜欢我，想和我交往。”

“然后你答应了？”萧琪问道。

“第一次有女生向我表白，那个女生还挺可爱，我心里五味杂陈，脑子里轰的一声，大脑一片空白。不过，我还有一点儿理智，没有接受她的表白。然而我看着哭得梨花带雨的妹子，还是自认为怜香惜玉地抱了抱她。正巧，被我兄弟撞见了。”

“然后呢？”萧琪撇了撇嘴。

“然后，我再也没见过那个女生，也没有联系过。没过多久，我兄弟就和她分手了。”

“那你和你的兄弟后来怎么样了？”

南萧语调中带着自嘲的笑意：“我的兄弟和我好着呢，并没有就此断了来往。那家伙在分手后，就找我说‘你这混蛋害得我分手了，你说怎么办吧？一个月的午饭，还是一顿上好的龙虾’，我对这种事变得有点儿敏感，能避嫌的一定会避嫌。”

萧琪叹了口气：“其实我并不是很想去找沈恩飞。”

“为什么？”南萧疑惑。

“我刚夸完你懂女生的心思，你的智商就马上‘下线’了……一方面是因为楚瑰，还有一方面，昨天发生了那种事后，我不知道怎么面对他。”

萧琪回想起昨天的事，尤其在意沈恩飞脸上的伤口会不会留疤。

唉，那个时候，沈恩飞为什么非要那么强硬地拉她走呢？

“但你还是会去啊，嘴上发牢骚，但已经答应了的事，你都会去做，不是吗？”

这就是他了解的萧琪。

“你也很让人讨厌啊。”萧琪有些不高兴地移开了视线。

第二天早上，游典方开车来接萧琪，让萧琪和南萧都大吃一惊。

游典方拉开了车门，有些不解地看着停止不前的萧琪：“怎么了？上车啊。”

南萧问道：“你哪儿来的车？”

“公司的啊。”

萧琪问道：“你有驾照？”

“当然有啊。”游典方从车里摸出一本驾照，上面印着他的照片和名字。

“不对啊，你什么时候参加的驾照考试？”南萧还是觉得奇怪。

游典方一听，半真半假地笑着说：“那么麻烦的事情，我怎么会去做呢？再说了，开车又不难，何必花那个钱去学啊？至于

这本驾照，当然是我变出来的啊。”

知道他又在满嘴跑火车，南萧和萧琪同步翻着白眼。

“多简单啊，看看就会了。来，上车、上车。”

“我不！”萧琪坚定拒绝。

游典方无奈地来拉萧琪：“你别怕啊，我开玩笑的。我绝对是守法公民。我们要迟到了，快上车。”

“我不！我打车，我要打车！”

半个小时后，游典方开车到了剧组订好的酒店。

萧琪从一辆远远地跟在后面的出租车上下来，司机热情地提醒她：“跟踪要离远点儿啊，别被发现了。”

萧琪尴尬地点了点头，看到游典方就狠狠地拍了他一下，接着抬头看看高高的楼，这是她第三次面对强黎了，她还是不知道这位大导演是什么意思，心中依然忐忑。

这次和前两次不同，强黎约在了入住酒店的一层咖啡厅见面。当游典方带着萧琪走进咖啡厅的时候，强黎已经带着任岚义坐在了角落的沙发卡座。见到萧琪后，强黎表情冷峻地挥了挥手，示意他们过去。

游典方几个大步就走了上去，一边伸出手说道：“强导你好！我是……”

他的话音未落，就对上了强黎紧皱的眉头，瞬间被强黎的气势给吓得没了声音。

任岚义站起来，握上游典方的手：“你好，我们到一边去聊聊之后的合作。”

任岚义说着就带走了表情僵硬的游典方。

萧琪见这阵仗，寻思大概强黎有什么特别的话想说，就乖乖地坐到了强黎的对面。

“丰铃已经离职了。”强黎的眉间甚至挤出了一个“川”字，说的话不长，他的嘴也没怎么动。

萧琪听到强黎的话后，还愣了半天，不太确定自己是否是听错了："啊？"

强黎拿起面前的杯子，里面是通透的白水，又说了句前后完全不搭边的话："你觉得武侠是什么？"

萧琪再一次怔住，这突如其来的问题让她措手不及。

"武侠首先在一个'侠'字，其次是一个'武'字。侠之于本，武之于表，侠义于心，武形于外。"强黎自顾自地说着，眼睛紧紧地看着萧琪。

"黎叔，你这是……"萧琪好不容易憋出一句问话，强黎的说辞让她心生一股希冀。

"八个月。"强黎伸手做了一个手势，"我给你八个月的时间，你准备好两件事。八个月后，我们再试镜一次。《九裳》正式开始拍摄会在十个月后，到时候让我心甘情愿地选你进组。"

强黎说完一口喝干了杯中的水，放下杯子："你只是候选人中的一个，别搞错了。"说话间，他已经站起来走了出去，三步之后，又回头瞥了眼正看着他的萧琪，嘴角不自在地动了动，"加油吧。"

强黎离开后，萧琪仍坐在原地，此次面对强黎，她对这位导演又有了新的认识，也许……

"也许这个导演其实人还不错？"南萧在脑海里问道。

"可能吧，就有点儿太过自我了。"萧琪发现刚才自己只说了不到半句话，强黎压根就没想过听听她的想法，上一个她碰到的这样的人是苏语仑。

不过苏语仑和强黎又是不同的。苏语仑的自我来源于内敛的自我定位，他会时刻在言语和待人上保持自律。而强黎的自我则是来自傲慢的心理认知和强烈的自信，这似乎让他觉得和别人说话、听取意见是在浪费生命。

“所以，他说的两件事是什么？”南萧问。

萧琪眨了眨眼睛，想到强黎完全没有说是什么事……

就在这时，游典方欢快地坐到了萧琪对面的位置上，面露笑容：“搞定！”

“你搞定了什么？”

游典方拽出一张纸，上面密密麻麻地写了一大张，仔细一看，纸上罗列出了一些知名武侠作者的作品名：“我刚用手机下单了这里面的所有的书，就是有点儿贵，公司应该可以报销吧？我刚联系了头儿，头儿都没回我。”

“你买这些干吗？”萧琪接过书单，大致扫了下，很多都是家喻户晓的作品，萧琪看过很多衍生作品，比如改编的电影、电视剧，但原著小说看得确实不多。

“刚刚那个任大哥交给我的书单，说是要你去补的。还有，他给我留了一个地址，说下个月开始，让你去那边静修，据说有个很厉害的武术老师指导你。我已经和公司沟通过了，你在时间上也没有问题，可以全力配合。”

萧琪这时明白强黎说的那话是什么意思了。侠义于心，是希望她多读武侠，多了解武侠，真正了解武侠作品；而武形于外，是让她跟着武术指导好好学习武戏，锻炼形体。

圈内传闻确实有这么一条，说强黎从来不准演员使用替身，很多参演过强黎的戏的演员也都喜欢用这一点，标榜自己的努力与付出。

“所以要带着这么多书去静修？”南萧问。

游典方点点头：“是。”

“你知道有种书叫电子书吗？”

“一时冲动。”游典方似乎才想起来这种东西。

“到时候你背……”南萧立刻撇开了这要命的体力活。

这边的事告一段落，萧琪在中午就赶往机场，让楚瑰帮忙改签了早一班的机票。抵达沈恩飞老家的时候，已经是日暮时分。在飞机的窗口，看着夕阳映射出金黄的厚重云层，萧琪一路都在思考着她和沈恩飞之间的事，以及这次见面可能发生的情景。通过楚瑰，沈恩飞已经知道萧琪来了，并给了萧琪一个地址。

萧琪匆匆走过行李提取处，她并没有带行李箱，仅仅背了一个简单的双肩包，并且已经买了明天回程的机票，订好了今天晚上入住的酒店。叫的车飞驰过机场高速，越来越接近沈恩飞给的地址，和沈恩飞再次见面，尤其在一个陌生的城市，她的心情有些复杂。

整个城市都灰蒙蒙的，笼罩在一片昏暗之中。已经点亮的黄色路灯，只发出朦胧的微光，穿不透阴霾，只能照亮灯下的一小片地面。光影交错划过车窗，闪过萧琪的眼眸。

沈恩飞等在路边，旁边停着一辆闪着双跳黄灯的跑车。他看到萧琪下了车，就又匆匆地将萧琪拉上了车。

萧琪甚至都来不及跟他打招呼，就上了车，然后便听到了引擎的轰鸣声。沈恩飞驾驶着车子飞驰在路上，吓得萧琪用安全带将自己紧紧地扣在座椅上，右手死死地握住车内的扶手。

“你这两天到底怎么了？开慢点儿！我可不想陪你死！”

沈恩飞的眼睛一直盯着前方，车辆穿梭过车流，从一个岔路拐过去，引来身后车辆一阵阵愤怒的鸣笛响。车子沿着山道一路飞驰上山，直直冲到了半山腰的广阔平台上，才猛地停住。沈恩飞把头埋在方向盘里，抖着肩膀深深地喘着气，似乎想要将憋闷在心里的东西一口气都吐出来。

惊魂未定的萧琪缩在副驾驶的位置上，警惕地透过车窗环顾四周。在强烈的车灯映射下，平台的夜灯显得昏暗无光，再远一点儿的地方已经隐没在了漆黑的山林之中。没有其他人，周围寂静无声。

“小心点儿。”南萧紧张地提醒萧琪，“要不先给别人发个定位？”

“你来这儿干什么？你不是不愿意来吗？”沈恩飞的身子后仰，将自己也埋进了驾驶座的椅子里，脸色依然不好，额头还泛着细细的汗珠。

萧琪一时也不知道说什么好，伴随着南萧的告诫，想着还是别刺激这个似乎随时都会爆炸的炸药桶。她转开眼睛，不自然地拍了拍门把手：“这车不错，你的吗？”

萧琪静下心来细看这车，心想何止是不错，即便不懂车的她一看到方向盘上的车标，也知道这牌子的跑车，没个一两百万是下不来的。这车怎么都和以前吃着泡面，看到几个钱就两眼发光的沈恩飞不相符。沈恩飞总不至于是抢了银行，潜逃回老家了吧？

“车不是我的。”

难道是你偷来的？萧琪突然意识到自己好像要被南萧同化了，但这时候开这种玩笑并不合时宜，她立刻收住了口。

“车是我弟的。”沈恩飞解释道，说完就下了车，一个人走到了平台边。

萧琪也立刻下了车，跟了上去，保持着一定的距离。

南萧一惊一乍地对她说：“跟上，这人不会打算跳下去吧？”

走到平台边，下面就是黑漆漆的断崖，萧琪靠着栏杆往下看了一眼，看不到底，一切都笼罩在一片黑暗之中。这要是跳下去，人一定没救了吧？她再抬眼远望，越过一片片黑幕，璀璨的城市夜景点缀在遥远的前方。

“小时候我爸经常会带我来看这里的夜景，那时候没那么多灯光，天上的星星很多，我就数着天上的星星。后来城镇发展得越来越快，星星看不到了。我爸说都落到了地上，往下看，就看到了。我觉得老头子是把我当小孩子糊弄，灯光和星光我会分不清吗？整天说一套骗小孩儿的东西。”

沈恩飞说到这里就沉默了，乌黑的一双眼睛盯着远方的灯光。寂静的氛围开始在两人之间蔓延，在很长的一段时间里，萧琪和沈恩飞都只能听到彼此浅浅的呼吸声。

南萧最先忍不下去了，问萧琪：“你不说点儿什么吗？”

萧琪反问道：“要说什么？”

“你们不觉得很尴尬吗？”

“他都不说，我有什么好说的。我都不知道他带我来这儿，和我说这些话是什么意思。”萧琪有些别扭地叹了口气。

也许是叹气声让沈恩飞清醒了过来，沈恩飞终于开口问她：“所以你来找我是想干吗？”

“问问你发生了什么事。”

“我家老头子走了，肺癌。”沈恩飞平静地回答道，“我家那边有城镇的灯火。”

“那你……”

“我没什么。”沈恩飞一动不动地望着远方的灯火，“我和老头子之间的记忆，也就只有我小时候那点儿了。后来他越来越忙，在家的时间越来越短，脾气也越来越差，剩下的就只有吵架了，然后我离开了家。他去了正好，耳根子落得清静。”

虽然这儿的灯很暗，但她依然能够看清楚沈恩飞脸部紧绷的肌肉，和他在极力掩饰的悲伤。那么，那天这家伙想带她回这里，又是为了什么？这个时候，她问不出这样的问题。萧琪也不是一个会安慰人的人，南萧可能比较适合，但这家伙在沈恩飞说了父亲去世的事后，就没了声音。

一阵石子滚下山壁的声音响起，隐没在深不可测的崖底。沈恩飞将两只脚都伸了出去，隔着两根铁栏杆，坐在崖边，胳膊挂在了锈迹斑斑的铁栏杆上。

萧琪想了想，也跟着坐到了崖边。因为有栏杆的存在，倒也并不危险，但她依然不敢学沈恩飞的样子把脚探出去，而是侧身抱着膝盖，看着山崖之外的远处。

“你来的有点儿晚了。”沈恩飞突然说道。

“怎么？”萧琪问。

“早点儿跟我来，我就可以在老头子的病床前，神气地告诉他，我自个儿混得也很好，还有个超级漂亮的女朋友，比在家里继承家业的弟弟有出息多了！让他看看，老子是多么的牛。”

“你见到了你爸的最后一面？”萧琪难得没去纠正他说的这些胡话。

“见到了。那老头子似乎走前不见到我，不骂我两句就不会瞑目。骂了我几句，就安心地去了。”

萧琪突然感到肩上压了一个脑袋，不自在地动了动身子。沈恩飞疲惫地说道：“让我靠会儿，刚开车有点儿累。”

萧琪不动了，任由沈恩飞的脑袋靠着她的肩膀。她抬头看着黑漆漆的天空，还是下飞机时的样子，没有一丝月光，没有一丝星光。

“下雨了。”沈恩飞轻轻地说道。

萧琪依然看着天，没有看到一滴雨水，刚想发问，突然感觉到肩头有些湿润的凉意，慢慢地透过薄薄的布料，渗透至皮肤。她点点头，附和道：“嗯，下雨了。我没有带伞。”

“下不大的。”

“局部有阵雨。”

手机振动起来。

萧琪掏出手机，上面显示的时间已经过了午夜。两人已经坐着耗了一个多小时。信息来自楚瑰，这个在远方忧心忡忡的女人，连发了好几个着急的表情，还有一段文字信息。

“萧琪姐！你没出事吧？都半夜了，还没入住，酒店都打我电话了！沈恩飞怎么样啊？见到了吗？情况怎么样？”

“他爸爸去世了，在家处理后事。”萧琪回道。

嗡嗡嗡，手机连续振动了好几下。

楚瑰发了一连串哭泣的表情：“天啊！好可怜啊！那怎么办啊？”

“这能咋办，你给他点儿时间，也和张总说一声，请个假。”

楚瑰又火急火燎地发了消息：“那他还回来吗？”

萧琪回了一句“不知道”，就发现沈恩飞已经挪开了脑袋，站了起来。她收好手机，也跟着起身。

沈恩飞问她：“今晚住哪儿？我家有客房。”

萧琪立刻摇头：“我订了酒店。”

沈恩飞目不转睛地看了一会儿萧琪，点了点头，说着：“我送你过去。”

“楚瑰问你，你还回去吗？”萧琪把楚瑰的问题直接丢给了沈恩飞。

“楚瑰问我，那你呢？”沈恩飞又把问题丢回给了萧琪。

“我？”

“对啊，你不想知道我回不回去吗？想让我回去吗？”

萧琪看着沈恩飞，男人脸颊上依然留着她抓伤的痕迹。看着这两道伤口，萧琪突然觉得有些内疚，虽然他那天确实有些粗鲁，挺吓人的，但那毕竟是演员的脸，破相可不是小事。

可说实话，沈恩飞回来也好，不回来也罢，她并不是那么在意。

“我……”她拖长了声音，想着是不是要照顾对方的感情，但又想到不能给对方不切实际的期望，“我不想知道。”

沈恩飞满脸失望地移开了视线。

“你简直是铁石心肠。”南萧调侃道，语气里并没有责怪她的意思。

“怎么就铁石心肠了？”萧琪问他。

“这种时候，他刚没了爸爸，你不说几句好听的话安慰安慰他？”

父亲去世时的这种心情，萧琪没法感同身受，她知道这件事很严重，也知道这是一件让人非常难过的事。但她从小没有父亲陪伴，实在没有办法体会沈恩飞的悲伤程度，也没有办法理解沈恩飞让她冒充女朋友安慰父亲的想法。

“那你还回来吗？”萧琪再一次问道，因为她知道还有人在等他。

沈恩飞指着远处城区的一片暗蓝色的厂房：“那边是老头子的工厂，生产汽车零部件的。听我弟弟说，老头子在其他地方还开了十座这样的工厂。老头子以前就希望我乖乖回家帮忙管理厂子。”

“所以现在你爸爸走了，你要回家撑起这片家族产业了？”

沈恩飞没有回答，而是再次回头看向萧琪的脸，依然很失望地回答：“你真一点儿都不在意啊，哪怕脸上有一点点不开心、舍不得也好啊。本以为你来这儿找我，是对我多多少少有点儿好感了。”

萧琪轻轻地说道：“楚瑰求我来的。”

“你好歹是我师父，徒弟出了那么大的事，你就不关心？”

“我怕给你造成误会。”

“什么误会？”

“感情上的误会。”

沈恩飞烦恼地抓着自己的脑袋，显得更可怜了：“目前家里只有弟弟一个人撑着那么多的工厂，几个亲戚都不靠谱，我妈也哭着希望我能够回家来继承工厂。”

“所以你就不回去了？”萧琪依旧不动声色地问。

沈恩飞抬起一块硕大的碎石，狠狠地丢下了山崖，沉闷的声响回荡在崖底：“我不会继承那破厂子的，我会回去找楚瑰和老张，让他们给我安排更多的课程；回去从你那儿搬出去，去打工赚钱租房子；回去拍很多很多的戏，让我妈、我弟弟一次一次地在电视上和大荧幕上看到我，跟身边的人说，那个明星是我儿子、是我哥哥；回去努力拿到那个你们一直念叨的什么奖；回去成为一个真正的明星，让很多很多的人喜欢我。我要让老头子在天上看着，儿子成才并不是只有继承家业这条路。最后，我还要娶你当老婆。”

“即便你前面说的都做到了，我也不会嫁给你。”萧琪提醒他。

但沈恩飞的这番话还是让她的心头一颤，她没有想到这个平时吊儿郎当的人，会有这种想法。

沈恩飞说完这段话以后，脸上也没了之前的萎靡，眼中映射着远近的灯光，似乎也有了光：“没事，我会让你爱上我的。”

这话说得格外自信。

“真是个不错的男人。”南萧听到萧琪的答案，终于放心了，在脑海里感叹道。

“这也叫不错？我怎么感觉你爱上他了？”萧琪十分不满地说。

当晚沈恩飞将萧琪送到了预定的酒店，就一骑绝尘地飞驰而去。

转天中午，南萧退了房，急匆匆地赶上了飞机，回去之后和楚瑰说了大致的情况，并告诉她，沈恩飞要处理完父亲的葬礼之后才会回来。在向楚瑰复述完沈恩飞的那番话以后，楚瑰也像打了鸡血似的一跃而起，满城地找不知所踪的张悠游，并开始寻找适合沈恩飞的住房，还给自己定了一个做一流经纪人的目标。

看着上蹿下跳的楚瑰，南萧又将目光移到了躺在沙发上，吃着薯片，乐呵呵地看着电视节目的游典方身上。有那么一瞬间，他为萧琪摊上这样的经纪人而深深地捏了一把汗，虽然今天似乎是游典方的休假日。

一转眼，到了月初，已经是深秋的十一月，天气转凉，萧琪

披着长外套，跟着游典方行走在一条山道上。山风刺骨，衣着单薄的游典方已经被冻得鼻涕横流。

“妈呀，怎么会这么冷啊？”他哆哆嗦嗦地感慨，时不时地打开手机看看导航地图，上面标注着之前强黎导演给的地址。

“我们还有多远？”萧琪现在很后悔听从游典方的建议徒步上山。

“不远不远，一会儿就到。”——游典方一直这么说，但已经走了快一个小时，依然没有快到目的地的迹象。

“还有五百米！”游典方看着手机屏的导航地图说道。

“十分钟前，你就说还有五百米了！”萧琪恼怒地从游典方手里抢过手机，地图上的定位点和之前她看的时候并没有变化。她拖动地图，屏幕的中央弹出一排提示。

“网络异常，请检查网络设置。”

此处位于市郊的北山范围，从半山腰远远望去，甚至能看到北山公墓林立的黑白墓碑。日暮西沉，山上的凉意更甚。萧琪拖着已经彻底放弃找路的经纪人往回走。本来上山也就走了一个多小时，但回去的路上不知是哪个岔口拐错了，走了一个多小时，他们依然还在山腰上游荡。手机上的信号时有时无，导航显示的他们的位置偏得厉害。

“喂喂喂，你别装死行吗？我们现在到底要怎样才能下山啊？”萧琪摇晃着游典方，想让他好好看看手机上的导航地图。

游典方无奈地看着手机屏：“没有信号，就没有方向指示，我也看不懂这地图。这山上的路一条都没标出来，我怎么知道往哪儿走啊？”

眼看天马上就要黑了，萧琪可不想晚上还待在黑漆漆的山上，先不说危险，就她和游典方穿的衣服，晚上怕是要冻死在山上。她拼命地在脑海里呼叫南萧，希望南萧能出来看看手机上的导航地图。南萧对方位的感知一向很准，有简单的地图，应该就知道怎么走了。相比之下，萧琪可以算是个路痴，有时候即便开着导航，一样会走错方向。

但南萧今天一整天都没怎么说话了，似乎心情并不好。昨晚是南萧控制身体，萧琪的意识早早就休息了。

“怎么了？”南萧终于回应她了。

“快帮我看看接下来得怎么走。”萧琪从游典方手里接过手机，凑近滑了滑地图。

“网络没了？”南萧看到了屏幕上的提示，“你找个高点，让我四处看看路，太阳在哪个方向？”

萧琪听话地爬上了一块巨大的石头上，这上面高出周围一大截，依稀能够看到前后路蜿蜒曲折的延伸方向。

“往右手这个方向走，”南萧又示意萧琪让她拉大了地图尺寸，“会走到一个三岔路，走中间的岔路，应该就能下山了。”

萧琪点了点头，立刻拉上游典方往那个方向走，感谢之余，还不忘关心南萧。

“你今天怎么了？”

“没什么。你小心脚下。”

这样敷衍的回答让萧琪不太高兴。

“那你觉得有什么？”

有些东西，南萧宁可不要。就像这一点儿小小的关心，他不要，慢慢地她便不会再给，也就不会失望。

他真是把好心当成了驴肝肺，萧琪说：“没什么就没什么，我也没兴趣知道。”

两人之间再没说什么，三人就这么默不作声地摸着下山的路。十一月的天，黑得非常快，刚刚到南萧说的三岔路时，已经伸手不见五指了。

游典方突然抓住萧琪的手，有些哆嗦地指着一条路上的黑影：“那……那是什么？”

被游典方这么一吓，萧琪的内心也有点儿紧张，巨大的黑影似乎直奔两人的方向冲来，速度还越来越快。

“我……我也不知道，看着这样子还挺像熊。”

“熊！熊！”游典方突然尖叫起来，唰地躲到了萧琪的身后。

那只“熊”没过多久就冲到了两人的面前，然后向上亮出一束手电筒光，映出一张阴森的大脸。

“鬼啊！”游典方两眼一翻，瘫在了萧琪身上。

他一下子压上来，把萧琪也带倒在了地上。

“什么鬼啊、熊啊，是我啊！”

低沉的声音传来，萧琪抬头仔细看了看，才认出来这人是谁。

“任……任……”名字在嘴边转悠了半天，想到刚才的失态，萧琪有些难以开口。来人正是之前剧组的选角导演任岚义，强黎的副手。

“叫我名字就好了。”任岚义笑着拉起两人，“在山下听到有人说你们上山了，就上来找你们。这地儿信号很弱，不熟的话，容易迷路。”

知道任岚义是特地来找自己的，萧琪也是稍稍安了心，有些怨气地吐槽道：“黎叔给的地方真是厉害，竟然在山上，导航都导航不到。”

任岚义摇摇头：“并不在山上，就在山脚下的商业区。”

“哎？”萧琪诧异地又拿出手机，把导航交给任岚义看，“你看，这个地方不是在山上吗？”

任岚义看了看，又摇摇头：“你导航地址错了。”

萧琪全身僵硬地回头看着游典方。

游典方害怕了，眼珠往两旁一瞥，尴尬地笑着小跑了起来：“哇，谢谢任大哥！是这个方向吧，我先去探路了！”

萧琪捡起一块小石头，打中了已经跑出一段距离的游典方。

“真是给你们添麻烦了，还劳烦你上山来找我们。”

任岚义带着萧琪和游典方一路下山。萧琪想着机会难得，就向任岚义打听道："那个，我想问下，为什么最后又找了我来试镜？"

"你说酒店那次？"任岚义回道。

"是的。当时丰铃明明说得那么坚决，后来又怎么会……"

"因为演技和用心。"任岚义答道，"你记得试镜的时候，我们都是有录制试镜视频的吧？黎叔后来看了视频。"

"那丰铃被开除是因为我？"萧琪想起了那个咄咄逼人的女人。

"并不是。丰铃被开除是因为她有私心。"

"私心？"

"对，她喜欢的一个演员也在竞争你试镜的这个角色。"任岚义有些不怀好意地看了看萧琪，"有一个还算有名的男演员，丰铃是他的迷妹，想给他走后门把角色给他，而这正好触到黎叔的底线。对了，我提醒你，在黎叔的剧组，你只要做好一件事就能高枕无忧了。这件事就是拿出符合他意愿的表演，一切用镜头说话。"

萧琪点头表示了解，强黎的作风她一直有所耳闻："那个男演员也被淘汰了？"

"那倒没有，那男演员也不是花瓶，还是有一定水平的，但也没有合适到能让黎叔当即拍板选他。当然，要是拍了板，那也就没你什么事了。这次他会和你一起进入这个集训营，你们还是竞争关系。"

"我能问一下他是谁吗？"

"明天就会见到了，那个人是柳哲。"

萧琪顿时感到一个头两个大，她自然知道柳哲是谁——新生代的一线当红小生，话题的流量保障，以美男著称的新锐演员。而除了这些之外，让萧琪烦恼的是柳哲是她的同学。虽然两人在

读书的时候没太多交集，萧琪成为童星出道以后，他们更是见面甚少。但她曾经收到过一封来自柳哲的情书，那个略带稚嫩的小男孩儿哼哧哼哧地喘着粗气，站在她面前，紧张地递上一封信封上写着“情书”二字的信。

她当时是怎么回应的?

“都什么年代的人了，还写情书?”然后她当着柳哲的面，把信塞进了垃圾筒……

萧琪回想着这段不堪回首的往事，后来她突然发现那个小男孩儿出现在各个媒体头条的时候，还大吃了一惊。不过，这都是好多年前的事了。萧琪安慰自己，柳哲说不定也忘了。

从山上下来，好不容易到了住宿的酒店，萧琪觉得两条腿都灌满了铅。游典方更是领了房门钥匙，就从走廊爬进了自己的房间，完全没有一个经纪人的自觉。

正因为游典方的不靠谱，有时候萧琪还会想起程凉生，那个能把所有事情都处理得井井有条的经纪人。

萧琪戴了顶鸭舌帽，手里捧着下楼买来的矿泉水，走进酒店的电梯口。电梯口已经有人在等电梯。那人戴着口罩，中长发在脑后扎了一个小辫，个儿挺高，约莫有一米八。

萧琪一凑近，那人就往旁边挪了挪，不自在地用脚摩擦着地板，似乎很焦躁，眼神到处飘，一个不小心就和萧琪四目相对。

那人立刻长叹一口气，向萧琪摊开手：“我认输、我认输！”

“什么？”这人在说什么?

那人自顾自地从萧琪手里接过矿泉水，然后掏出一支马克笔和一张不知道从哪里来的卡纸。

竟然还有人随身携带“签名套装”！

马克笔在卡纸上一阵游走，那人把卡纸递给萧琪，略带惆怅地说道：“谢谢你的矿泉水，我就知道每次住酒店，就免不了被你这样的粉丝碰到。你不开口我也知道你想要签名，给你！你可千万别去粉丝群里说哦，别和别人说我住这儿哦！被人围住我就麻烦了！”

萧琪一头雾水地接过签名，看着上面歪歪扭扭的鬼画符般的笔画，依稀能辨认出他的名字：柳哲。

这是什么情况？

萧琪迷茫地拿着眼前这人递过来的签名，对方应该没有认出她是谁，单纯地把她当成尾随的粉丝了。但他是有多自恋，才会将接近他的人都当成粉丝啊？

萧琪感觉对柳哲有了新的认知，她将签名丢回给柳哲，又伸手从柳哲手里拿过了那瓶被当作礼物的水。

柳哲瞪大了眼睛，随即开口道：“哦！让我写上你的名字是不是，想要特别的签名？啊，伤脑筋，我平时不会这么做的。好吧，你叫什么，今天给你特别优待！”

萧琪无语，干脆报上了自己的名字：“萧琪。”

“哎？”柳哲正准备落笔的手僵住了，“哦，小七是吧！大小的小，七上八下的七？”

“萧何的萧，王字旁其中的其，萧琪。”萧琪把压下的鸭舌帽檐往上抬了抬。

萧琪能从他慢慢瞪大的眼睛，想象出他口罩下的嘴应该已经张得能吞下一个鸡蛋了。

萧琪想着接下来两人还要相处一段时间，还是别把关系弄得更僵了，就一脸友善地打招呼：“好久不见，怎么见到我这么惊讶？”

“你什么时候成我粉丝了？”

“谁是你粉丝啊？！”萧琪吼道。

“不是我粉丝，你跟我要签名干吗？”柳哲有理有据地说道。

“谁要你签名了？！”萧琪想，果然想和这家伙好好地说话，根本就是奢望。

“那还给我买水？”柳哲指了指萧琪手上的矿泉水。

“这也不是给你的！”萧琪哭笑不得。

“你当真不是我的粉丝？”柳哲再次确认道。

萧琪盯着柳哲的眼睛，义正词严地说道：“确实不是！”

柳哲的两条长眉立刻耷拉了下来，歪着脑袋，直接靠在了电梯门上，把卡纸捂在了脸上：“哎呀，好尴尬。你能当今晚没见过我吗？”

“没……没见过。”

萧琪还没来得及提醒他，叮，电梯门开了。柳哲没站稳，整个人就跌进了电梯里。还好他反应敏捷，没有直接扑倒在地上，立刻闪身到了电梯按键板旁边，不停地点着关门键：“对对对，我们没见过，刚刚都是你的幻觉！我先上去了。”

电梯门再次合上，把柳哲关在里面，然后飞速地上升。

萧琪木然地站在电梯厅，看着不断变换的楼层数字，有些摸不着头脑，这人什么时候变得这么傻了？

想着想着，她忍不住叹了口气：“我也要上楼啊。”

第二天，南萧从迷糊中醒来，时间还很早，起身拉开房间的帘子，外面的天空才微微发白。

远远的货车孤零零地开过空荡的十字路口，发动机发出的巨大噪声反而更显出清晨的宁静氛围。南萧伸了个大大的懒腰，双腿依然有些沉重。他并不知道萧琪昨晚怎么来到了这个酒店，他休息得比较早。

南萧一番洗漱之后，瞥见了桌子上的早餐券，下了楼，到了自助早餐厅。

餐厅门口迎宾的小哥，睡眼惺忪，迷迷糊糊地检查了南萧手中的早餐券后，就将南萧放进了餐厅。因为还早，餐厅里几乎没有住客，很多餐点也没有摆放出来，中间冒着热气的蒸笼格外得惹眼。

打开蒸笼，里头并不是南萧期待的肉包子，而是白花花的馒头。他正犹豫着要不要吃一个，就从旁边伸过来一只白白净净的手，越过他的肩头直接从里面捞了一个馒头。

“好……好巧啊！”

南萧仔细看了这人的面相，确认是自己不认识的人，就回了句：“不好意思，你哪位？”

柳哲没想到南萧会这么问他，惊讶地问道：“我们昨天才见过，你忘了？哦哦，我懂了！一定是我昨天说了当咱俩没见过是不是？”

“啊？”南萧想着大概是萧琪昨天和这人见过面，这时候萧琪的意识还没清醒，没法求证，就先应和道，“是啊是啊，昨天你不是说要当咱们没见过吗？”

“哇，萧琪你果然是我理想中的女人，太善解人意了！”柳哲边感叹边塞了半个馒头到嘴里，“昨天我好丢脸，还以为你要签名……”

柳哲越说声音越小。

理想中的女人、签名……这人是萧琪的影迷吗？这人嘴里吃着东西，南萧听不清他说的后半句话。南萧的脑子飞快地转着，将面前的柳哲归到了萧琪影迷的范畴里。这还是他第一次接触到影迷，心里有些激动。

一般偶像是怎么回应自己的粉丝的？南萧费力地回忆着少得可怜的追星记忆，却只能想到一些日系女团的样子。

想了很久，南萧露出一个自以为很甜美的笑容，开心地说道：“谢谢你的喜欢，正因为有这份喜欢，我才能坚持到现在！”

南萧说完以后，十分满足。不过他很好奇，那些艺人是怎么把这样的话说得那么自然的？

柳哲听了，白皙的脸上突然染上红晕：“喜……喜欢。其实是那个时候的事啊，就是在咱们上学的时候，我写的信被你丢了，我还以为被你讨厌了。没想到、没想到，你是因为……”

萧琪还丢了粉丝写的信？她原来会做出这么不近人情的事？南萧听了，立刻摇摇头：“别在意、别在意，既然还在上学，就应该好好把心思放在学习上啊。”

柳哲脸上露出了恍然大悟的表情，语气也有点儿激动：“原来是这样啊！我太高兴了。那时候我真的好喜欢你，能亲口听到你的解释，也算是终于释然了！”

“其实，我这些年这么努力地提升自己，有一小部分原因也是希望自己能够达到和你一样的高度。”

“是吗？那真是很棒！”南萧伸出手，“让我们一起努力！”

柳哲的眼睛笑成了两个月牙：“好的！让我们一起努力！啊，好久没有这种感觉了，仿佛回到了学校，回到了我们一起读书的时候！真美好！”

南萧突然觉得哪儿不对：“一起读书？我们……”

“对啊对啊，这一晃有十几年了，我们那时候还当过一段时间的同桌，一起背古文，你还记得吗？”柳哲兴奋地回道。

“你不是我的粉丝？”南萧尴尬地问道。

“粉丝？”柳哲一愣，又笑了出来，“哎，你是不是还在因为我昨晚把你当成粉丝而取笑我？你这样可不好哦，都说了昨晚的事就当没发生过了，现在又来取笑我？”

这回轮到南萧傻眼了。他急忙后退几步，干巴巴地说道：“我还有点儿事，先走一步！”

说完他转身就走，到了餐厅口，又回头看了看站在原地的柳哲。

柳哲露出一副坚定的表情，挥着拳头，说道：“一起加油！”

“加……加油……”南萧咧了咧嘴，立刻离开了餐厅。

他也顾不得吃早饭这件事了，想着刚才自己的行为，恨不得找个地缝钻进去。一溜烟小跑着回了房间，用冷水狠狠地拍了拍脸，南萧觉得刚才简直太尴尬了。

“你在干吗？”萧琪的意识清醒了。

南萧立刻拿起旁边的毛巾，擦了擦脸：“洗脸呢！洗脸呢！”

“记得护肤。”萧琪也没多想，转而交代道。

“萧琪，你昨天是不是碰到了谁？”南萧试探地问道。

“谁？”

“瘦瘦高高的、头发有些长的一个男人，还挺帅的。”

“柳哲啊。”萧琪想到了昨晚的乌龙，有些好奇南萧为什么问起这人，“怎么了？”

“我昨天迷迷糊糊地似乎看见了，觉得今天有可能会碰到，就了解了解情况，他是谁啊？”

萧琪想着今天肯定会碰到，就详细地介绍起来：“那人叫柳哲，是我小学的同学。初中的时候给我写过情书，被我拒绝了，情书直接丢进了垃圾桶。他现在也是当红的一线演员了，人气应该比现在的我高得多。这次他和我竞争同一个角色，一起参加黎叔要求的培训。你上午应该就会见到他了，别乱搭话就行，别惹麻烦。你的脸色怎么那么差？”

镜子里映出的南萧，脸色煞白。

“我只是想到……想到黎叔和培训有点儿紧张。要不你现在把身体的主控权要回去吧？”

“怎么要？”

“我现在就去睡觉！”南萧手脚麻利地爬回了酒店的床上。

共用一个身体那么久，他也早发现两人的意识如果只有一个清醒的话，那醒着的人就会接管身体的主控权了。

南萧趴在床上辗转反侧，努力数着绵羊想让自己睡着，终于在数到第一千三百只的时候，睡了过去。

第二天上午九点多，距离任岚义要求的集合时间还有不到二十分钟。

萧琪醒了，匆忙起床洗漱，冲下楼，准备赶赴距离酒店几百米的培训场地。

酒店门口，戴着墨镜口罩的柳哲左等右等，终于等来了萧琪，热情地冲上去打招呼，说道：“萧琪，我等你好久了！我们一起去培训的地方吧，让我们一起努力！”

萧琪奇怪地问道：“你那天不是说当咱们没见过吗？”

柳哲双手握拳在胸口小幅度摆了摆：“我们不是说好要一起加油吗？”

萧琪翻了一个白眼，这人不但“二”，还记忆混乱？

“你出门前是不是忘记吃什么东西了？比如药。”